Choice

編輯的口味
讀者的品味
文學的況味

妮娜・葛歐格 Nina George 一著　　呂玉嬋 一譯

巴黎小書店

The
Little Paris Bookshop

各國媒體驚豔好評！

令人不忍釋卷！《巴黎小書店》以一艘塞納河上的平底船為背景，宛如一封情書，寫給書本，寫給複雜、偶爾頹喪、讓書本撫平創傷的凡人。如果不能去法國旅行一趟，那麼退而求其次，讀一讀這本書吧！

——**《騰躍吧，人生》作者／莎拉・帕坎南**

既教人心碎，又暖人心房，妮娜・葛歐格的寫意筆法除了帶著讀者經歷法國之美與圖書之妙，也讓我們感受到廣博雄偉的人性情緒。《巴黎小書店》的調色板、氣質和香氣會吸引你，用愛的救贖力量輕輕抱起你。

——**《古籍奇譚》作者／查理・羅威特**

這本書有許多讓人喜愛的地方：它描摹絕對的愛情，讚揚文學、閱讀的喜悅及力量，刻劃法國的鄉間風景及美食，描述不同形式的愛。妮娜・葛歐格的故事迷人，且鼓舞人心，一定會吸引喜愛《A・J・的書店人生》與《一個人的朝聖》的讀者。

——**「日常讀物」網站**

一段美麗的故事，描述悲傷、情誼、寬恕與如何打造值得一活的人生。《巴黎小書店》的脆弱故事容易引發共鳴，它刻劃了失落、偉大的愛情、錯失的機會與繼續前進的勇氣，如同書中主要角色的推薦，這部小說是受傷靈魂的良藥。

——**《書頁》書評網**

《巴黎小書店》討論了悲傷的本質、友情的力量、愛情與真理……妮娜．葛歐格是一位抒情作家，優美動人的文字及意象讓這個充滿冒險的感人故事更加精采！

——**書架情報網**

《巴黎小書店》是一首頌歌，歌頌閱讀、旅行、幽默、寬容與愛的癒療力量，愛書人絕對無法抵抗它的魅力！

——**渴望好書網**

妮娜．葛歐格本籍德國，創作成績斐然，這是她首部譯成外文的小說。她以優美的文字描述塞納河畔的美麗小鎮，刻劃出一個經常讓人遺忘的在喧囂巴黎之外的法國。書，不僅是療傷工具，也是從根本連接陌生人的燈塔。透過栩栩如生的人物，這部小說細細探討戀人、友人、親人之間的關係，以及我們為了所愛之人無私做出的沉痛犧牲。

——**「書單」網站／莫妮卡．貝茨**

妮娜．葛歐格告訴我們愛情、「讓腳步多了活力」的閱讀、普羅旺斯的探戈以及真正美食的巧妙之處……這是一本你還在閱讀時就會思索該送給誰當禮物的書，因為它讓你快樂，任何存貨充足的藥房都該有一本！

——**德國《漢堡早報》**

迷人的角色推動情節鋪展開來，美食與文學的華麗描述會讓讀者不知該奔向最近的圖書館，還是衝向最近的小餐館。

——**出版家週刊**

這部德國暢銷書溫暖人心，筆法偶爾多愁善感，描述釋懷舊愛，為新愛騰出空間……故事有趣迷人，是一部相信小說、浪漫故事與南法夏日的癒療效果的迷人小說。

——**寇克斯評論**

如果你想暫時走出自己的人生，那麼拿著這本慧黠討喜的小說坐下來吧……在這本小說中，每一件事都如你所願，從悲傷的時刻到澄澈的頓悟，每一個轉折都打在正確的節拍上。

——**歐普拉官網**

小說的情節背景太適合夏天閱讀……搭著平底船，遊走法國各地，在書本、美酒、愛情和精采對話的圍繞下，這種生活誰能抗拒？

——**基督教科學箴言報**

鼓舞人心的故事，描述佩赫杜對愛情與滿足的追尋，暢銷國際，讀來令人心曠神怡！

——**英國《獨立報》十大夏日推薦讀物**

一段感傷卻迷人的故事，順從故事舒緩的步調，找一艘屬於自己的船，是真實的也好，是比喻的也罷，讓生活（美食、美酒和親密的肢體接觸）引導你走向遺忘的朋友，以及新的開始。

——**英國《獨立報》**

可愛感人……難得讀到這麼美的一本書！

——**德國《蒂娜週刊》**

別創新格，錯過可惜！

——**今日美國報**

致謝

這部小說獻給我綽號「大氣約」（Broad Jo）的父親約阿希姆・阿爾伯特・沃夫甘・葛歐格（Joachim Albert Wolfgang George）。他生於一九三八年三月二十日（德國艾克瓦爾道鎮薩瓦德村Sawade/Eichwaldau），卒於二〇一一年四月四日（德國哈默爾恩市Hamelin）。

爸爸：

自我開始學習寫字以來，只有你讀我所寫下的每一個字。我無時無刻不想念你，在每一道暮光中，在每一面大海的每一個浪潮中，我都見到了你。

你話說到一半就走了。

妮娜・葛歐格，二〇一三年一月

獻給逝者。

也獻給繼續愛著他們的人。

尚・佩赫杜的旅行路線

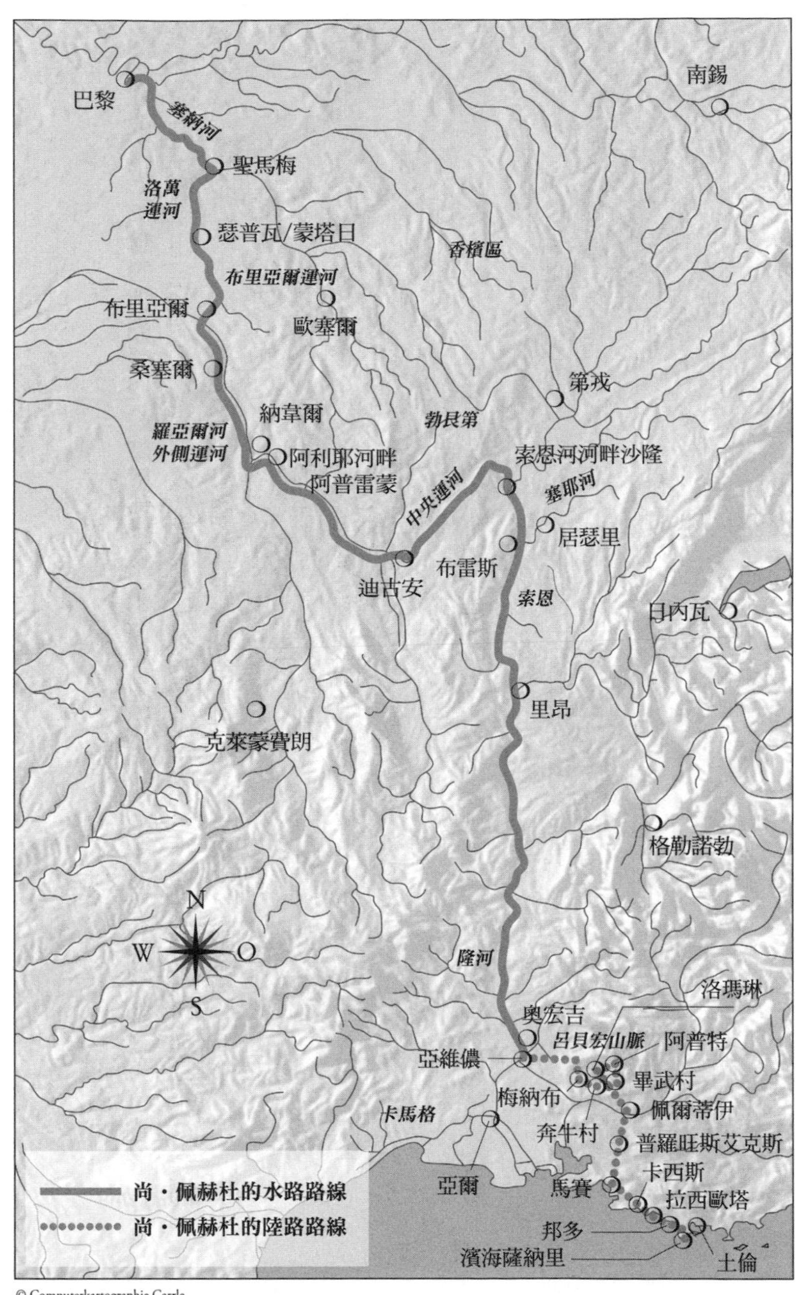

南錫
巴黎
塞納河
聖馬梅
洛萬
運河
瑟普瓦/蒙塔日
香檳區
布里亞爾運河
布里亞爾
歐塞爾
桑塞爾
第戎
納韋爾
勃艮第
羅亞爾河
外側運河
阿利耶河畔
阿普雷蒙
索恩河河畔沙隆
中央運河
塞耶河
居瑟里
布雷斯
迪古安
索恩
日內瓦
里昂
克萊蒙費朗
格勒諾勃
N
W
O
S
隆河
洛瑪琳
奧宏吉
呂貝宏山脈
阿普特
亞維儂
畢武村
梅納布
佩爾蒂伊
卡馬格
奔牛村
普羅旺斯艾克斯
卡西斯
亞爾
馬賽
拉西歐塔
尚・佩赫杜的水路路線
尚・佩赫杜的陸路路線
邦多
濱海薩納里
土倫

1

我究竟怎麼會讓他們說服我做這件事啊？

蒙塔納路二十七號公寓的兩位將軍——房東博納太太和管理員蘿莎蕾特女士——在兩人位於一樓的公寓中間包抄男士。

「那個Ｐ對老婆做了不要臉的事。」

「太可惡了，好像飛蛾對待新娘面紗。」

「看著某些人的老婆，實在很難怪這些人。冰箱還要買香奈兒的。但男人呢？沒一個有良心。」

「女士，我不清楚什麼……」

「當然不是在說你，佩赫杜先生，一般男人是用普通紗線編織的，但你是用喀什米爾羊毛。」

「總之呢，就是有新房客搬進來了，五樓，你那一層，先生。」

「但是那位女士家徒四壁，真的一樣東西都沒有，只有破碎的幻想，要什麼缺什麼。」

「這個你就幫得上忙了，先生，能給什麼就給什麼，捐什麼都好。」

「當然沒問題，或許一本好書……」

「其實呢，我們想到的是更實用的東西，也許一張桌子吧，你知道的，這位女士她什麼……」

「什麼都沒有，我已經知道了。」

賣書人想不出比書更實用的東西，但他允諾會搬張桌子給新來的房客。要桌子，他還有一張。

佩赫杜先生穿著賣力燙挺的白襯衫，推了推領釦之間的領帶，接著謹慎地開始捲袖子。他把袖子往內捲，一次捲一摺，直到捲到手肘高度為止。他目不轉睛地看著廊上的書櫃，櫃子後方是他將近二十一年不曾踏入一步的房間。

二十一年時光，二十一個夏季，二十一個元旦早晨。

但，桌子在房裡。

他吁了一口氣，隨手一摸，從書架上抽出歐威爾（Orwell）的《一九八四》（*1984*）。書沒有四分五裂，也沒有像受到冒犯的貓咪一樣，一口往他的手咬下去。

他取出下一本書，接著又抽出兩本，不久雙手都伸進櫃子裡，從架上抱下大堆大堆的書疊在一旁。

書堆發展成樹林、高塔、魔幻山嶺。他看著手中最後一本書，《鐘響十三下》（*When the Clock Struck Thirteen*），一部描述時空旅行的故事。

他如果相信預兆，這就是一個徵兆。

他掄起拳頭用力敲打隔板底部，板子從固定零件鬆脫。接著，他往後一退。

出現了，一層接著一層出現了。文字牆後方的門通往的房間是……

乾脆去買張桌子就好了。

佩赫杜先生抹了一下嘴。沒錯，撢掉書上的灰塵，把書放回去，把那道門忘了。去買張桌子，繼續像過去二十年那樣過日子。再二十年，他就七十歲了，他可以繼續撐到最後。

搞不好，他會早死。

懦夫。

他顫抖的手握緊了門把。

這個高大的男人慢慢打開門，將門輕輕往內推，閉緊了眼，然後……

只有月光和乾燥的空氣。他鼻子一吸，分析空氣，但一無所獲。

……的味道消失了。

經歷二十一個夏天，佩赫杜先生迴避想起……的技巧，已經像繞過打開的馬路人孔蓋一樣熟練。

他通常將她想成……，當成嗡嗡思緒中的停頓、舊日印象中的空白、情緒之間的暗點。他動不動就幻想各式各樣的空缺。

佩赫杜先生看了看四周，房間顯得多麼幽靜，雖然貼著薰衣草藍的壁紙，感覺還是很暗淡。在掩閉的門後，流逝的歲月擠壓出牆壁的顏色。

走廊的光線投射進房間，只有幾件東西投下了影子。一把小餐椅、一張餐桌、一只插著二十年前從瓦朗索爾高原偷來的薰衣草的花瓶。還有，一個五十歲的男人，在椅子上坐下，雙手環抱住自己。

以前，房間有窗簾，那邊有照片、花和書，一隻叫卡斯特的貓睡在沙發上。有燭臺，有細語，有斟滿的酒杯及音樂。牆上搖曳著影子，一個高大，另一個嫵媚動人。這個房裡曾經有愛存在。

如今，只剩下我。

佩赫杜先生握起拳頭，壓住灼熱的眼睛。

他反覆用力嚥下口水，強忍住淚水，喉嚨緊得無法呼吸，背部似乎又熱又痛。

直到吞嚥口水不再感到疼痛後，佩赫杜先生才起身推開窗戶，一陣香氣立刻從後院飄進來。

是高登柏格夫婦的小花園的香草氣味。迷迭香和百里香的味道，混合著切所使用的按摩油——切是一名通「足語」的盲眼足病治療師。除此之外，考菲的非洲辛辣烤肉與鬆餅香氣混合，而在那股香氣之上，飄著的是六月巴黎、萊姆花及期盼的芬芳。

但佩赫杜先生不會讓這些香味影響自己，他努力抵抗它們的魅力，他變得善於忽視以任何方式喚起渴望的任何事物。香氣、旋律，和萬物之美。

他走去空蕩蕩的廚房隔壁，從儲藏室取了肥皂和水，開始擦拭木桌。

他趕走自己坐在桌前的朦朧畫面，不是一個人，而是跟……。

他洗洗刷刷，不去想一個尖銳的問題：他開啟了埋藏他所有的愛戀、夢想與過去的房間之門，現在應該怎麼辦？

回憶如狼，無法將它關起來，希望它不來打擾你。

佩赫杜先生把長條桌抬到門口，用力搬到書櫃的另一側，越過魔幻紙山，來到樓梯轉角平臺，走向一廊之隔的公寓。

準備敲門時，一個傷心的聲音傳入耳中。

是壓抑的哭聲，彷彿隔著墊子在哭泣。

在綠色的門後，有人在哭。

一個女人。而且，她哭得彷彿不希望有人會聽見——誰都不要聽見。

2

「她老公就是你知道的那個啊，P先生。」

他不知道，佩赫杜不讀巴黎的八卦版。

凱薩琳女士是你知道的那個P先生的老婆，本來在P先生的藝術經紀公司幫忙打點公關事務。某個週四深夜，她很晚才下班回家，結果她的鑰匙居然開不了門，而且樓梯擺著一個行李箱，上面是離婚申請書。她老公搬去一個陌生的地址，帶走舊家具，還帶了個新女人一起搬進去。

即將成為「賤男」前妻的凱薩琳，只剩下結婚時帶來的衣服，以及一個領悟——她太傻了，竟然以為分手後丈夫會念在過去的情分善待她。她以為她太了解丈夫了，丈夫不會再給她意外。

「常見錯誤。」房東博納太太一面抽著菸斗吐煙圈，一面大發議論，「要到被丈夫拋棄，女人才會真正見識到丈夫是怎樣的人。」

佩赫杜先生還未見到這個遭人絕情地從自己人生中驅逐的女人。

此刻，他聽著女人拚命壓抑的落寞哭聲，也許是用雙手或茶巾摀著吧。他該宣布他在外面讓她尷尬嗎？他決定還是先去把花瓶和椅子拿來。

他躡手躡腳，在自己和她的公寓之間來回走動。他很清楚這幢自負的老屋子多麼奸詐，哪一塊地板會吱吱叫，哪一面牆壁是晚期增建所以比較薄，哪一條藏起來的管子跟擴音器一樣，他都心中有數。

當他在除了拼圖以外空無一物的客廳裡，鑽研一萬八千片世界地圖拼圖時，其他住戶的生活聲響經由房屋結構傳來。

高登柏格夫婦的爭執（夫：「妳就不能有一次……妳為什麼？我難道沒有……？」妻：「你老是要……你從來不……我希望你……」）。他從兩人新婚就認識他們，當時他們經常一起笑，後來孩子出生了，這對父母如大陸板塊一般漸行漸遠。

他聽到克拉拉・韋蕾特的電動輪椅輾過地毯邊緣、木頭地板和門檻，他記得這名年輕鋼琴家能夠跳舞的時候。

他聽到切和年輕的考菲做菜的聲音，切正在攪動鍋子，他是天生瞎子，但他說自己可以透過人類情感思想的蹤影遺跡看到世界，他也可以感應到一個房間中是否有人愛過、住過或在裡面吵架。

每逢週日，佩赫杜也會聽到鮑姆太太和居孀互助會的聲音，她們閱讀黃色書刊，像小女孩一樣咯咯笑。佩赫杜背著她們古板的親戚，悄悄塞這些書給她們看。

在蒙塔納路二十七號偷聽到的生活點滴，就像是一片大海，拍打著佩赫杜寂靜小島的海岸。

他聽了超過二十年。他對鄰居瞭若指掌，反而訝異於他們對自己居然所知甚淺（他倒也沒有在意這一點）。他們不知道他幾乎沒有家具，除了一張床、一把椅子、一個掛衣杆。他的家沒有簡單的擺設，沒有音樂，沒有圖畫、相本、三件式套裝和陶瓷餐具（只有自己用的餐具），他們也不知道他自願選擇了這樣的簡樸生活。他仍舊使用的兩個房間空空蕩蕩，連咳個嗽都會傳來迴音。客廳裡只有一樣東西，那就是地板上的巨幅拼圖。臥室擺了床、燙衣板、閱讀燈和滾輪掛衣杆，杆上掛著三套一模一樣的衣服：灰褲子、白襯衫、褐色V領毛衣。廚房有摩卡壺、咖啡罐及一個食物架，食物則按照字母順序排列。也許幸好沒有人看到。

但他對蒙塔納路二十七號住戶懷著奇異的感情，知道他們平安無恙，他不知為何覺得比較心安——他以低調的方式盡自己的一份心力，用書幫忙他們。除此之外，他留在背景中，做畫裡的小人影，讓生活在前方演出。

可惜，四樓剛搬來的房客麥克斯米蘭・喬登教佩赫杜先生不得安寧。喬登戴特製的耳塞，耳塞上再戴耳罩，冷時還加上羊毛帽一頂。在造勢宣傳之下，這位年輕作家的處女作讓他一炮而紅，從此往後他便忙著逃離不惜代價想搬來跟他同居的書迷。喬登對佩赫杜先生產生奇妙的興趣。

佩赫杜把椅子放在樓梯平臺的餐桌旁邊，將花瓶擱在桌上，而就在這個時候，哭聲止住了。

他聽見地板的嘎吱聲取代了哭聲——有人走在地板上，而且希望地板不要嘎吱作響。他隔著綠門上的毛玻璃窗凝視，接著敲了兩下門，非常輕地敲了兩下。

一張臉挨近，一張模糊而明亮的橢圓臉。

「什麼事？」橢圓臉低聲問。

「我有一張椅子和一張桌子要給妳。」

橢圓臉不發一語。

我跟她說話必須溫柔，她哭了那麼久，人大概都哭乾了，我如果太大聲，她會碎裂。

「還有一個瓶子，插花用的，比方紅色的花，放在白色桌上會很好看。」

他的臉頰幾乎要貼到玻璃上了。

他小聲說：「但我也可以送妳一本書。」

走廊的燈熄滅了。

「怎樣的書？」橢圓臉低聲問。

「能安慰人的那種。」

「我需要再哭一會兒，不然我會淹死，你懂嗎？」

「當然懂，有時候我們在沒哭出來的眼淚中游泳，如果把眼淚積聚在心裡，人會沉沒。」**而我在淚海的海底**。「那麼，我拿本會讓妳哭的書來。」

「什麼時候？」

「明天。答應我，繼續哭之前，先吃點東西、喝口水。」

他不知道自己怎麼會如此冒昧，一定是因為他們中間隔著門的關係。

玻璃蒙上了她的氣息。

「好。」她說：「好。」

走廊的燈再次亮起，橢圓臉往後退開。

佩赫杜先生把手貼在玻璃上一下子，一秒鐘前她的臉在那裡。

她如果需要其他東西，矮櫃啦，馬鈴薯削皮器啦，我都去買來，就說我本來就有的。

他回到空蕩蕩的公寓，拉上門閂。通往書櫥後方房間的門依然開著，佩赫杜先生看著房裡，看著看著，一九九二年的夏天彷彿從地板上浮現。貓咪蹬著柔軟光滑的爪子，從沙發跳下來伸展身軀。陽光撫摸著一面赤裸的背，那張背轉過來，變成了……。她對佩赫杜先生嫣然一笑，從看書的姿勢起身朝他走來，赤裸著身體，手裡拿本書。

「你終於準備好了？」……問。

佩赫杜砰一聲關上門。

不。

3

「不。」佩赫杜先生隔日上午又這麼說。「我寧可不賣妳這本書。」

他溫柔而用力地從小姐手中把《夜》（*Night*）拿回來。他的書船——停泊在塞納河上，他取名為**文學藥房**——有不計其數的小說，她莫名其妙偏偏選中了麥克斯米蘭・「麥克斯」・喬登——也就是蒙塔納路四樓的耳罩男——那本惡名昭彰的暢銷書。

客人受到驚嚇，望著賣書人。

「為什麼不？」

「麥克斯・喬登不適合妳。」

「麥克斯・喬登不適合我？」

「沒錯，他不是妳喜歡的類型。」

「我喜歡的類型？哦，不好意思，但我也許應該向你指明一點，我上你的書船是要找書，不是要找老公，**親愛的**先生。」

「恕我冒昧一句，妳所閱讀的書，以長遠的角度來看，比妳所嫁的對象更重要，**親愛的**小姐。」

小姐瞇縫了眼看著他。

「書給我，收下錢，我們兩個都可以假裝這是愉快的一天。」

「**確實**是愉快的一天，因為明天就是夏天了。但妳拿不到這本書，從我這裡拿不到。容我另外推薦幾本吧？」

「好哇，想賣我幾本你懶得丟下船毒死魚的經典老書嗎？」她起初輕聲細語，但音調不停拔高。

「書不是蛋，妳知道的，稍微有點年代並不表示就會壞掉。」這時，佩赫杜先生的聲音也氣惱起來。「舊有什麼錯？老又不是病，每個人都會老，書也一樣會變舊。而妳呢，而**任何人**會不會因為活得比較久就少了價值，不再那麼**重要**了呢？」

「就為了不想賣我那本愚蠢的《夜》，你歪曲每一件事實，莫名其妙到了極點。」這位顧客——或者該說是「未光顧客」——把錢包扔回奢華的肩包裡，用力拉扯卡住的拉鍊。

佩赫杜的內心湧起一樣東西，一股強烈的情緒，憤怒、緊張——只是與這個女人無關，但他仍管不住自己的舌頭。女人氣鼓鼓地大步穿過書船船艙，他急急忙忙跟上去，在長排書架之間的暗光中，對她大喊：「小姐，妳可以自己選擇！妳可以離開唾棄我，或者立刻免去幾千小時的折磨。」

「謝了，那正是我在做的事。」

「盡情享受書籍的寶藏，不要與反正都會怠慢妳的男人建立無謂的關係，也不要開始瘋狂節食，因為妳對這個男人來說不夠瘦，對下一個男人而言不夠笨。」

她一動也不動地站在眺望塞納河的大凸窗旁，氣呼呼地瞪著佩赫杜，「你好大的膽子！」

「看書會讓愚蠢無法靠近妳，還有妄想，還有自私的男人。書用愛、用力量、用知識脫下妳的衣服，那是發自內心的愛。決定吧！妳要書，還是……」

話還沒說完，一艘巴黎遊船駛過，船欄旁的傘底站著一群中國女人，看到巴黎著名的水上文學藥房，紛紛拿起相機喀嚓喀嚓拍照。遊船往河岸打出一波波褐綠色的水，書船隨即一陣顛簸。

蹬著時髦高跟鞋的顧客搖搖晃晃，佩赫杜非但沒有伸手扶她一把，還遞了一本《刺蝟的優雅》（*The Elegance of the Hedgehog*）給她。

小姐出於本能地抓住小說，緊握不放。

佩赫杜也牢牢抓著小說，用溫柔冷靜的安撫口吻對陌生人說話。

「妳需要自己的房間，不要太亮，養隻小貓作伴。這本書呢，請慢慢地讀，這樣才能偶爾休息。妳會思考很多事，大概還會稍微哭一下，為自己哭，為這些年哭。之後妳會覺得好多了。妳會知道妳不用去死，就算因為那傢伙對妳不好，妳現在有這種感覺。妳會重新喜歡自己，不會覺得自己醜陋或天真。」

他講完這些指示才放開手。

顧客目不轉睛地看著他，而從她的震驚神情，佩赫杜知道他達到了目的，他講到她的內心。幾乎是正中靶心。

接著，她把書扔掉。

「神經病。」她低聲罵了一句，陡然轉身，低頭踉踉蹌蹌走開，穿過滿艙的書籍，步上河堤。

佩赫杜先生撿起《刺蝟的優雅》。妙莉葉・芭貝里（Muriel Barbery）的小說書脊背摔傷了，只好用一或兩歐元賣給河堤上用箱子裝書、任人亂翻的舊書商。

佩赫杜先生望著顧客的背影，只見她奮力擠過散步的人群，套裝裡的肩膀顫抖不已。

她在哭。她哭的樣子像是自知不會被這段小插曲擊垮，但此刻的委屈卻傷她很深。她已經承受一個殘酷的重擊，還不夠嗎？這個討厭的賣書人，一定要往她的傷口上撒鹽嗎？

佩赫杜先生猜想，在她個人一到十的白癡量表上，她大約會給他——**文學藥房**這個外強中乾的白癡——十二分。

他與她持相同看法。他突然生氣，還用跋扈的口吻說話，絕對與前一晚、與那個房間有關。他平常比較樂天。

一般而言，他不會受到顧客的心願、羞辱或怪癖所影響。他把客人分成三種人。第一種人把書看成狹隘日常生活唯一輕拂的新鮮空氣，這是他最喜歡的顧客，他們相信佩赫杜先生可以告訴自己他們需要什麼，又或者他們會向佩赫杜先生吐露自己的缺陷，比方：「不要有山、有電梯或有警官的書，拜託……——我有懼高症。」有人會對佩赫杜先生唱兒歌，更確切地說，不是用唱的，是用吼的：「嗯……嗯嗯，嗯嗯，達達達……——知道那一首歌嗎？」希望厲害的賣書人幫他們想起來，給他們一本盤旋著童年旋律的書。大多數時候，他的確知道符合這些歌曲的書。曾有一段日子，他經常唱歌。

第二種顧客上了「露露號」（停在香榭麗舍埠頭的書船的本名），是被書店的名字「文學藥房」所吸引。

他們購買奇怪的明信片（「閱讀消弭偏見」或「看書的人不說謊——至少不會邊看邊說謊」）與裝在褐色藥瓶裡的迷你書，或是拍照。

不過，跟第三種比起來，這些人還算非常有趣。第三種人自詡為國王，可惜缺乏王者風範，不會說「你好」，也不怎麼看著他，還用吃過薯條的油膩膩的手指碰每一本書，並以責備的語氣問佩赫杜：「你怎麼沒有印著詩的ＯＫ繃？印著犯罪小說系列叢書的衛生紙？你怎麼不賣充氣旅行枕？書籍藥房賣那個很有用。」

佩赫杜的母親莉拉貝兒・貝尼爾（前佩赫杜太太）鼓勵他賣外用酒精和彈性襪──某種年紀的女人坐著看書時腿會腫脹。

有些日子，他襪子賣得比文學作品還多。

他嘆了口氣。

情緒這麼脆弱的女人，為什麼這麼急著要閱讀《夜》呢？

好啦，它對她不會造成任何傷害。

唔，不會造成太多傷害。

《世界報》（*Le Monde*）讚譽這部小說和麥克斯・喬登為「年輕叛逆世代的新聲音」，女性雜誌對「有著飢渴心靈的小夥子」燃起狂亂的熱情，印了比封面還大的作者照片。在這些照片中，麥克斯・喬登總是顯得有點呆呆的。

呆，而且感情受創。佩赫杜心想。

喬登的處女作裡，通篇是恐懼個人獨立存在的男人，他們只以敵意及玩世不恭的冷漠態度回應愛情。一個評論家歌頌《夜》是「新陽剛氣的宣言」。

佩赫杜則認為這本書沒那麼狂妄，而是一個初戀年輕人灰心反省內在生活的努力。年輕人無法明白，他為何失去所有的自持愛上一個人，接著又同樣神祕地不再付出愛，而無法決定他要愛誰、誰來愛他，無法決定從哪裡開始、在哪裡結束。起始之間難以捉摸的一切令他極度不安。

愛情，男人認為它是窮兇惡極的獨裁者。難怪男人在表現出男人的樣子時，往往以逃之夭夭問候他們的暴君。無數的女人閱讀此書，想明白男人何以對她們如此忍心，他們為什麼更換門鎖，用簡訊甩掉自己，跟自己最好的朋友上床，通通對大獨裁者比著自己的鼻子：

看吧，妳得不到我的，不，得不到我。

但，這本書真能安慰這些女人嗎？

《夜》翻譯成二十九種語言，甚至賣到比利時去了。公寓管理員蘿莎蕾特尤其喜歡強調這一點。身為在法國出生長大的女人，她總愛說比利時人永遠讓人摸不透。

七週前，麥克斯・喬登搬入蒙塔納路二十七號，住在高登柏格夫婦對門的四樓，那時還沒有任何用情書、電話與畢生承諾追求他的書迷找到他。網路上甚至有一個《夜》的專屬論壇，書迷交換情報，討論他的前女友（未知，大哉問：喬登是處男嗎？）、他的怪癖（戴耳罩）和他可能的住址（巴黎、昂蒂布、倫敦）。

佩赫杜在文學藥房看到太多的《夜》迷，他們戴耳罩上船，哀求佩赫杜先生安排一場他們偶像的朗讀會。佩赫杜向鄰居提議時，二十一歲年輕人的臉變得煞白。佩赫杜猜他應該是怯場。

在他看來，喬登是亡命的年輕人，是被迫冠上作家之名的孩子——當然，很多人認為他揭穿男人情感動盪的祕密，網路上甚至有宣洩不滿的論壇，匿名網友把喬登的小說四分五裂，嘲笑其中的內容，建議作者仿效絕望的小說人物明白自己無法控制愛情之時做的事——從科西嘉島的斷崖跳下海。

《夜》最迷人之處，是作者對男性弱點的描述，從來沒有一個男人，像他這樣開誠布公地描寫男人的內心生活。他踐踏文學中每一個熟悉的男性理想形象：「雄壯的男子漢」、「感情上的侏儒」、「精神錯亂的老翁」、「獨行狼」。一本女權主義雜誌評論喬登的處女作，下了適切的圓潤標題——**男人亦凡人**。

喬登的大膽令佩赫杜折服，但他仍然覺得這本小說只是一碗西班牙冷湯，不停往碗緣濺潑，作者還是一樣無防衛能力，無防護措施——他是佩赫杜的負片的正片。

佩赫杜很想知道，體驗如此激烈的經歷後，究竟是怎樣的感受。

4

接下來，佩赫杜服務一個英國人。英國人問他：「我最近看過一本封面是綠色和白色的書，翻譯了嗎？」佩赫杜猜他說的是一本在十七年前出版的經典作品，最後改賣一本詩集給他。之後，他用手推車，幫忙送貨員把條板箱裡他訂的書搬上船，然後收集幾本新出版的童書，這是塞納河對岸那間小學有點狂躁的老師要的。

佩赫杜抹抹一個小女孩的鼻子，她正沉醉在《黃金羅盤》（*The Golden Compass*）中。小女孩的母親顯得操勞過度，佩赫杜替她分期付款購買的三十冊百科全書開了退稅證明。

她指了指女兒，「我這個孩子很奇怪，她希望在二十一歲以前讀完整套，我說好，她可以買百科……百科……噢哦，整套參考書，但以後不能有其他生日禮物了，耶誕節也沒有禮物。」

佩赫杜點頭向七歲小女孩打招呼，小女孩也誠摯地點點頭。

「你看那樣正常嗎？」母親焦急地問：「她這個年紀？」

「我認為她勇敢、聰明，而且表現得很好。」

「只要以後別讓男人覺得太聰明就好。」

「太太，笨男人會覺得她太聰明，但誰會要笨男人？女人碰上笨男人就慘了。」

原本看著激動發紅雙手的母親愕然抬起頭。

她問：「怎麼沒有人告訴我？」一絲微笑掠過她的臉龐。

「這樣吧，」佩赫杜說：「還是挑一本妳喜歡的書給妳女兒，今天藥局打折──買一套百科全書，就送一本小說。」

女人眼睛眨也沒眨一下就信了他的小謊，嘆了口氣道：「但我媽在外面等我們，她說想搬去養老院，我就不用再照顧她，但我做不出這種事，你能嗎？」

「我來照料妳媽媽，妳去找禮物，好嗎？」

女人帶著感激的笑容，照著他的話去做。

佩赫杜替小女孩不敢走舷梯的奶奶端了杯水到外面的河堤。

佩赫杜很熟悉年長者的這種懷疑。他有許多年逾七旬的顧客，他會到陸地提供建議，就在老婦人現在坐的那張鍛鐵長椅上。人生走得越遠，老人家就越保護他們的好日子，不讓任何事危及他們剩餘的年月。因此，他們不再出門旅行，把屋外的古木砍了，以免樹木倒下壓到屋頂。他們不再走五公分厚的鋼材舷梯慢慢過河。佩赫杜也替奶奶拿了本雜誌大小的目錄過來，她接過後朝自己搧風以抵擋暑氣。老婦人拍拍身旁的椅子，邀請他坐下。

她讓佩赫杜想起自己的母親莉拉貝兒，也許是那雙看起來又機靈又聰慧的眼睛吧。於是，他坐了下來。塞納河波光粼粼，藍藍的天空散發著夏日氣息，車潮的呼嘯聲和喇叭聲從協和廣場傳來，一刻也不得安寧。七月十四日之後，巴黎人會出門占領海岸高山避暑，屆時市區的人潮會稍微少一些。不過，即使到了那個時候，城裡依然還是吵鬧飢渴。

「你有時也會這樣嗎？」老奶奶突然問：「檢查舊照片，看看去世的人的臉有沒有出現任何快死的暗示？」

佩赫杜搖頭，「不會。」

老婦人的手指布滿肝斑，抖抖索索地打開脖子上的盒式項鍊墜。

「這是我的丈夫，身體垮下前兩週拍的，接著突然就這樣走了。我一個年輕女人，在一間空蕩蕩的房間裡。」

她用食指撫摸丈夫的照片，輕拍他的鼻子。

「他看起來好悠閒自在，好像計畫都會實現，我們看著相機，以為會一直一直這樣下去，沒想到接著就是：你好，長眠。」

她停頓了一下，說道：「我呢，就不再讓任何人幫我照相了。」她把臉龐轉向太陽，「你有沒有關於臨終的書？」

「其實有很多。」佩赫杜說：「講變老的書，講染上不治之症的書，講緩慢、快速、獨自在醫院病房死去的書。」

「我經常搞不懂，大家怎麼不多寫一些有關於過日子的書，誰都會死，但大家會過日子嗎？」

「妳說得對，老太太，過日子有太多可以說的，跟著書一塊過日子，跟著孩子一塊過日子，初學者的生活之道。」

「那就寫一本吧。」

說得好像我可以給誰建議一樣。

「我比較想寫一本談論常見情緒的百科全書。」他坦承說：「從A開始，『挑選搭便車者的焦慮』，到E，『早起者的自鳴得意』，最後到Z，『熱中於隱藏腳趾頭，或者恐懼腳的畫面會毀了某人對你的愛』。」[1]

佩赫杜納悶自己怎麼一古腦地對陌生人說出這些話。

如果沒有打開房間就好了。

老奶奶拍拍他的膝蓋，他立刻起了一陣哆嗦。肢體接觸很危險。

「情緒百科全書。」她笑著重複說了一遍。「我懂腳趾頭的那種感覺，常見情緒大百科……你知道德國作家耶里希・凱斯特納（Erich Kästner）？」

佩赫杜點點頭。一九三六年，歐洲即將陷入黑褐相間的黑暗，凱斯特納依據他的作品詩歌藥櫃出版了《抒情藥箱》（*Lyrical Medicine Chest*），在前言中寫道：「本書旨在治療私人生活，處理——主要以順勢療法藥物——生命存在的大病小痛，有助於『治療一般內心生活』。」

「凱斯特納正是我把書船取名為文學藥房的理由之一。」佩赫杜說：「我希望治療一般人不認為是病痛、醫生診斷不出的情緒。沒有治療專家對那些小情緒感到有興趣，因為它們顯然太過微渺，難以捉摸。又一個夏天接近尾聲時，襲上心頭的那種強烈感受，或是領悟已經沒有完完整整的人生讓你找出自己的歸屬，或是一段友誼未如預期地發展，你必須繼續尋找終生伴侶的淡淡感傷。或者，生日當日早晨的憂鬱，對童年時代空氣的緬懷，諸如此類的情緒。」他想起母親曾向自己吐露她承受著一種無解的痛。「有的女人只看另一個女人的鞋子，從不看對方的臉。另一種女人永遠看著別的女人的臉，偶爾才注意她們的鞋子。」莉拉貝兒偏向第二種，並覺得遭受第一種人羞辱和冤枉。

正是為了減輕這種費解而真實的痛，他買下這艘本名為「露露號」的工程船，親手改造，裝載因無數不明原因而感到痛苦折磨的靈魂的唯一解藥——書。

「你應該寫，替文學藥劑師寫一部情緒大百科。」老婦人稍微坐挺了身子，顯得更有活力、更興致勃勃。「在C底下加上『對陌生人的信任』，好比在火車上，對素昧平生的

1. A 指焦慮 Anxiety，E 指早起者 Early risers，Z 指熱中 Zealous。

人敞開心扉，比對自己家人更願意暢談的那種奇異感受。還有，在G底下加上『孫兒的慰藉』，那是生命延續的領悟……」她陡然沉默下來，變得很遙遠。[2]

「熱中於隱藏腳趾頭——我就是一個，但他喜歡……他總是喜歡我的腳。」

當老奶奶、母親和小女孩道別走後，佩赫杜思索著一個常見的錯誤印象——賣書人照顧書。

他們照顧的其實是人。

中午左右，上門的人潮少了——對法國人來說，吃比國家、宗教和金錢加起來更神聖——佩赫杜拿起硬掃把清掃舷梯，驚動了一窩傍水而居的蜘蛛，接著看到卡夫卡和林格倫沿著河岸林蔭大道朝他斜斜跑來。這兩隻流浪貓天天來找他，他根據牠們的若干偏好為牠們取名字。灰色公貓有一圈牧師領似的白毛，喜歡用法蘭茲・卡夫卡（franz kafkas）的《一隻狗的研究》（*Investigations of a Dog*）——一則以狗的觀點分析人類世界的預言——磨爪子。而橘白相間的長耳林格倫，則喜歡躺在長襪皮皮的故事書附近。牠是一隻漂亮的母貓，經常躲在書架後方往外偷窺，仔細察看每一個客人。林格倫與卡夫卡偶爾會幫佩赫杜的忙，無預警地從上層書架落到第三種客人的身上，也就是手指油膩的那種客人。

兩隻博學的流浪貓等到不必畏懼粗笨的大腳時才上船，一上來就摩挲著賣書人的褲管，溫柔地咪咪叫著。

佩赫杜先生一動也不動地站著，一瞬間，非常短暫的一瞬間，他卸下了心防。他喜歡貓咪的熱情和溫柔。他閉上眼幾秒，陶醉在小腿上無比舒緩的感受。

這些近似愛撫的動作是佩赫杜日常生活中唯一的肢體接觸。

是他唯一允許的接觸。

這時，在佩赫杜按照都會五大煩惱分門別類的書架後方（忙亂的步伐，冷漠，暑熱，噪音，無所不在並嗜虐成性的公車司機），有人發出一陣煩人的咳嗽聲——珍貴的插曲於焉結束。

2. C 指信任 Confidence，G 指孫兒 Grandchildren。

5

貓咪潛逃至半明半暗中，鑽進船上廚房，尋找佩赫杜為牠們放好的鮪魚罐頭。

「哈囉？」佩赫杜先生高呼：「需要幫忙嗎？」

「我不是在找東西。」麥克斯・喬登用低沉沙啞的聲音說。

這位暢銷書作家遲疑地往前走來，兩手各捧著一顆甜瓜，必定戴著的耳罩同樣固定在頭上。

「喬登先生，你們三個在那裡站很久了嗎？」佩赫杜以誇大的嚴峻態度問。

喬登點點頭，尷尬的紅暈漫散到黑髮的髮根。

「我到的時候，你正好在拒絕把我的書賣給那位小姐。」他不悅地說。

哦，天啊，來得真不是時候。

「你真的認為那本書那麼糟嗎？」

「沒有。」佩赫杜馬上回答，因為若稍有遲疑，喬登會誤以為他其實要說的是「對」。況且，佩赫杜的確不覺得那本書很糟。

「那麼，你為什麼說我不適合她？」

「先生……嗯……」

「叫我麥克斯就好。」

叫他麥克斯的話，這小子也可以直呼我的名字。

最後用那巧克力般溫暖的聲音喊出他的名字的人是……。

「我姑且繼續叫你喬登先生吧。喬登先生，你若不介意的話。喏，我賣書像在賣藥，有的書適合一百萬人，有的只適合一百人，有的藥甚至……抱歉，我是說書……只為一個人而寫。」

「哇，天啊，一個人？單單一個人？辛苦了那麼多年？」

「當然……如果它救了那人的命就值得了！那個客人目前不需要《夜》，她承受不了，副作用太強。」

喬登想了一想，看著貨船上成千上萬本的書——在書架上，在椅子上，甚至堆疊在地板上。

「你怎麼知道一個人有什麼問題，書又有什麼副作用呢？」

唉，他要怎麼跟喬登解釋他也不清楚自己是**怎麼**辦到的呢？

佩赫杜靠的是眼睛、耳朵和直覺。只要交談一回，他就能判別出每一個靈魂所欠缺的東西。他可以從身體姿勢、動作和手勢，判斷出負擔或焦慮的部分原因。還有最後一點：他擁有他父親稱之為透視力的能力。「你可以看穿、聽穿大多數人的偽裝，看到他們偽裝後面的焦慮、夢想與所欠缺的一切。」

人人皆有天賦，他的恰好是透視力。

治療師艾利克・朗森是他的常客，在愛麗舍宮附近開業，治療政府官員。有一次他向佩赫杜坦承，自己嫉妒他的「心理測量能力」，比聽了三十年都出現耳鳴的治療師還能準確地檢查心靈」。

每逢週五午後，朗森會出現在文學藥房，他喜歡「龍與地下城」主題的奇幻書，會分析角色的精神逗佩赫杜笑，跟佩赫杜聊到政治家及政治家壓力過重的幕僚時，這個治療師還會以文學密碼來描述這些人的神經官能症的「處方」——「有輕度品瓊[3]傾向的卡夫卡風格」、「夏洛克[4]，徹底缺乏理性」或「樓梯底哈利波特症候群的絕佳例子」。

引誘每日處理貪婪、濫權與無止境事務的人（主要是男人）進入書的世界，對佩赫杜來說是一項挑戰。這些飽受折磨、唯命是從的人，如果有一個辭去剝奪他全部獨特個性的工作，那是多麼可喜可賀的一件事！在這樣一場解放中，往往有一本書發揮了重要作用。

「喏，喬登。」佩赫杜換一個策略說：「書是醫師，也是藥，它做診斷，也提供治療。給適當的小毛病正確的小說，就是我賣書的方法。」

「我懂了，我的小說是牙醫，那位小姐需要的是婦科醫師。」

「呃……不對。」

「不對？」

「書當然不只是醫師，有的小說是一輩子的忠誠伴侶，有的給你一記耳光，有的在秋天傷感時以溫暖的毛巾裹住你，有的……啊，有的是粉紅色棉花糖，在腦子裡顫動三秒，留下充滿喜悅的空白，就像熱烈而短暫的風流韻事。」

「所以《夜》是文學的一夜情？蕩婦一名？」

可惡，賣書有一條老規矩：絕不對作家談其他作家的書。

「不對，書像人，人像書，我告訴你我怎麼做吧。我會問自己：這男人或女人是不是自己生活中的主角？他的動機是什麼？或者他在自己故事中只是扮演次要角色？她正在將自己從自己的故事中刪除嗎？是因為她的丈夫、職業、孩子或工作毀了她的整部作品嗎？」

麥克斯・喬登瞪大了眼睛。

「我的腦中大約有三萬個故事，不算太多，你知道的，光在法國就有超過一百萬種的書。我這裡有療效最佳的八千部作品，當作急救箱，但我也編輯了療程。我準備文字做成的藥：一本讀起來像是家人團聚的美好週日的烹飪書，一部主角與讀者雷同的小說，一冊讓吞忍有礙身心的眼淚流下的詩歌。我傾聽，用……」

佩赫杜指著自己的心窩。

「我也會傾聽這裡。」他揉揉後腦勺，「還有這裡。」他現在指著上唇上方的柔軟處。「如果這裡震顫……」

「算了吧，那不可能……」

「當然可能。」他大約可以看穿百分之九十九・九九的人。

不過，有些人佩赫杜無法透視。

比方說，他自己。

但喬登先生目前沒有必要知道那一點。

在佩赫杜和喬登講道理時，一個危險的想法偶然飄進他的腦海裡。

我想有個兒子，跟……生一個兒子。我想跟她做每一件事。

佩赫杜倒抽一口氣。

自從打開禁止打開的房間後，情況就失衡了，他的防彈玻璃出現裂痕——數道細如髮

3. Thomas Ruggles Pynchon, Jr，一九三七－，美國作家，作品以晦澀複雜著稱。
4. 即夏洛克・福爾摩斯（Sherlock Holmes），亞瑟・柯南・道爾（Sir Arthur Ignatius Conan Doyle）所塑造的名偵探。

絲的裂痕──若他不恢復自制，每一樣東西都會粉碎。

「現在，你看起來非常……缺氧。」佩赫杜聽到麥克斯・喬登的聲音說。「我不是有意冒犯你，只是想知道，當你告訴別人：『我不賣這個給你……你們不搭。』他們會有什麼反應？」

「那些人？他們氣得走掉了。你呢？你下一本書寫得怎麼樣了？喬登先生。」

年輕作家捧著甜瓜，噗通坐到環繞在書堆之中的扶手椅上。

「沒寫，一行也沒寫。」

「哦，什麼時候必須交稿？」

「六個月前？」

「哦，出版社方面怎麼想？」

「他們不知道我在哪裡，沒有人知道，絕對不能有人知道，我受不了了，我再也不能寫了。」

「哦。」

喬登往前一倒，額頭靠在甜瓜上。

「佩赫杜先生，你無法繼續下去時會做什麼？」他疲憊地說。

「我？什麼都不做。」

幾乎什麼都不做。

我深夜在巴黎散步，走到累了為止。我清理露露號的引擎、船身和窗戶，讓船處於隨時可以出發的狀態，連一根螺絲也不放過，雖然二十年來它一直停在原處。

我看書──同時看二十本書，走到哪裡看到哪裡：馬桶上，廚房裡，咖啡廳內，地鐵

中。我拼占滿地板的拼圖，完成後打散，從頭再來。我餵流浪貓。我把食品雜貨按照字母順序排列。我偶爾吃安眠藥，服用一劑里爾克（Rilke）的詩歌後醒來。我不讀出現像……——的女人的任何作品。我逐漸化為石頭。我繼續過日子，每一天都一樣。這是我撐下去的唯一方法。但除了那之外，沒有，我什麼都沒有做。

佩赫杜有意忍住不說，這年輕人是來請求幫忙的，他並不想知道佩赫杜好不好。那就給他吧。

賣書人從櫃檯後方的舊式小型保險櫃中取出他的寶貝。

薩納里（Sanary）寫的《南方之光》（*Southern Lights*）。

薩納里唯一寫的一本書——至少是用那個名字發表的唯一作品。「薩納里」是一個令人費解的神祕筆名，出自流亡作家昔日的避難小鎮——普羅旺斯南岸的濱海薩納里。

他——或她——的出版人杜普雷住在法蘭西島的老年之家，得了阿茲海默氏症，但神采奕奕。佩赫杜去探望他時，對於薩納里是誰，稿子怎麼到他的手中，年邁的杜普雷提出二、三十個版本的說法。

因此，佩赫杜先生還在尋找。

二十年來，他分析語言的韻律、文字的擇選與句子的抑揚頓挫，拿其他作者的作品來比較風格及主題，將作家可能的真實身分篩減至十一個：七女四男。

他很想感謝薩納里本人，因為《南方之光》是唯一穿透他卻不會痛的書，閱讀《南方之光》像是快樂的同種療法，是唯一能緩和佩赫杜傷痛的藥膏——是一股流過他靈魂焦土的輕柔冷流。

依照傳統的意義，它不是小說，而是短篇故事，描述各式各樣的愛，充滿美妙的虛構文字，字裡行間流露著恢弘的人性。對於無法充實度過每一天、無法接受每一天的真實的惆悵之感，這本書描述得尤其不流世俗，難能可貴。落寞寡歡的意蘊讓他起了強烈的共鳴。

他把他手中最後一本交給喬登。

「拿去讀，每天早餐前躺著讀三頁，一定要是你第一樣吸收的東西，一、兩週後你就不會覺得這麼痛了——你會好像不必再用寫作障礙來為你的成功贖罪。」

麥克斯依然捧著兩顆甜瓜的雙手突然打開，從雙手之間的縫口，他恐懼地瞥了他一眼，忍不住破口大聲說：「你怎麼知道的？我真的受不了錢，受不了爆紅的壓力！我希望這一切都不曾發生，有能力的人都會令人討厭——總之沒人喜愛。」

「麥克斯・喬登，我如果是你的父親，聽到你說這種蠢話，我會打你屁股。你的書很棒，當之無愧，它值得每一分辛苦掙得的錢。」

突然間，喬登煥發著自豪而靦腆的喜悅。

什麼？我說了什麼？我如果是你的父親？

麥克斯・喬登伸出手，鄭重地將甜瓜遞給佩赫杜。甜瓜聞起來好香，危險的果香，非常類似與……共度的夏天。

「我們吃午餐吧？」作家問。

他覺得耳罩男很煩，但他很久沒跟人共享一頓餐了。

而且……會喜歡他。

他們切開最後一個甜瓜時，舷梯傳來時髦高跟鞋喀喀喀的聲音。

當日上午稍早來過的女人出現在廚房門口，眼睛哭紅了，眼神卻是明亮的。

「好吧。」她說：「給我對我無害的書，不在乎我的男人去死吧。」

麥克斯的下巴掉到地上。

6

佩赫杜捲起白襯衫衣袖，確認黑領帶是直的，再取出最近開始戴的老花眼鏡，用恭敬的手勢護送顧客進入他文學世界的中心：看得見艾菲爾鐵塔的大平板玻璃窗前，那一張附帶腳凳的皮面扶手椅。當然，還有一張置放皮包的邊桌——是莉拉貝兒捐贈的，一旁是佩赫杜一年調音兩次的老鋼琴，但他自己不會彈。

顧客名叫安娜，佩赫杜問了她幾個問題，工作、早晨作息、小時候喜歡的動物、過去幾年的噩夢、最後讀的一本書……還有她的母親是否指導她穿著打扮。

私人問題，但不會太私人。他必須問一問這些問題，並絕對保持安靜。全盤掃描一個人的靈魂，必須要靜默傾聽。

安娜告訴他，她從事電視廣告。

「在一間事務所，共事的男人把女人誤以為是咖啡機和沙發之間的十字路。」她設三個鬧鐘來每天早上將她從沉沉熟睡中挖起——沖個熱水澡，讓身體暖和起來，面對即將展開的一天的寒意。

她小時候喜歡慢吞吞的懶猴，這種品種的小猴子懶得讓人發火，鼻子永遠濕濕的。

童年時，安娜喜歡穿她母親討厭的紅色吊帶皮短褲。她老是夢見在重要男人面前沉沒到流沙裡，而且只穿著內衣。所有的男人，每一個男人，都在撕扯她的內衣，卻沒有一個伸出援手拉她離開沙坑。

「從來沒有人幫我。」她以哀怨的聲調低聲地對自己又說了一次。她看著佩赫杜，眼睛裡閃著光芒。

「所以？」她說：「我很笨嗎？」

「不大笨。」他回答。

安娜上次真正讀一本書是在學生時代，讀的是喬賽・薩拉馬戈（José Saramago）的《盲目》（*Blindness*），看完之後很困惑。

「不奇怪。」佩赫杜說：「這不是一本給即將展開人生的人看的書，而是給人生走到一半的人看的。這些人想知道前半生的惡魔去了哪裡，他們急著把腳輪流放到另一隻腳前，沒有注意到自己一直以來孜孜不倦要衝往哪裡。只有看不見人生的人需要薩拉馬戈的寓言。而妳，安娜，妳看得到人生。」

那本書之後，安娜不再看書。她開始工作，工作太多，工時太長，內心累積越來越多的疲憊。到目前為止，她做的家用清潔劑或尿布廣告中，從未如願出現過一個男人。

「廣告是父權社會的最後堡壘。」她告訴佩赫杜和聽得津津有味的喬登：「比軍隊還更父權，世界只有在廣告中永遠表現出真實的一面。」

提出這些告白之後，她往椅子一靠，「所以呢？」她的表情在說：「我能被治好嗎？老實跟我說吧。」

她的回答完全沒有影響到佩赫杜所挑選的書，它們只是讓他熟悉安娜的聲音、語調和說話方式。

佩赫杜收集日常用語的習慣中引人側耳的用字，這些閃爍的用字透露出這個女人的看法、意識與感受，什麼對她真正重要，什麼令她困擾，什麼是她此刻的感受，她想在文字迷霧之後隱藏什麼。痛苦與渴望。

佩赫杜先生撈出這些文字。安娜經常說：「那不在計畫之中」和「我沒指望那一點」。她提到「無數次」的嘗試及「一連串夢魘」。她活在一個數學構成的世界，一個整頓非理性與私人思維的精巧裝置。她不肯讓自己追隨直覺或考慮不可能的可能。

不過，什麼讓靈魂不快樂，只是佩赫杜洗耳諦聽記下的一部分。還有第二部分——什麼讓靈魂快樂。佩赫杜先生明白，一個人所喜愛的事物的紋理，也會感染到他或她的語言。

二十七號的房東博納太太將對布料的喜愛轉移到人和房子上，「像縐巴巴聚酯纖維襯衫的風度」是她鍾愛的名言之一。鋼琴家克拉拉・韋蕾特以音樂用語表達自己的思想：「高登柏格夫婦的小女兒只是她媽媽生活中的第三把提琴。」雜貨店老闆高登柏格用風味看這個世界，以「腐爛」形容甲的個性，用「過熟」來描述乙的升職。她的小女兒布莉姬（「第三把小提琴」）熱愛大海，容易集聚敏感的脾性。這名十四歲少女是個早熟的美人，把麥克斯・喬登比喻成「從卡西斯看到的海景，深沉而遙遠」。不用說，第三把小提琴愛上了作家。不久前布莉姬還希望自己是男孩，如今則迫不及待成為女人。

佩赫杜對自己發誓，他要趕緊拿一本能成為她初戀大海中的島港的書給布莉姬。

「妳經常說抱歉嗎？」這時佩赫杜這麼問安娜，女人永遠過分愧疚。

「你是指：『抱歉，我還沒說完我要說的話』，還是指：『抱歉愛上你，反而讓你頭痛？』」

「兩者，任何要求原諒的要求，妳也許習慣對妳的每一件事內疚，往往不是我們塑造文字，而是我們使用的文字塑造我們。」

「你是一個奇怪的賣書人，你知道嗎？」

「我知道，安娜小姐。」

佩赫杜先生請喬登從情緒圖書館搬來幾十本書。

「這些是妳的書，親愛的。小說激發意志力，非小說讓妳重新思索人生，詩培養自尊。」這些書談論夢想、死亡、愛情、女性藝術家的人生。他選了玄妙的敘事詩歌，描述深淵、墮落、險境及背叛的嚴峻古老故事。安娜不久就被書堆包圍了，如同女人在鞋店被鞋盒重重圍繞。

佩赫杜希望安娜覺得自己處於安樂窩中，感受到書所提供的無限可能。書永遠足夠，書永遠不會停止愛讀者，它們是難以捉摸的世界中唯一固定不變的一點。生活中，愛情中，死後。

接著，林格倫大膽一跳，躍到安娜的腿上，爪子一下一下扒著，安娜覺得很舒服，林格倫則喵嗚喵嗚大聲叫。工作過度、情場失意且內疚不安的廣告公司經理斜躺在椅子上，緊張的肩膀放鬆下來，大拇指從緊握的拳頭中伸展開來。她的表情變得從容。

她讀起書來。

佩赫杜先生觀察她所閱讀的文字如何由內而外塑造她，發現安娜在內心發掘出一面反映文字的共鳴板，她成了一把學習自行演奏的提琴。

佩赫杜先生看到了安娜閃爍的喜悅，胸口感到一陣悲痛。

真的沒有一本書能教我演奏生命之歌嗎？

7

佩赫杜先生指引自己的步伐走上蒙塔納路，想著凱薩琳一定非常喜愛熙攘瑪黑區這條靜謐無聲的街道。「凱薩琳。」佩赫杜喃喃自語：「凱－薩－琳。」她的名字從舌上輕盈地跳開。

真好聽。

蒙塔納路二十七號是一場失意的放逐嗎？自從丈夫說出「我不要妳了」之後，她便在丈夫拋棄的壓力下看待這個世界嗎？

除非住在這裡，否則很少有人會走進這一帶。這條路的屋子至多五層樓高，每棟樓房的正面漆成不同的粉彩色。

順著蒙塔納路往下走，會經過麵包店、酒行及一間阿爾及利亞人開的菸草店，延伸到圓環為止，還有其他公寓和診所。這裡屬於「布列塔尼之家」的領土，這間有紅色遮棚的布列塔尼小餐館賣的鬆餅香軟可口。

⁂

佩赫杜先生把忙得焦頭爛額的出版業務忘記帶走的電子書放下，準備送給服務生蒂埃里。蒂埃里愛書成癡，總是趁沒客人點菜的空檔埋頭看書，搬書搬到背都駝了（「佩赫杜，我看書才能呼吸」），對他這樣的愛書人，這種裝置是世紀大發明，但對書商，則是棺材上多了一根釘子。

蒂埃里想請佩赫杜喝一杯布列塔尼的蘋果白蘭地。

「今天不喝酒。」佩赫杜婉拒了，他每次都說那句話。佩赫杜不喝酒，已經不再喝了。因為思緒的起泡湖水推擠著壩堤，只要喝酒，每一小口都會讓堤上裂痕再打開一點。他明白這一點，因為他那時就喝酒試過了，砸毀家具的那時候。

但今天婉拒蒂埃里請客卻有個特殊的理由——他想盡快把「用來哭的書」送去給凱薩琳女士，也就是P先生的前妻。

在布列塔尼之家隔壁，是約書亞・高登柏格掛著綠白相間遮棚的轉角商店。見佩赫杜走來，高登柏格走出來停在他的面前。

「欸，佩赫杜先生。」高登柏格啟齒說話，帶有一點尷尬。

糟糕，他現在該不會是想要幾本隱晦的色情作品吧？

「是布莉姬，我想我的小女兒，嗯，要長大了。於是就有，呃，某些問題出現。你懂我的意思嗎？你有那樣的書嗎？」

幸好不是男人之間討論單手拿著的讀物。又一個為了女兒進入青春期，想知道在她遇上錯的男人之前，能如何面對性教育難題的沮喪父親。

「來參加父母講習。」

「不知道耶，也許我老婆應該……」

「好，你們兩個都來吧，每個月的第一個週三，八點鐘。你們兩個之後可以上館子吃晚餐。」

「我？跟我老婆？為什麼？」

「她應該會很開心。」

佩赫杜趁高登柏格改變主意之前走開。

反正他會反悔。

當然，到時只有做母親的會出席講習——而她們不會討論正在性發育的子女，大多數人其實在尋找的，是教導丈夫若干女性身體構造基本知識的性教育指南。

佩赫杜輸入密碼，打開大門。踏進去不到一公尺，蘿莎蕾特女士就從管理員公寓飛奔而出，手臂底下夾著她的哈巴狗艾蒂斯。艾蒂斯繃著臉，貼著蘿莎蕾特飽滿的胸脯下緣。

「佩赫杜先生，你終於回來了！」

「新的髮色？夫人。」他一面問，一面按按鈕把電梯叫下來。

蘿莎蕾特女士頓時把做家務做到發紅的手移到蓬鬆的髮型上，「**西班牙玫瑰紅**，比**雪利香檳**稍微深了一點，但我覺得比較高雅，你的觀察力真敏銳！但我有一件事要招認，先生。」

她的眼睫毛眨啊眨的，哈巴狗適時地喘了個氣。

「如果是祕密，我保證一聽就忘掉，夫人。」

蘿莎蕾特有個壞毛病，喜歡牢牢記住芳鄰的神經過敏、曖昧關係和習慣，將他們置放在正義的天平上，並把個人豐富的意見告訴他人。她在這方面很大方。

「你好壞喔！格理弗女士喜歡這些年輕人跟我其實一點關係也沒有，不是啦，不是，是……有……欸……一本書。」

佩赫杜又按了一次電梯。

「妳跟另一個書店老闆買書？原諒妳，蘿莎蕾特女士，我原諒妳。」

「不，更糟，是從蒙馬特一律五十分錢的箱子裡挖出來的，但你自己說過，如果一本書超過二十年，我應該付少許錢，把它從毀滅中救回來。」

「沒錯，我是說過。」

這個背信棄義的電梯在搞什麼？

這時蘿莎蕾特湊上來，她帶有咖啡和千邑白蘭地味道的口氣與小狗的氣息相混。

「哎，真希望沒買，那個蟑螂故事好可怕！做母親的用掃把趕走親生兒子，太可怕了，我著魔似地打掃了好幾天。這位卡夫卡先生都寫這樣的故事嗎？」

「夫人，妳的意見很好，有人研究了幾十年才讀出其中的道理。」

蘿莎蕾特女士對他笑了一下，笑容茫然卻滿足。

「哦，對了，電梯壞了，又卡在高登柏格夫婦和格理弗女士的屋子中間。」

這是夏天一夜之間就會來臨的徵兆，夏天總在電梯卡住時到來。

佩赫杜一次跨兩階，蹦蹦跳跳走上貼著布列塔尼、墨西哥和葡萄牙瓷磚的樓梯。房東博納太太喜歡圖案，認為它們是「屋子的鞋子，跟女人一樣，鞋子是個性的標誌」。從這個觀點來說，任何大膽闖入的竊賊會根據樓梯臆測蒙塔納路二十七號是個善變女人。

佩赫杜快走到二樓時，一雙鞋尖綴著羽毛絨球的玉米金緞面拖鞋斷然站到樓梯平臺，映入他的眼簾。

二樓——蘿莎蕾特女士的樓上——住的是盲眼足病治療師切，他經常陪伴擔任過著名算命師祕書的鮑姆太太（三樓）到（四樓）高登柏格的店買菜，替鮑姆太太提袋子。他們拖著腳步，一塊在人行道上徐行——盲人與推著助步車的老太太手挽著手。

考菲（在迦納某種土語中代表「週五」的意思）某日從巴黎郊區來到蒙塔納路，他的皮膚黝黑，嘻哈連帽上衣掛著金鍊，一隻耳朵戴著金耳環。他是一個好看的男孩，「葛麗絲・瓊斯[5]和年輕美洲豹的混合體」——這是鮑姆太太的評語。考菲經常提著她他的白色香奈兒包，吸引不明就裡的路人狐疑的眼光。他擔任看護，有時用生皮做人像，畫著這棟樓沒人看得懂的符號。

但此時移動到佩赫杜的路徑上的，不是切或考菲，也不是鮑姆太太的助步車。「啊，先生，真開心見到你！聽著，那本多里安・格雷[6]的書非常精采，《燃燒之慾》（*Burning Desire*）絕版時，你推薦這本書，真是太好了。」

「很高興聽妳這麼說，格理弗女士。」

「哎呀，都認識這麼久了，叫我克勞汀就好，至少叫小姐嘛。我受不了客套。那本格雷真是有趣，我兩個小時就讀完了。我要是多里安，絕對不會看著那幅畫，太教人沮喪了，他們當時沒得打肉毒桿菌。」

「格理弗女士，奧斯卡・王爾德花了六年時間寫那本書，後來被判入獄，不久就去世了，他難道不值得花妳比兩個小時還多一點的時間嗎？」

「哎，胡扯，我現在多花一點時間又不會讓他開心。」

克勞汀・格理弗是一個魯本斯畫風比例的老處女，四十五、六歲，在大型拍賣行擔任登記官，每天都必須應付奇怪的人類樣本：超級富有、超級貪婪的收藏家。格理弗女士本身也收集藝術品，以俗麗花稍的有根藝術品為主，她藏有一百七十六雙高跟鞋，還有一間鞋子專屬房間。

格理弗女士的嗜好之一，是埋伏佩赫杜先生，邀他相偕出遊，或告訴佩赫杜先生她進修的最新課程，或每天巴黎新開的餐館。格理弗女士的第二個嗜好，是閱讀女主角偎在惡棍闔胸上奮力抵抗良久，最後終於讓惡棍強而有力地占……呃……賦予她力量的那種小說。這時，她嘰嘰喳喳說：「那麼，你今晚要跟我去……」

「我不想去。」

「先聽我把話說完嘛！索邦神學院舉辦舊物義賣會，很多很多從藝術系畢業的女學生，拆了宿舍，丟掉書本、家具，說不定還有情人。」格理弗女士挑動著眉毛暗示。「如何？」

他想像年輕男子蹲伏在老爺鐘和成箱的平裝書中，額頭的便利貼寫著像是「用過一次，近乎全新，幾乎沒摸過。簡單維修即可使用的心」，或者「第三手，基本功能完全」。

「我真的不想去。」

格理弗女士深深嘆了一口氣。

「天啊，你從來什麼都不想，你有沒有注意到？」

「那……」

是真的。

「……不是因為妳，真的不是，妳迷人、勇敢又……呃……」

沒錯，他滿喜歡格理弗女士的，她用雙手攫取住人生，而且認真過度。

「……非常敦親睦鄰。」

天哪！應該向女人說好聽話時，他居然如此生疏！格理弗女士扭著屁股，開始搖搖晃

5. Grace Jones，牙買加出身的美國黑人名模兼歌手，以「雌雄同體」的中性陽剛形象著稱。
6. Dorian Gray，指愛爾蘭作家奧斯卡・王爾德（Oscar Wilde）所創作的《多里安・格雷的畫像》（*The Picture of Dorian Gray*）一書。

晃走下樓，玉米金拖鞋**啪噠、啪噠**響。她走到佩赫杜先生站的那一階，抬手準備摸一把他肌肉發達的手臂，但注意到他往後一縮，便認命地改將手放在欄杆上。

「我們兩個都不會回到年輕時候了，先生。」她用低沉沙啞的聲音說：「我們的人生已經過了一半了。」

啪噠、啪噠。

佩赫杜忍不住抬起手摸一摸頭髮，摸摸後腦勺許多男人逐漸露出一塊丟臉光禿頭皮的地方。他沒有禿——還沒禿。沒錯，他五十歲了，不是三十歲，他的黑髮出現銀絲，臉龐布滿暗影，肚子……他收縮肚子，不算太差。他的屁股令他心煩，每年多出薄薄的一層。而且，他也無法再一次搬兩箱書。該死。但那都不是重點，重點是女人不再注視他——除了格理弗女士，但話說回來，她把每個男人都視為潛在的戀人。

他往上瞇眼看著樓梯平臺，鮑姆太太經常鬼鬼祟祟地站在那裡，等待他落入交談的陷阱，談論阿娜伊絲・寧[7]和她的性成癮症——而且是扯開嗓門說話，因為她不小心把助聽器放到巧克力盒子裡。

佩赫杜替鮑姆太太和蒙塔納路的寡婦組了讀書俱樂部，這些寡婦的子孫難得來探望她們一回，她們在電視機前慢慢枯萎。她們不僅愛書，文學還是藉口，讓她們出門傳遞繽紛仕女甜酒，仔細檢查品嘗。

這群夫人通常把票投給情色書籍，佩赫杜把這類文學作品包在較不起眼的書封送去：《高山植物》（*Alpine Flora*）包著米雷（Millet）的《慾望・巴黎——凱薩琳的性愛自傳》（*The Sexual Life of Catherine M.*）；《普羅旺斯編織圖案》（*Provençal Knitting Patterns*）包著莒哈絲（Duras）的《情人》（*The Lover*）；《約克果醬食譜》（*Jam Recipes from York*）

包著阿娜伊絲・寧的《維納斯三角洲》（*The Delta of Venus*）。這群甜酒研究家非常感謝他替書加上偽裝，她們小心翼翼，因為她們的親戚認為閱讀是不屑看電視者的怪癖，六旬以上女性有性慾是不正常的。

不過，這一回沒有助步車擋路。

三樓住的是鋼琴家克拉拉・韋蕾特，佩赫杜聽到她正在彈徹爾尼急奏練習曲，在她的手指下，單調的音階聽起來也是動人。

她被譽為世界上前五大優秀鋼琴家，但拒絕了成名的機會，因為她彈琴時無法忍受房裡有人。夏天時，她會舉辦陽臺音樂會，打開所有的窗戶，佩赫杜幫她將百雅牌三角鋼琴推到陽臺門前，在鋼琴底下置放麥克風。接著，克拉拉彈兩個小時的琴，二十七號的住戶坐在屋前臺階或人行道上的摺疊椅上，陌生人圍著布列塔尼之家的桌子。演奏會結束後，克拉拉走到陽臺鞠躬，羞怯地點頭，贏得幾乎足以構成半個小鎮的人的掌聲。

佩赫杜僥倖走完剩下的樓梯，沒有再受到干擾。他走到五樓時，發現他的桌子已經消失了，也許考菲幫了凱薩琳。

他敲敲凱薩琳的綠門，意識到自己一直期待著這一刻。

「哈囉。」他低聲說：「我帶了些書來。」

他把紙袋放下靠著門。

佩赫杜站起來時，凱薩琳打開門。

金色的短髮，細緻的眉毛，珍珠灰的眼眸溫柔而猜疑。她打著赤腳，穿著一襲連衣

7. Anaïs Nin，一九〇三－一九七七，美國前衛女性主義作家。

裙，領口微微露出鎖骨。她拿著一封信。

「先生，我發現了信。」

8

太多印象同時襲來。凱薩琳……她的眼睛……寫著淺綠色字的信封……凱薩琳靠近……她的氣味……鎖骨……人生……那……

信？

「一封沒打開的信，在你的餐桌裡，在被白色油漆完全封死的抽屜裡，我打開抽屜，信在螺絲起子底下。」

「不對。」佩赫杜客氣地說：「那裡沒有螺絲起子。」

「但我找到……」

「妳沒找到！」

他不是故意這麼大聲說話，但也無法提起勇氣看一眼她手上的信。

「原諒我大聲說話。」

她遞出信封。

「那不是我的。」

佩赫杜先生後退撤回公寓裡。

「妳最好把它燒了。」

凱薩琳隨著他穿過樓梯平臺，看著他的眼睛，發現有一股灼熱的紅暈正在他的臉上燃燒。

「或是丟掉。」

「不如我讀一讀好了。」她說。

凱薩琳繼續盯著他，他把門關上，留下她拿著信站在外頭。

「先生？佩赫杜先生！」凱薩琳敲門。「先生，上頭寫著你的名字。」

「走開，拜託！」

他認得信，認得筆跡。

他心裡有一樣東西碎了。

頂著深色鬈髮的女人推開火車隔間的門，先是凝視外頭良久，接著朝他轉過頭來，眼中帶淚。在普羅旺斯、巴黎和蒙塔納路闊步前進，終於走入他的公寓。沖個澡，裸身在房間走動。半暗半明中，一張嘴靠近他的嘴。

潮濕，淋濕的肌膚，淋濕的嘴唇帶走他的氣息，吸吮他的嘴。吸啊吸啊。

在她柔軟小肚腩上的月亮，兩個影子在紅色窗框中間，跳舞。

她當時用他的身體遮蔽自己。

……睡在她稱作「禁房」的薰衣草房間的沙發床上，裹在她訂婚後縫製的普羅旺斯拼布被裡。

在……嫁給她的葡萄農之前，在那之前……

她離開我。

接著，第二度離開我。

✻

在那短暫的五年，……給他們相見的每一間房取名：日光房，蜂蜜房，花園房。對他——她的地下情人、她的第二個丈夫——那些房間代表了世界。她把公寓的房間命名為薰衣草房間，那是她第二個家。

她最後一次睡在那裡，是一九九二年一個炎熱的八月晚上。

他們一塊沖澡，全身濕淋淋、光溜溜。

她用被水沖涼了的手撫摸佩赫杜，接著滑動到他的身上，舉起他的兩隻手，抵在鋪了床單的沙發床上。她用狂野的眼神盯著他，低聲說：「我要你比我早死，你能答應我嗎？」她的身體占領佩赫杜的身體，呻吟時比以往更要放肆。「答應，答應我！」

他答應她。

那晚，他後來在黑暗中再也看不見她的眼白，他問她為什麼。

「我不要你必須獨自從停車場走去我的墳墓，我不要你必須哀悼我，我寧願在餘生想念你。」

「我為什麼從來沒有對妳說過我愛妳？」賣書人喃喃自語：「我為什麼沒有說過，瑪儂？瑪儂！」怕她尷尬，怕在她低聲發出「噓」時感覺到她的手指靠上他的唇，所以他不曾承認過他的感情。

他可以做她人生馬賽克中的一塊石子，他當時是這樣想的。一塊閃爍美麗的石子，但仍舊是一塊石頭，不是整幅圖畫。他想為她那樣做。

瑪儂，來自普羅旺斯的女孩，充滿生氣，絕不挑三揀四，一點也不完美，佩赫杜覺得可以用雙手抓住她說的話。她從不做計畫，永遠活在當下，她不會在用主餐時討論甜點，不會在快睡著時聊起隔天早晨，道別時不會想到再見。她永遠只為現在而活。

七千兩百一十六天前的那個八月夜之後，佩赫杜再也不曾睡得安穩。當他醒來時，瑪儂已經走了。

他沒有料到她會離開。他反覆思索，篩查瑪儂的姿態、表情和言語，卻找不到可以告訴自己她準備要離開的可能線索。

不只離開，而且不會再回來。

幾週後，她的信倒是來了。

這封信。

他把信放在桌上兩個晚上，凝視著信，在一個人吃飯時，一個人喝酒時，一個人抽菸時。還有流眼淚時。

淚一滴滴滾落臉頰，滴到桌上，滴到紙上。

他沒有打開信。

當時他非常疲憊，因為流淚，因為無法再睡在少了她而顯得太寬敞空蕩的床鋪上，寒冷不已。他疲憊，因為思念她。

他把信扔進餐桌抽屜，憤怒且絕望，最重要的是——信沒有打開。她從梅納布一間法式小館「借來」並偷帶到巴黎的螺絲起子也被丟了進去。那時，他們才去了卡馬格，眼神明亮，南方的光宛如往他們的眼睛上了光。他們中途停留在呂貝宏，住在一間挨著崎嶇陡坡的小旅館裡，浴室在樓梯的中間，早餐吃的是薰衣草蜂蜜。瑪儂想讓他看看有關自己的一切：她從哪裡來，存在她骨子裡的故鄉。沒錯，她甚至想遠遠地為他介紹她的丈夫呂克，呂克在奔牛村下方山谷的葡萄藤之間開著高大的牽引機。呂克・巴塞，那個葡萄農，那個釀酒師。好像她希望他們三個成為朋友，各自同意對方的慾望與愛情。

佩赫杜拒絕了，他們留在蜂蜜房。

力氣宛如從他的手臂滲出，宛如他只能站在門後的黑暗中。

佩赫杜思念瑪儂的身體，想念睡覺時瑪儂的手貼著他的臀部，想念她的氣息。早上太早叫醒她時，她會像孩子般嘀嘀咕咕抱怨——不管時間多晚，永遠都嫌太早。她深情款款凝視著他的眼眸，她偎依著他的脖子時那細柔的短鬈髮。他思念這所有的一切，思念之深，讓他躺在無人的床上時身體會抽搐。每天醒來時也一樣。

他厭惡在一個沒有她的生活中醒來。

床是他砸碎的第一樣東西，接著是架子和腳凳。他剪碎地毯，燒掉照片，把房間徹底毀了。他扔掉每一件衣物，送走每一張唱片。

唯一留下的是曾經讀給她聽的書。每晚他都朗讀，讀了許多的詩歌、劇本、章節、專欄、傳記和其他非小說的片段。朗讀林格爾納茨（Ringelnatz）的《床前小禱告》（*Little Bedtime Prayers*）〔哦，她好愛《小洋蔥》（*The Little Onion*）〕。為她朗讀，她才能在這個陌生空洞的世界入睡，在這個有著冷酷北方人的清冷北方安眠。他無法拿出勇氣丟掉那些書。

他用它們堵住薰衣草房間。

但就是無法停止，該死的思念就是無法停止。

迴避生活是他唯一能夠面對的方法。他將深情連同內心的思念一起藏起來，但現在思念以難以置信的威力襲上心頭。

佩赫杜先生踉踉蹌蹌走進浴室，將頭伸到冰涼的水流底下。

他恨凱薩琳，他恨她該死、不忠又殘忍的丈夫。

為什麼傻瓜P一定要在這個時候離開她，連給張餐桌當作送別禮也沒有？大白癡！

他恨公寓管理員、博納太太和喬登，恨格理弗女士，恨每個人——對，每個人。

他恨瑪儂。

他頂著濕透的頭髮推開門。如果凱薩琳女士就想把場面搞成這樣，那麼他要回答：「對，該死，是我的信！我當時恰好不想拆開，出於自尊，出於信念。」

有了信念撐腰，任何錯誤都是合理的。

他本來希望做足了準備再讀信，一年之後，或者兩年之後。他沒有計畫會拖了二十年，而自己也變成一個五十歲的怪男人。

當時，不拆開瑪儂的來信，是唯一的安全選項，是拒絕她的辯解的唯一武器。

毫無疑問。

如果有人離開你，你必須沉默以對，不能給離去的人其他任何東西。你必須封閉自己，就像對方對你們共同的未來關上心門。沒錯，他決定就該這麼做。

「不不不！」佩赫杜大喊。這件事有一個地方不對勁，他感覺到了，卻不知道是哪裡不對勁。他快抓狂了。

佩赫杜先生大步走到對門。

按下門鈴。

經過適當的停頓——足以讓一個正常人從淋浴間出來，甩掉耳朵裡的水——他又敲門，再按門鈴。
凱薩琳怎麼不在家？一分鐘前她還在。
他跑回公寓，從書堆裡順手拿了一本書，撕下第一頁，潦草寫下：

我想請妳把信拿來，多晚都沒關係，請別讀信，抱歉帶來不便。謝謝，佩赫杜。

他目不轉睛地看著簽名，不明白他怎麼永遠想不起自己的名字。每一回想起，也會聽到瑪儂的聲音，她呼喚他名字的嘆息口吻，還有笑聲。喁喁低語，哦，喁喁低語。
他在「謝謝」和「佩赫杜」中間擠入名字縮寫：J。
J代表尚。
他把紙對摺，用一小截膠帶貼在凱薩琳的門口的眼睛高度。那封信反正是女人膩了後寫給情人那種於事無補的解釋，沒必要激動。
當然沒有必要。
他回到空蕩的公寓等待。
佩赫杜先生突然覺得十分寂寞，好像自己是嗤笑的大海上一艘無用的小船一樣——沒有帆，沒有舵，沒有名字。

9

夜逃離之後，將巴黎丟給一個週六早晨。背痛的佩赫杜先生坐直身體，摘下老花眼鏡，揉了揉腫脹的鼻梁。他在地板拼圖旁跪了幾個小時，輕手輕腳把厚紙拼圖推到位置上，以免錯過凱薩琳在另一間公寓移動的聲響。不過那邊依然一點聲響也沒有。

佩赫杜脫掉上衣，他的胸膛、背部和脖子都在痛。他沖了個冷水澡，沖到皮膚發青為止，再沖熱水，沖到皮膚像龍蝦一樣紅。他大步走向廚房的窗戶時，身體冒出蒸汽，他拿了兩條毛巾，一條繫在腰間。咖啡壺在爐上咕嘟咕嘟冒泡時，他做了幾下伏地挺身和仰臥起坐，接著洗了唯一的杯子，給自己倒了些黑咖啡。

夏天確實在一夜之間降臨了巴黎，空氣像注滿的茶杯一樣熱。

她會不會把信放在他的信箱呢？他那種態度，凱薩琳恐怕再也不想看到他。

佩赫杜抓住毛巾的結，赤腳走下沉默的樓梯來到信箱前。

「欸，聽我說，沒……哦，是你嗎？」

蘿莎蕾特女士穿著居家便服從房間探出頭來，佩赫杜感覺到她的目光掃過他的肌膚以及莫名感覺好像縮小了的毛巾。

佩赫杜覺得蘿莎蕾特的目光實在是停留得有點太久了，她心滿意足地點了個頭嗎？

他趕緊上樓，臉頰一陣熱辣。

他快走到門口時，發現一件剛才沒有的東西。

一張便條。

他急急忙忙展開紙片，毛巾的結鬆開，毛巾落地。但佩赫杜先生讀的時候，幾乎沒有注意到自己對著樓梯展示裸臂。他越讀越生氣。

親愛的J：

今晚請過來一起吃晚餐，你要讀信。你答應我你會讀信，否則我就不把信給你。不必抱歉。

凱薩琳

P.S.：請帶個盤子來，你會做菜嗎？我不會。

他準備發飆時，一件難以置信的事發生了。

他的左側嘴角在抽動。

接著……他笑了。

他覺得有點錯愕，又有點好笑，低聲說：「帶個盤子，讀信，你從來什麼都不要，佩赫杜。答應我，比我早死，答應我！」

承諾——女人永遠想要承諾。

「我絕對不會再說出任何承諾！」他一絲不掛地對著空蕩的樓梯大聲說，接著突然勃然大怒。

他得到的回應是平靜依舊的沉寂。

他用力關上身後的門，很滿意關門的聲響，希望那一聲巨響把每個人從床上嚇醒。

接著，他又打開門，略微不好意思地撿起毛巾。

砰！第二次用力關門。

這下子大家一定都突然坐起身來了。

佩赫杜先生踩著輕快的步伐走在蒙塔納路上時，兩側的房舍彷彿是打開的娃娃屋，他可以看穿房屋的正面。

他知道每一間屋子的藏書，畢竟他就是這些年來累積藏書的人。

十四號：卡菈麗莎・莫那其，沉重軀體裡藏著極其纖弱的靈魂！她喜愛《冰與火之歌》（*A Song of Ice and Fire*）裡的戰士布蕾妮。

二號的網簾後方：阿爾諾・席列特，希望自己活在二〇年代，在柏林，當藝術家。而且，要是一個女人。

在對街五號像根桿子直挺挺坐在電腦前的是翻譯家娜迪拉・帕伯斯，熱愛描述女人喬裝男人突破有限機會的歷史小說。

那她的樓上呢？已經沒書了，統統送走了。

佩赫杜停在五號前抬頭望。

瑪歌，八十四歲的寡婦，愛上同齡的德國士兵——十五歲——當時戰爭奪走兩人的青春。士兵非常希望在返回前線前跟她做愛！他知道他不會活著回來。瑪歌非常羞於在他的面前寬衣……如今她多麼希望當初沒有羞怯！她後悔錯過的機會，後悔了六十九年。年紀越大，那個午後與男孩牽手顫抖並肩躺下的記憶就越模糊。

我發現我在不知不覺中老了，時間過得那麼快，該死的逝去時光。瑪儂，我怕我做了

一件非常蠢的事。

我在一夜之間變得如此蒼老，我想念妳。

我想念我自己。

我不再知道自己是誰。

佩赫杜先生緩緩向前走，在黎歐娜的酒舖櫥窗前停下來。瞧，鏡子上的倒影，那是他嗎？穿著保守服裝的高個子，身體閒著，沒有人觸碰。佝僂的身軀，好像他希望隱形？

黎歐娜從店舖後方走出來，把佩赫杜平日週六要送給父親的東西交給他。看見黎歐娜，佩赫杜想到自己經過那麼多次，卻從來不肯進去快速喝一杯，跟她或她的客人——友善的正常人——閒聊幾句。過去的二十一年，他有多少次選擇繼續往前走，而非停下來結交朋友、找女人搭訕？

半個小時後，佩赫杜到了維萊特船塢，站在烏爾克酒吧的檯子旁，不過酒吧嚴格來說還未開門營業。玩滾球的人把水壺和乳酪火腿長棍麵包寄放在店裡，一個矮壯的男人驚訝地抬頭看他。

「這麼早來做什麼？貝尼爾夫人是不是出了什麼事？告訴我，是不是莉拉貝……」

「沒有，媽媽很好，她正在差遣一群想跟真正巴黎知識分子練習對話的德國人，別擔心她。」

父子沉默下來，雙雙陷入回憶中，想起莉拉貝兒・貝尼爾以前常在早餐時對還在就學的佩赫杜解釋，與法語虛擬式的激動本質相比，德語的虛擬語氣拉遠了距離，多了一分的優雅。她舉起一根食指說話，塗著金色指甲油的指尖替話語增添強調意味。

「虛擬式是心在說話。」

莉拉貝兒・貝尼爾，他的父親現在用她的娘家姓稱呼她。以前他喊她淘氣夫人，接著叫她佩赫杜太太。

「她這一次派你傳什麼口信？」華金問兒子。

「你該去看泌尿科。」

「跟她說我會去，她不用每六個月就提醒我。」

他們在二十一歲結婚，惹惱了雙方的父母。她，來自哲學家和經濟學者家庭的知識分子，遇上一個製鐵工匠——令人無法接受。他，警員父親和虔誠工廠裁縫的勞動階層兒子，跟一個上流社會的女兒交往——階層叛徒。

「還有事嗎？」華金問。他從佩赫杜放在面前的袋子中拿出麝香葡萄酒。

「她需要一輛新的二手車，希望你去找，但不要像上次那一輛顏色怪怪的。」

「怪怪的？那輛是白色，你媽這個人，我問你……」

「那麼你會去找嗎？」

「當然會，賣車的業務不肯再跟她說話？」

「不肯，他老是要求見她的丈夫，快把她逼瘋。」

「我知道，阿尚，柯柯是我的好朋友，是我們三男滾球隊的一員——他丟得很好。」

華金咧嘴一笑。

「媽媽問你的漂亮新女友會做菜嗎？還是你七月十四日要去她那裡吃？」

「你可以告訴你媽媽，我那個號稱漂亮的新女友的廚藝一流，但我們碰面時關心其他事。」

「爸，我看你最好自己跟媽說。」

「我會在七月十四日告訴貝尼爾小姐，她的確廚藝很好，絕對又聰明又有品味。」

華金捧腹大笑。

父母早年離婚後，尚・佩赫杜每逢週六就帶著麝香葡萄酒和母親的幾個問題去探望父親。然後，到了週日，他則探望母親，傳達她前夫的回應，以及一份關於父親健康和感情狀態編輯過的報告。

「親愛的兒子，如果你是個女人，婚後就坐上監督的位置，回不去了。必須留意每一樣東西——丈夫做什麼，他好不好。之後有了孩子，也要看著他們。你是看門狗、僕人和外交官的綜合體，就算離婚這樣的瑣事，也不會讓你從這個位置下來。唔，不會下來——愛情來來去去，關愛永遠持續。」

佩赫杜和父親沿著運河散步了一小段路。華金比較矮，穿著紫白格紋襯衫，步態挺拔，肩膀寬闊，對他們經過的每一個女孩投以憧憬的眼神。華金有一雙製鐵工匠的手臂，陽光在手臂的金毛上跳舞。他七十五、六歲了，表現得卻像是二十五、六歲，用口哨吹著曲調，開懷暢飲。

他身旁的佩赫杜先生看著地面。

「那麼，阿尚。」父親突然問：「她叫什麼名字？」

「你說什麼？什麼意思？難道一定就要有個女人嗎？爸爸。」

「一定有個女人，阿尚，沒有其他事物能真正讓男人心情不好，而你看起來心情很差。」

「你的話，原因可能是一個女人——而且通常不是固定的女人。」

華金眉開眼笑。「我喜歡女人。」他邊說邊從襯衫口袋掏出一包菸。「你不喜歡嗎？」

「我是喜歡，有一點……」

「有一點？像大象，看起來賞心悅目，但不想要養一隻？還是你是喜歡跟男人一起做男人喜歡的事？」

「哦，別這樣，我不是同性戀。來聊聊馬吧。」

「好吧，兒子，你想聊馬就來聊馬。女人和馬有許多共同點，想知道有哪些嗎？」

「不想。」

「好吧，是這樣的，如果一匹馬拒絕，就是你表達問題用錯了措辭。跟女人相處也是一樣，不要問她們：『出去吃晚餐好嗎？』而是要問：『我可以為妳做菜嗎？』她拒絕得了嗎？拒絕不了。」

佩赫杜好像回到穿短褲的年紀，父親現在居然在教他女人的事。

那麼，我今晚要替凱薩琳做菜嗎？

「不要像對馬那樣對女人小聲吩咐——躺下，女人，戴上馬具——應該聽她們說話，聽一聽她們要什麼，她們要的其實是自由，想要遨遊天際。」

凱薩琳一定受夠了那些想訓練她、將她託付給騎兵後備隊的騎士。

「一個字，就能傷害一個女人，幾秒鐘時間，一個愚蠢急躁的錯誤就可以毀了你的努力。但要贏回她的信賴要幾年的時間，有的時候，甚至沒有機會贏回。」

哎呀，當他人的愛與我們的計畫衝突時，我們居然可以如此無動於衷，愛情把我們惹毛到我們換了鎖頭，或者毫無預警地離開。

「如果一匹馬愛我們，阿尚，就像一個女人愛我們，我們不怎麼值得那份愛。女人比我們男人更加優越，她們愛我們是好心，因為我們很少給她們愛我們的理由。我從你媽那裡學到這一點，她是對的，我要痛心地說，她是對的。」

所以才會痛徹心扉，當女人不再愛時，男人墮入咎由自取的空虛之中。

「阿尚，比起我們男人，女人懂得用聰明許多的方法愛人！她們從來不會為了男人的身體愛一個男人，雖然她們也很享受——沒錯。」華金發出愉悅的嘆息。「但女人愛的是你的個性，你的力氣，你的智慧。或者因為你會保護孩子，因為你是個好人，你品德高尚，莊重威嚴。她們絕對不會像男人愛女人那樣傻傻地愛你，愛你不是因為你有特別好看的小腿，或者穿套裝看起來超帥，她們介紹你時，生意夥伴會嫉妒地看著。這樣的女人也是有的，但只是其他女人引以為鑑的例子。」

我喜歡凱薩琳的小腿，她會喜歡將我介紹給別人嗎？我是不是……夠聰明能讓她介紹呢？我是不是品德高尚？我有沒有女人重視的價值？

「一匹馬欣賞你的整體性格。」

「一匹馬？為什麼是一匹馬？」佩赫杜問道。他真的生氣了，他原本只是漫不經心聽著。

他們轉了一個彎，到烏爾克運河邊上旁觀人玩滾球。

華金握手打招呼，滾球員抽空對尚點了個頭。

他看著父親走進投球區，身體蹲下來，右手像鐘擺一樣擺動。

鐵球撞上鐵球，華金熟練地打掉敵隊的一顆滾球。

爽朗風趣，投球又很厲害，我很幸運有這個父親，他總是喜歡我，雖然他並不完美。

輕柔的掌聲響起。

我看到她，她在哭，哭個不停。我怎麼會笨到連一個朋友也沒了？是怕他們有一天會像我最好的朋友維賈亞那樣離開我？還是怕他們會笑我，因為我始終忘不了瑪儂？

他看著父親，想說：「瑪儂喜歡你，你記得瑪儂嗎？」不過父親已經朝他轉過來，

「告訴你媽媽，阿尚……不，不，告訴她，沒有一個人像她——沒有人。」

華金的臉龐閃現惋惜的表情，他遺憾愛無法讓女人不再想要絞死丈夫，因為他實在是個討厭鬼。

10

凱薩琳檢查他帶來的紅鯔魚、新鮮香草與大屁股諾曼第乳牛所生產的鮮奶油，拿起她準備的新鮮小型馬鈴薯和乳酪，接著比了比芳香的梨子和酒。

「可以用這些東西做出什麼來嗎？」

「可以，但一樣接著一樣做，不要一起。」他說。

「我期待了一整天。」她坦承說：「也有一點擔心，你呢？」

「正好相反。」他回答說：「我很擔心，有一點期待，我必須道歉。」

「不必抱歉，你現在很心煩，何必假裝沒事呢？」

說這句話的同時，凱薩琳拋了一條藍灰格紋茶巾給他當圍裙。她穿著一襲藍色夏季洋裝，把茶巾圍裙塞在紅色腰帶上。他今天發現凱薩琳的金髮髮鬢夾著銀絲，之前的迷惘和恐懼已經離開她的眼眸。

不一會兒，窗戶玻璃蒙上霧氣，瓦斯火焰在鍋盆底下嘶嘶作響，白酒紅蔥奶油醬在火上煨著，在厚底鍋裡，橄欖油將撒上迷迭香和鹽的馬鈴薯煎成褐色。

他們絮絮叨叨地閒聊，宛如已經相識多年，只是失聯了一陣子而已。他們聊卡拉・布妮[8]、雄海馬用腹部育兒袋帶著小海馬。他們談論時尚，聊到調味鹽的流行，當然也閒聊他們的鄰居。

8. Carla Bruni，前任法國總統薩科齊（Nicolas Sarközy）的現任妻子，曾為著名時裝模特兒。

他們並肩站在爐前，前面是酒和魚，或沉重或輕鬆的話題浮現。每講一句話，佩赫杜便覺得凱薩琳和自己正在探索靈魂的交流。

他繼續負責醬汁，凱薩琳將魚一片接一片放到鍋中燉煮。他們站在原地直接從鍋子中拿起來吃，因為凱薩琳沒有第二把椅子。

凱薩琳倒酒，加斯科涅釀產的一支金色低酒精塔匹酒。他小心翼翼淺嚐。

這是他一九九二年之後第一次與人約會，最令他驚訝的一點是，進入凱薩琳的公寓那一刻起，他就覺得十分安心，平日追逐他的一切思緒並沒有隨之進入凱薩琳的領土，它們被擋在某種魔法門檻之外。

「妳目前都怎麼打發時間？」討論了上帝、世界和總統的裁縫後，佩赫杜提出這樣的問題。

「我？尋找。」她說。

她伸手拿了一塊長棍麵包。

「我在尋找自己，之前……在那件事之前，我是丈夫的助理、祕書、解答疑難雜症的專欄作家與愛慕者，我現在在尋找認識他之前的能力。應該要這麼說吧，我想看看自己還具備什麼能力。嘗試，我正在忙著嘗試。」

她開始將麵包皮上白色軟綿的部分刮下，捏在柔軟的手指之間搓揉。

賣書人像閱讀小說一樣閱讀凱薩琳，凱薩琳讓他翻頁瀏覽她的故事。

「現在我四十八歲，卻覺得像八歲一樣。我一向討厭別人忽視我——但如果真有誰覺得我有趣，我又會感到心慌。注意我的人必須是『對』的人，譬如我想跟她交朋友的那個頭髮光滑的有錢女孩，驚訝我深藏不露的和藹男老師。還有我媽，哦，沒錯，我媽媽。」凱薩琳停下來，手中不停地揉著一小糰麵包。

「我總是希望非常自大的人注意到我，我不在乎其他人——像是我親愛的爸爸、一樓那個很會流汗的胖子歐爾嘉——雖然他們人好得多。但好人喜歡我時，我覺得尷尬，很笨吧？在婚姻中，我還是同一個蠢女孩，我希望低能的丈夫注意我，我卻不注意其他人，不過我已經準備好要改變了。可以把胡椒給我嗎？」

她纖細的手指用麵包麵糰做出一樣東西：一隻河馬。她又用兩顆胡椒粒裝飾當作眼睛，然後交給佩赫杜。

「我是雕塑家，過去曾經是。我現在四十八歲了，從零開始重新學習每一件事。我不知道幾年沒跟丈夫上床了。我忠誠、愚蠢，而且寂寞得不得了，你如果對我好，我會把你一口吃掉，不然就是殺了你，因為我承受不了。」

與這樣的女人獨處令佩赫杜震驚。

他仔細觀察凱薩琳的面孔和頭部，看得都出了神，好像他獲准爬到她的內心，尋找任何在那裡等候的有趣事物。

凱薩琳有耳洞，但沒有戴耳環（「有紅寶石的那對耳環，現在他的新女友在戴，可惡極了，真想把耳環扔到他的腳邊」）。她偶爾撫摸喉頭凹陷處，好像在尋找什麼，也許是另一個女人現在也戴著的項鍊。

「**你**呢？目前在做什麼？」她問。

他向她描述文學藥房。

「一艘船，船艙地板低矮，有廚房、兩個睡舖、一間浴室和八千本書。是我們世界之外的世界。」而且，如同所有停泊的船，是一場延滯的冒險——但他沒有說出口。

「而這個世界的國王是佩赫杜先生，一個文學藥劑師，幫有相思病的人開處方。」

凱薩琳指著他前一晚拿給她的那包書，「對了，有幫助。」

「妳小時候想成為什麼？」他在尷尬占上風前問道。

「啊，我想當圖書館員，還有海盜。你的書船正好就是我需要的，我要透過閱讀解決世界所有謎題。」

佩赫杜聽她說話，對她的好感越來越深。

「晚上我去壞人那裡，偷回他們從好人那裡騙來的每一樣東西，只留下一本書，一本可以淨化他們心靈的書，教他們懺悔，讓他們變成好人一類的書——這是一定要的。」她突然笑了起來。

「這是一定要的。」他模仿她嘲諷的口氣。改變人是書唯一的魔法，但書無法改變大奸大惡之徒，他們不會成為更慈祥的父親、更體貼的丈夫、更忠實的朋友。他們依然是暴君，繼續折磨員工、孩子與小狗，在小事上計較，在大事上無勇，不但害人，見到對方的不幸，還起了喜幸之心。

「書是我的朋友。」凱薩琳一面說，一面用酒杯冷卻做菜做到變得紅熱的臉頰。「我認為我從書裡學會自己的全部情感，在書中我愛過、笑過，我在書中發現比閱讀以外的人生更多東西。」

「我也是。」佩赫杜喃喃說。

他們四目交接——就這樣，撞出一團火花。

「J代表什麼？」凱薩琳用較沙啞的聲音問。

他必須清清喉嚨才能回答。

「尚。」他低聲地說。這個字陌生到他的舌頭和牙齒相撞。

「我叫尚，尚・亞伯特・維克多・佩赫杜。亞伯特是我爺爺的名字，維克多是我外公的名字。我母親是教授，她的父親維克多・貝尼爾是毒物專家、社會主義者，做過市長。我五十歲，凱薩琳，我認識的女人很少，睡過的女人更少。我愛過一個女人，她離開了我。」

凱薩琳專心端詳他。

「昨天，在二十一年前的昨天，信是她寫的，我不敢看信裡寫了什麼。」

他等著凱薩琳把自己轟出去，或者打他，或者撇開視線。但她什麼都沒做。

「哦，尚。」她反而以充滿同情的語氣低呼：「尚。」

又來了。

唸著他自己名字的甜美聲音。

他們四目相對，他注意到凱薩琳目光閃動，也覺得自己放下提防，讓她入內了解自己——是的，他們用眼神與未說出口的語言打動了對方。

海上的兩葉小舟，失去船錨後，都以為自己孤單漂流，如今則……

凱薩琳的手指拂過他的臉頰。

凱薩琳的撫摸讓他感受到一個巴掌的力量——一個絕妙奇異的巴掌。

再來，再來！

凱薩琳放下酒杯，他們裸露的前臂擦過。

肌膚，細毛，暖意。

他們兩人不知誰比較震驚——但他們馬上明白，令人吃驚的不是不可思議的情境，不是忽然的親密，也不是兩人的接觸。
而是美妙的感覺。

11

佩赫杜邁出一步，站到凱薩琳的身後，聞得到她的髮香，感覺她的肩膀靠著自己的胸膛。他心跳加速。他十分緩慢而輕柔地把手放在她細瘦的手腕上，溫柔地擁抱住她，大拇指與手指沿著她的溫暖手臂肌膚向上移動。

凱薩琳倒抽了一口氣，喘著嚶嚶喊了一聲他的名字。

「尚？」

「嗯，凱薩琳。」

尚・佩赫杜感覺一陣戰慄穿過凱薩琳全身，從身體正中央、肚臍下方傳出，一面顫動，一面翻滾，漣漪似地擴散開來。他自後方摟著她，緊緊抱住。

她顫抖的身軀透露許久不曾有人碰她的事實，她是困在硬殼裡的蓓蕾。

非常寂寞，非常孤單。

凱薩琳往後輕靠在他的身上，短髮聞起來很香。

尚・佩赫杜更加溫柔地觸碰她，只是撫摸寒毛的頂尖，赤裸手臂上方的空氣。

如此美妙。

還要。凱薩琳的身體發出懇求。哦，請再撫摸我。已經好久好久，我非常渴望，請別那麼激烈，太重了，太重了，我無法承受！好懷念的感覺，到此之前，我可以處理懷念的心情，我對自己太嚴了。但現在我裂開了，我像沙一般慢慢流走，我正在消失。所以，幫幫我——繼續，不要停。

我可以聽見她的感受嗎？

唯一從她嘴裡發出的聲音，是他名字的變化。

尚。尚！尚？

凱薩琳讓自己往後靠著他，聽從他雙手的擺布，熱從他的手指傳出。他感覺好像自己是手，是陽具，是感覺，是身體，是靈魂，是男人，同時也是每一條肌肉，統統集中在每一個指尖。

他並沒有移動她的洋裝，只觸摸她裸露出來的肌膚。她從袖子伸出的淺褐色手臂結實，他反覆環繞她的手臂，讓雙手與她的手臂相合。他輕輕撫摸她深褐色的頸背，她細緻柔軟的喉頭，她有催眠作用、線條優美的鎖骨。他用手指末梢、用大拇指尖撫摸，他的拇指指尖順著她既堅實又柔軟的肌肉紋理輕輕掠過。

她的肌膚越來越溫暖，佩赫杜感覺底下的肌肉隆起，感覺凱薩琳的整個身體增加了活力、彈力和熱力。一朵緩緩從蓓蕾展露的花，細密而深邃。夜之女王。

他喊出她的名字。

「凱薩琳。」

遺忘已久的激情甩開內心的時間硬殼，佩赫杜感覺下腹繃緊，雙手現在更清楚，不只是該如何撫摸凱薩琳，也懂了她的皮膚的回應，以及她的身體反過來會如何輕觸他的雙手。她的身體吻了他的手掌和指尖。

她怎麼做的？她在對我做什麼？

他可以繼續下去，讓她躺在抖動的雙腿能夠休息的地方，以及他想探索她的小腿與膝蓋後側肌膚的感受的地方嗎？他可以從她身上嗅出更多的旋律嗎？

他想看見她躺在前方，張開眼睛，四目交纏；他想用手指撫摸她的唇、她的臉龐。他想用手吻遍她的身體——她的每一寸肌膚。

凱薩琳轉過身，張大的眼睛呈現將下起暴雨之陰雲的灰，狂野而動盪。

現在，他將她抱起，她緊貼在他的身上。他將她抱進臥室，一路上微微搖晃她。她的公寓與他的公寓一模一樣，地上有一張床墊，角落有吊衣架，還有書本、閱讀燈——一臺音樂播放器。

他自己的倒影在高窗上向他打招呼——一張無臉的剪影，但挺拔強壯，懷裡抱著女人——**而且是令人傾倒的女人**。

尚・佩赫杜感覺身體甩開了什麼：情緒的霉臭、無視自身的盲目、希望隱身的慾念。

我是男人……又是男人了。

他將凱薩琳放在簡單的床鋪上，放在平滑的白床單上。她躺在那裡，雙腿合併，手在兩側。他伸直身體，側躺面向她，觀察她的呼吸，注意她身體某些地方的顫抖，彷彿皮膚底下有小地震的餘震。

譬如喉凹處，胸脯與下巴之間，脖子底下。

他靠過去，將唇放在顫抖的地方。又是嚶嚶的喘叫。

「尚……」

她的脈搏，她的心跳，她的溫度。他感覺凱薩琳從他的嘴唇流進他的身體。她的氣味，她肌肉收縮的方式，她散發的熱讓他起了火。

接著——**哦！我快受不了了！**——凱薩琳摸了他。

手指摸到衣服，手掌碰到肌膚。她的雙手沿著領帶往上爬，接著鑽入他的襯衫底下。

凱薩琳的手接觸到他的皮膚，這時彷彿有個非常古老的知覺抬起了頭，它擴散開來，從裡到外充實了佩赫杜先生，越升越高，瀰漫到每一條神經纖維，每一個細胞，最後抵達他的喉嚨，將他的呼吸帶走。

他沒有動，以免擾亂這個令人又敬畏又癡狂的美妙感受。他屏住呼吸。

性慾，如此的渴望，甚至還有其他的……

但他強迫自己慢慢吐氣，盡量放慢速度，以免暴露出他欣喜得不知所措，以免他難以承受的靜止讓凱薩琳感到不安。

愛。

這個字在他內心冒出，此外還有這個感覺的記憶。他發現他熱淚盈眶。

我多麼想念她。

凱薩琳的眼角也流出一滴淚，她是為自己落淚？還是為他？

她把手從他的襯衫抽出，接著從最後一顆釦子解到第一顆釦子，鬆開他的領帶。他坐起身，上身靠向她，讓她更好解開釦子。

接著，她把手放在他的脖子後，她沒有施力，也沒有拉扯。

她微啟雙唇，說：「吻我。」

他用手指勾劃凱薩琳的嘴唇輪廓，不停撫摸不同質感的柔軟。

繼續很容易。

只要彎下頭，縮短剩餘的距離，親吻凱薩琳。舌頭遊戲，將新奇變為熟悉，將好奇轉為貪婪，將快樂化為……

遺憾？哀傷？勃起的性慾？

只要將手伸到她的洋裝底下，逐一褪去她的衣裳，先是內衣，接著洋裝——沒錯，該要這麼做，他想知道凱薩琳的洋裝底下一絲不掛。

但他沒有這麼做。

自兩人相碰以來，凱薩琳頭一次閉上眼睛。但就在那一刻，她的嘴張開，她的眼睛闔上。她將佩赫杜關在外頭，他再也看不見她真正要的。他感覺凱薩琳的內心出了事，有一件事潛伏在那裡要傷害她。

是丈夫親吻自己的感覺的記憶嗎？（那不是好久好久之前的事嗎？他那時不是已有了外遇對象？當時他不是還說了難聽的話，像是：「妳生病時真討厭。」或「如果男人不希望一個女人在他的臥房，那麼女人也要負擔部分責任」？）她的身體是否正在回憶它被忽略得有多深——再沒有柔情，沒有愛撫，沒有深情的言語？還是被丈夫占有的記憶？（她從未滿足；不該寵壞她，他說。被寵壞的女人不喜歡不變的對待方法；她究竟還想要什麼？對他而言已經超過了。）她懷疑自己是否還會是個女人的夜晚的記憶？是否還會有人撫摸她，是否還會有人覺得她美麗動人，是否還會與男人在關上的門後獨處？

凱薩琳的鬼魂來了，它們將他的鬼魂也帶到聚會。

「我們不再獨處，凱薩琳。」

凱薩琳張開眼，眼中的暴風減弱，從如銀的閃光減為投降的褪色照片。

她點點頭，眼睛充滿淚水。

「是的，哦，尚。每次我想著『終於，終於有個男人用我一直以來希望的方式撫摸我』，而不是像……嗯，那個蠢蛋撫摸的方式時，那個蠢蛋就會出現。」

她翻身側躺，離開了佩赫杜。

「連以前的我也會出現，愚蠢低微溫順的凱西，丈夫十分可惡的時候，母親連續幾天忽視她的時候，總是想怪自己，我一定忽略了什麼事……忘記做哪件事……我不夠安靜，不夠快樂，我不夠愛丈夫和母親，否則他們就不會這麼……」

凱薩琳在哭。

起初，她輕輕地哭，但當他用被子裹住她，緊緊擁抱住她，手溫柔地托著她的後腦時，她哭得越來越大聲。心碎的哭聲。

他感覺凱薩琳在他的懷中跨過在夢中飛躍無數次的所有山谷，心驚膽顫，怕會墜落、失控或沉溺於痛苦之中——但她現在卻這麼做。

她在墜落，擔心、悲傷與恥辱讓她累壞了，凱薩琳跌到谷底。

「我沒有朋友了，他說朋友只想分享他的光榮，他的。他無法想像他們認為**我**有趣。他說：『我需要妳。』但其實他根本不需要，甚至不要我，他想獨自擁有藝術。為了他的愛情，我放棄自己的藝術，但對他來說這犧牲太小了，我難道要用死來向他證明他是我的一切嗎？證明他永遠超越我嗎？」

接著，凱薩琳用嘶啞的聲音低聲說出結語：「二十年了，尚，沒有生活樂趣的二十年……我蔑視自己的生活，也讓別人蔑視我的生活。」

後來，她的呼吸緩和下來，接著便睡著了，軟綿綿地倒在佩赫杜的懷中。

她也是，嗯，二十年，顯然毀掉人生有好幾種方法。

佩赫杜先生知道輪到他了，現在他必須面對自己跌到谷底。

在客廳裡，在他老舊的白漆餐桌上，擱著瑪儂的信。聽見不只有他浪費時光，他感到令人悲傷的慰藉。

一個疑惑掠過：凱薩琳二十一歲時，如果認識的是他，而不是P先生呢？

他懷疑自己是否準備好讀這封信，懷疑了很久。

當然，他還沒準備好。

他揭開封印，聞了聞紙，沉醉在信中。他閉上眼，垂頭片刻。

接著，佩赫杜先生在餐椅上坐下，開始讀瑪儂二十一年前寫給他的信。

12

奔牛村，一九九二年，八月三十日

我寫了一千次的信給你，尚，每一次都用同一個字開頭，因爲那是千眞萬確的：「我的愛」。

我的愛，尚，我深愛遙遠的尚。

我做了一件超蠢的事——沒有告訴你我離開你的原因。現在，我後悔兩件事：離開你，而且沒有說明原因。

請繼續往下讀，不要燒掉我的信，我不是因爲不願意跟你繼續在一起而離開。

我想跟你在一起——遠超過面對現在的情況。

尚，我的日子不多了，很快要結束——他們預測在耶誕節。

我眞希望你因爲我離開而恨我。

我可以想像你正在搖頭，我的愛人，但我想做愛一個人應該做的事。愛一個人不是要爲對方著想嗎？如果你在盛怒中忘了我，那就太好了，如果你不傷心、不擔心，不知道我死去的任何消息，決裂，氣憤，結束——然後繼續過日子。

但我錯了。沒用的，我必須讓你知道我、你和我們發生了什麼事。說來很美，也很可怕，一封短信不夠。等你到了這裡，我們再從頭聊吧。

那就是我對你的請求，尚：到我的身邊來。

我好怕死。

但我會等到你到這裡爲止。

我愛你。

瑪儂

P.S.：如果你因爲感情不夠濃烈而不願來，我接受。你什麼都沒欠我，連憐憫也不欠。

P.P.S.：醫師不許我再旅行，呂克等著你的到來。

佩赫杜先生坐在黑暗中，覺得深受打擊傷害。

整個胸膛收縮。

不可能有這種事。

每眨一次眼，他就看見自己，卻是二十年前的他。他在同一張桌子前直挺挺的，不肯拆開這封信。

不可能。

她絕對不可能……？

她背叛他兩次。她離開他，然後死了。他非常篤定，他之後把整個人生建立在那個假設上。

他覺得快吐了。他現在必須面對的是他自己背叛了她的事實，瑪儂徒然等待他的到來，當她……

不，拜託，拜託——不。

他搞砸了一切。

那封信，那段P.S.——她一定覺得他的感情不夠濃烈，好像尚・佩赫杜對瑪儂的愛從未深到能實踐這個瘋狂心願——她最後一個誠摯而萬般熱烈的心願。

明白這一點後，他的羞愧永無止境。

他看見她在眼前，就在寫了這封信後的幾個星期，長時間等待一輛車停到她的屋子外，等待他敲她的門。

而今太遲了。

夏天過去了，秋天將落葉染霜，冬天清空樹上的葉子。他依然沒來。

他猛然掩住臉龐，但他更想賞自己一巴掌。

佩赫杜先生的手指控制不住地顫抖，他摺起神奇地保留了她的香味的易碎信紙，將信放回信封中。接著，他嚴肅專注地扣上襯衫，摸尋他的鞋子。他把暗下來的窗玻璃當成鏡子，對著窗戶整理頭髮。

跳出去，你這個可惡的傻瓜，跳了就解決事情了。

他抬起頭，看見凱薩琳倚著門框。

「我是她的……」他指著信開口，「她是我的……」他找不到言語可以形容。「但事情原來不是那麼一回事。」

那是哪個字？

「愛？」過了一會兒，凱薩琳問。

他點點頭。

沒錯，就是那個字。

「那樣很好。」

「太遲了。」他說。

那毀了一切，毀了我。

「似乎她……」

說出來。

「……為了愛而離開我，對，為了愛，離開了我。」

「你們會再見面嗎？」凱薩琳問。

「不會，她死了，瑪儂早就死了，但這麼多年來我拒絕接受這件事。」

他閉上眼，以免看見凱薩琳，以免看見自己如何傷害她。

「我愛她，深愛著她，所以她離開後，我不再享受生活樂趣。她死了，我卻只想著她對我多麼惡劣。我是個笨男人。原諒我，凱薩琳，原諒我依然是個笨男人，我甚至無法好好聊這件事。我應該在繼續傷害妳之前離開，對吧？」

「你當然可以走，但你不會傷害我，人生就是那樣，我們也不是十四歲了。當沒有人可以愛的時候，我們變得古怪，舊感情永遠在新感情之間流連一陣子，人就是這樣。」凱薩琳沉著鎮定地低聲說。

她注視著引發一切的餐桌。

「真希望我丈夫是為了愛而離開我，那是被拋棄的最好理由。」

佩赫杜生硬地走向凱薩琳，笨拙地擁抱她，雖然感覺極其奇怪。

13

當咖啡壺噗哧噗哧叫的時候，他做了一百下伏地挺身。喝下第一口咖啡後，他強迫自己做兩百下仰臥起坐，做到肌肉開始唱歌為止。

他沖冷水澡、熱水澡，刮鬍子，不時刮出深深的傷口。等到不流血後，他燙了一件白色襯衫，打了領帶，往長褲口袋塞了幾張鈔票，將外套掛在手臂上。

他走出去時，沒有看著凱薩琳的門。他的身體迫切渴望她的擁抱。**然後呢？我安慰自己，她安慰自己，最後我們像兩條用過的毛巾。**

他拿出鄰居塞在信箱裡的訂書單，走出了屋子，與正在擦拭咖啡桌露珠的蒂埃里打招呼。

他吃起司蛋捲，但完全沒有留意蛋捲，甚至食不知味。他正專心致志地讀著早報。

「怎麼了？」蒂埃里一面問，一面將一隻手搭在佩赫杜的肩膀上。

這個動作非常頑皮、非常友善，但佩赫杜先生必須忍下一把抓住蒂埃里晃動他的手的衝動。

她怎麼死的？死因是什麼？痛嗎？她是否呼喚我？她是否每天望著門？我的自尊心為什麼這麼強？

事情為什麼會變成如此？我會得到什麼處罰？不如自殺好了？難得做出正確的事。

佩赫杜目不轉睛地看著書評，刻意全神貫注，命令自己不許少讀過一個字、一則意見，或片段的資訊。他畫重點，抄評語，讀什麼忘什麼。

他又開始了。

蒂埃里說話時，他的頭連抬也沒有抬。蒂埃里說：「那輛車，停在那裡大半夜了，有人睡在車上嗎？也是來找那個作家的嗎？」

「找麥克斯・喬登？」佩赫杜問。

但願那個年輕人不要這麼蠢。

蒂埃里往車子走過去時，佩赫杜趕緊從桌子前溜走。

死神來敲門時，她很害怕，希望我保護她，我卻不在她的身邊，我太忙於自憐。

佩赫杜感到不舒服。

瑪儂，她的雙手，她的信有著生氣，有她的香氣，她的筆跡。我好想念她。

我恨我自己，我恨她！

她為什麼讓自己死了？一定有什麼誤會，她一定還在某個地方活著。

他衝進廁所嘔吐。

＊

週日並不平靜。

他清掃舷梯，把過去幾天拒賣的書歸位，塞到幾公釐的空間裡。他給收銀機換了新的紙捲。他無措得連手都不知道該擺在哪裡。

如果熬過今天，就可以熬過餘生。

他招呼一個義大利人道：「我最近看到一本封面有隻戴眼鏡的黑渡鴉的書，已經翻譯了嗎？」

他讓一對來觀光的夫妻拍照，接敘利亞來的訂單，他們想買批評伊斯蘭的書。他賣彈性襪給一個西班牙女士，將卡夫卡和林格倫的碗裝滿。

貓咪在船上走來走去，佩赫杜翻著一本供應商目錄，上頭推銷的餐墊印著從海明威（Hemingway）到村上春樹（Murakami）最有名的六字小說，還賣席勒（Schiller）、歌德（Goethe）、柯蕾特（Colette）、巴爾札克（Balzac）與維吉尼亞・吳爾芙（Virginia Woolf）的頭像造型鹽罐、胡椒罐及香料罐，鹽、糖、胡椒會從頭髮分線處撒出。

要這種東西幹嘛？

「非出版品的暢銷品：適合每家書店的新書籤，還有赫塞（Hesse）的〈階段〉（*Stages*）的獨家優惠——詩集區的流行書擋。」

知道嗎？我受夠了，想塞犯罪小說衛生紙你就去塞吧，還有，赫塞的〈階段〉——「每一次的開始都蘊藏著魔力」——要當書架裝飾品就拿去吧，真的，我受夠了！

賣書人凝視窗外的塞納河、瀲灩的水波與天空的弧線。

真美。

瑪儂氣惱自己必須那樣離開我嗎？因為我就是我，沒有其他選擇？譬如跟我聊聊，請我幫忙，告訴我實話。

「我是不能那樣做的男人嗎？我究竟是哪種男人？」他大喊。

尚・佩赫杜啪一聲把目錄闔上，捲起來塞到灰色長褲後面的口袋裡。

彷彿這二十一年恰好把他的人生帶到了這一刻，他領悟自己必須怎麼做，他一開始即使沒有瑪儂的信應該怎麼做。

佩赫杜先生走去引擎室，打開過分講究整齊的工具箱，取出吃電池的電鑽，把鑽頭放在襯衫口袋，走到外面的舷梯。他把目錄放到金屬板上，將鑽頭裝到工具上，接著把將舷梯固定在河堤下側的大螺絲一一旋開。

最後他也鬆開通向河港淡水槽的水管，拉下棧橋配電板上的插頭，解開將文學藥房繫在河堤二十年的繩子。

佩赫杜用力踢了舷梯幾下，舷梯最後從地面鬆脫。他抬起板子推入書船入口，自己也跳上去之後，將艙口關上。

佩赫杜走向船尾的駕駛室，腦裡閃現蒙塔納路——「原諒我，凱薩琳」——接著轉動鑰匙，點火暖機。

接著，在激昂地倒數十秒後，佩赫杜把鑰匙再轉一格。

引擎立刻啟動。

「佩赫杜先生！佩赫杜先生！哈囉！等等我！」

他轉頭一看。

喬登？沒錯，真的是喬登！除了耳罩，還戴著一副華麗的大墨鏡，佩赫杜認得那是鮑姆太太的。

喬登朝著書船飛奔過來，他背著一只旅行袋，每跑一步，其他掛在手臂上搖晃的各種袋子也跟著彈起來。兩個帶著相機的人追在後頭。

「你要去哪裡？」喬登用驚恐的口氣大喊。

「離開這裡！」佩赫杜喊著回答。

「太好了——我想一塊去！」

這時，露露號已經離開堤岸一公尺遠，在陌生的震動中晃晃蕩蕩。喬登用力一甩，將行李拋上船，結果有一半的袋子落到水裡，包括喬登裝手機和錢包的小袋子。

引擎突突突地響，排氣管排出一團黑色柴油煙，半片河面籠罩在青色霧氣中。佩赫杜先生看見港務長罵罵咧咧，闊步朝他們走來。

他把油門桿推到全速。

作家開始助跑。

「不行！」佩赫杜大喊：「不行，喬登先生，絕對不行！我真的必須……」

14

「……求你！」

尚・佩赫杜看著麥克斯・喬登站起來。他揉揉膝蓋，轉頭一看，其餘的東西在水面浮了片刻，就沉到水裡去了——接著，他喜孜孜地帶著笑容，一跛一跛走向駕駛室。

「哈囉。」遭到搜捕的作家愉快地說：「你也搭這艘船嗎？」

佩赫杜翻了個白眼。他待會兒要痛斥麥克斯・喬登一頓，再禮貌地趕他下船，但現在他必須專心應付前方的每一樣東西：觀光船、工程船、水上屋、鳥、蒼蠅、水花。另外，規則是什麼？誰有優先權？可以開多快？橋底的黃色菱形代表什麼意思？

麥克斯看著他，宛如在等待什麼。

「喬登，顧好貓和書。還有，去煮咖啡。我現在要努力不用這東西害死人。」

「什麼？你想害死誰？貓？」作家一臉茫然地問。

「馬上拿下那個玩意兒。」佩赫杜指著喬登的耳罩。「去煮咖啡。」

當麥克斯・喬登用錫杯裝滿咖啡，將杯子放在輪胎大小的舵輪旁的架上時，佩赫杜已經越來越習慣震顫和逆流行駛了。許久沒有駕船的他，小心地沿著河流駕駛這三個貨櫃長的玩意兒，如臨深淵。書船靜靜破水而行。

佩赫杜十分害怕，也十分興奮，他想要高歌大喊。他握住舵輪，他正在做的事很瘋狂，很愚蠢，這個行為……**棒・呆・了！**

「你從哪裡學會開船等等的技術的？」作家一面問，一面驚愕地指著導航儀錶。

「我爸教我的，十二歲的時候。我十六歲時去考內陸水道駕駛證書，因為我希望有一天運煤到北部。」

並且成為一個泰然自若的大人，在旅途中逍遙自得。吁，日子過得真快。

「真的？我爸連紙船怎麼摺也沒教過我。」

巴黎彷彿電影膠捲，新橋、聖母堂、兵工廠運河港，一幕幕風景掠過。

「完美的〇〇七式逃脫。龐德先生，加牛奶和糖嗎？」喬登問：「你究竟為什麼要這麼做？」

「什麼意思？不要糖，曼妮潘妮小姐[9]。」

「我是指放火燒了你的生活，逃之夭夭，學頑童哈克[10]坐木筏流浪，學福特・派法特[11]在宇宙漫遊，學……」

「一個女人。」

「一個女人？我以為你對女人興趣缺缺。」

「對大部分女人我是沒興趣，我只對一個人有興趣，而且很有興趣。我想去見她。」

「哇，太棒了，怎麼不坐客運？」

「你以為只有書裡的人物才會做出瘋狂的事來嗎？」

「不，我只是在想，我不會游泳，你上次駕駛這樣的龐然大物時只是個孩子，我還想到你把五個貓罐頭按照字母順序排列，心理應該不正常。咦！你真的曾經十二歲過嗎？你真的做過小孩？難以置信！你好像一直都這麼……」

「這麼？」

「這麼成熟，這麼……克制，這麼從容自若。」

要是他知道我有多麼不專業……

「我到不了車站，我去車站的路上有太多時間反覆思考，喬登先生。我會想出不去的理由，我上不了車，我會站在那裡……」他指著塞納河某座橋上跨在單車上朝他們揮手的幾名少女。「留在我不曾離開的地方，不會離開我平日固定軌道一公分。這樣的生活是狗屁，但安全。」

「你說：『狗屁』。」

「那又怎樣？」

「太棒了，我現在鬆了一大口氣，沒那麼擔心你連冰箱裡的東西也要按照字母順序排列了。」

佩赫杜伸手拿咖啡。等到麥克斯・喬登開始懷疑尚・佩赫杜突然為她拋下一切的女人已經死了二十一年，他的擔憂會不會加深呢？佩赫杜想像自己告訴喬登這件事的情形，他應該很快就會說，只要知道該怎麼說出口。

「你呢？」他問：「先生，是什麼逼得你離開呢？」

「我想……找一個故事。」喬登吞吞吐吐地解釋：「因為……我腦袋裡什麼都沒有了，沒找到就不回家。其實，我只是去河邊道別，結果你就開船了。我可以跟你一塊走嗎？可以嗎？」

9. Miss Moneypenny，〇〇七龐德系列電影及原著小說中的人物，擔任龐德上司的祕書。
10. Huckleverry Finn，《頑童歷險記》（*Adventures of Huckleberry Finn*）中的主角名。
11. Ford Prefect，知名英國科幻小說家道格拉斯・亞當斯（Douglas Adams）的科幻喜劇小說《銀河便車指南》（*The Hitchhiker's Guide to the Galaxy*）中的角色。

他眼巴巴望著佩赫杜。佩赫杜原本打算在下一個停泊港讓他下船，並祝他好運，現在看到他的眼神，只好把計畫束之高閣。

世界與不想要的船上生涯在眼前展開，他突然感覺又是小時候的自己——縱使從麥克斯・喬登的年輕觀點來看，這必然不大可能發生。

但佩赫杜的確跟十二歲時有相同的感受。十二歲時，他很少感到寂寞，但喜歡獨處，或跟隔壁印度數學家的孱弱兒子維賈亞一起玩。當時，他有著一顆童稚之心，相信晚上做的夢是另一個交替出現的真實世界，是一個考驗的地方。他甚至曾經相信，設法完成夢中任務，在清醒的生活中就會往上爬一層。

「走出迷宮！學會飛翔！擊退地獄惡犬！完成任務後醒來，一個心願會成真。」

當時，他相信願望的力量，而這股力量當然與自願放棄珍貴或重要事物有關。

「請讓爸媽吃早餐時看一看彼此吧！如果他們互相注視，我就捐出一個眼睛，左眼。開船需要用到右眼。」

沒錯，年紀還小的時候，他就是這樣討價還價的，已經很久沒這麼做了……喬登是怎麼說的？這麼克制？他也會寫信給上帝，用拇指的血封印。而今，不過晚了大約一千年，他站在巨船的舵前，感覺到自己確確實實有著慾望——長久以來第一次感覺到慾望。

佩赫杜不經意地「哈」了一聲，稍微站挺了身體。

喬登轉動收音機，找出管控河道交通的ＶＮＦ塞納河導航頻道。「再次通知兩個從香榭麗舍港逃走的諧星，港務長向你們問好，右舷就是你們的拇指在左邊的那一側。」

「他們是指我們嗎？」喬登問。

「管他去的。」佩赫杜先生不以為意地說。

他們相望苦笑。

「你小時候想成為什麼，嗯……喬登先生？」

「小時候？你是說昨天？」麥克斯傲慢地笑了，接著緘默不言。

「我想成為我爸爸會把我當一回事的男人，還有，想當解夢人。當解夢人大概是不可能讓我爸拿我當一回事。」

佩赫杜清了清喉嚨。「替我們制定前往亞維儂的航線，先生，找出往南的運河路線，一條可能給我們帶來……有特殊意義的夢的路線。」佩赫杜朝一疊航線圖比了比，地圖上的網路密密麻麻，標示著可通航的藍色航道、運河、碼頭及船閘。

喬登以懷疑的眼光看了他一眼，佩赫杜先生將油門一催，堅定地看著水面說：「薩納里說，必須走水路南行才能找出夢的答案。他也說過，人會在南方找回自己，但前提是必須在途中迷路——徹底迷路。透過愛，透過渴望，透過恐懼。南方人傾聽大海，才明白笑與哭聽起來是一樣的，靈魂有時需要哭泣才會快樂。」

一隻鳥在他的胸膛中甦醒過來，小心翼翼展開翅膀，驚覺自己還活著。牠想出去，想從他的胸口衝出，帶著他的心臟，一飛沖天。

「我來了。」尚・佩赫杜喃喃自語：「我來了，瑪儂。」

瑪儂的旅行日記

前往人生的途中，亞維儂和里昂之間
一九八六年，七月三十日

太神奇了，他們居然沒有統統跟著我上車。他們（爸媽、「不需男人的女人」茱莉亞阿姨、「我太胖」黛芬表姊和「我總是好累」妮可蕾表妹）從長滿百里香的山坡來到我們家，陪我到亞維儂，看我確實坐上從馬賽到巴黎的快車。我懷疑他們大家只是想到一個像樣的城鎮，再去看場電影，給自己買幾張王子的唱片。

呂克沒陪我來，怕他在車站我會不走。他是對的，光是看他站姿、坐姿、抱著肩膀和頭的樣子，我遠遠就可以判斷他好不好。他是徹底的南法人，他的靈魂中有火有酒，他深具熱忱，他做什麼都不能沒感覺，也從不冷漠。大家說，巴黎大部分的人對大多數的事很冷漠。

我站在特快車的窗口，覺得自己既年輕又成熟。這是我第一次真正揮別故鄉，而且是第一次覺得我正在逐漸遠離它——陽光明媚的天空，百年老樹上的蟬鳴，在每一片杏樹葉上角力的風，發燒似的暑氣。太陽下山後，空氣中有金色光芒顫動閃爍，讓陡峭的高山和山城染上深淺不一的粉色和蜜色。大地繼續奉獻——不會為了我們的利益而停止成長。它迫使迷迭香和百里香穿過石頭，櫻桃幾乎從果皮迸出，鼓起的萊姆種子的香氣，好像少女在收割的少年到懸鈴木樹蔭下找她們時的笑聲。河川閃閃發光，像是崎嶇岩石之間蜿蜒的藍綠色細線，南方的大海水光瀲灩，海的藍色是如此銳利，像是有人在黑橄欖樹底下做愛時橄欖皮上的斑點。大地不時壓迫我們人類，無情地貼近，荊棘、岩石、香氣。爸爸說過，普羅旺斯用樹木、泉水和淺色石頭創造人類，將他們命名為法國人。法國人像木頭，適應力強，也像石頭，非常強壯。法國人從岩層深處說話，像火爐上的一鍋水，一下子就沸騰了。

我已經感覺到暑氣減緩，發現天空變低，失去鈷藍色的條紋。我注意到越往北走，地勢起伏越是平緩。冰冷、懷疑人性的北方！你感覺得到愛嗎？

媽媽當然擔心我在巴黎會出事，雖然黎巴嫩革命軍在拉法葉百貨公司和香榭麗舍大道放炸彈，但她不怎麼擔心我會被炸得四分五裂，她擔心的反而是男人。或者——希望這種事不會發生——她擔心女人，那些聖日耳曼的知識分子，腦子裡什麼都有，但不想說，她們能讓我在通風的藝術人家中一嘗生活的滋味，在那個家庭中，最後替深具創意的男士清洗畫筆的，永遠是女人。

我想，媽媽的擔心是，我可能會發現某樣離奔牛村、雪松、維門替諾白葡萄與粉色薄暮非常遙遠的東西，而這樣東西可能危及我的未來生活。昨天夜晚，我聽到她在戶外夏季廚房絕望地掉眼淚；她替我擔心。

大家都說巴黎人每件事都競爭激烈，男人用冷漠吸引女人，每個女人都希望給自己網住一個男人，將他冰冷的防護化為熱情。每一個女人，尤其是南方來的女人。這是黛芬說的，我覺得她精神失常，節食顯然讓人產生幻覺。

爸爸是非常克己冷靜的普羅旺斯。城市人可以給妳什麼？他是這麼說的。他經常突然

五分鐘熱度，人文主義思想沖頭，把普羅旺斯當成法國國民文化的搖籃，但我就愛他這樣子。他咕噥歐西丹語[12]，覺得每個種橄欖和番茄的農夫四百年來講著藝術家、哲學家、音樂家及年輕人的語言很棒。他跟巴黎人不同，巴黎人認為只有他們受過教育的階層才會見多識廣，深富創意。啊，爸爸！扛著鏟子的柏拉圖，完全無法容忍心胸狹隘的人。

我會想念他辛辣的氣息，溫暖的擁抱。還有他的聲音——在地平線上隆隆作響。

我知道我將懷念山，懷念掃蕩葡萄園的乾冷北風……我帶了一小袋土，一束香草，一顆我吸乾淨的油桃硬核，一塊我渴望家的春天時可以學巴紐（Marcel Pagnol）放在舌頭底下的卵石。

我會想念呂克嗎？他永遠都在；我從來沒有想念過他。我會享受對他的思念。我不懂「我太胖」黛芬表姊所說的拉力（還意味深長地省略幾個字）：「好像一個男人把錨推入妳的胸膛，妳的肚子，妳的兩腿中間；他不在時，鏈條會被人拉扯。」聽起來很痛苦，她說的時候卻笑嘻嘻的。

如此需要一個男人是怎樣的感受？我往他插進同樣的倒鉤嗎？還是男人比較容易遺忘呢？黛芬是從她那些粗俗小說中讀來的嗎？

我懂人，但完全不懂男人。男人與女人在一起是怎樣的？他二十歲時會知道他在六十歲希望怎樣愛她嗎？因為他確實知道自己在六十歲的思想、舉止和事業嗎？

我一年後回來，呂克和我會像鳥兒一樣結婚，然後我們釀酒、養孩子，一年過著一年。我這一年是自由的，未來也是，如果我偶爾晚回家，呂克不會過問，如果之後我跑去巴黎，或自己去別的地方，他也不會問問題。那是我們訂婚時他給我的禮物：自由的婚姻。他就是那樣的人。

爸爸不懂他——出於信賴、基於愛情的自由？「雨都不夠澆淋所有的土地了。」他會這麼說；愛是雨，男人是土地，而我們女人呢？「妳們培育男人，男人在妳們的手中茁壯成長，這就是女人的力量。」

我還不知道我是否想要呂克的雨禮，那禮物很大，也許我太渺小，不配。

我想回報嗎？呂克說他不堅持，那也不是條件。

我是一株強壯大樹的女兒，我的木材造了一艘船，但船沒有錨，沒有旗幟。我揚帆啟航，尋找涼蔭和光，我吸吮風，忘了所有的港口。去他的自由，不管是人家給的，還是自己要來的；懷疑的話，就永遠獨自忍受吧。

啊，在我內心的自由女神再次脫下長袍，喊出更多自由的言論之前，還有最後一件事該提一提。我的確認識了看見我哭著寫旅行日記的男人，在火車車廂內，他看到我的眼淚，我藏起眼淚，以及一離開我的小河谷立刻襲上心頭的「我要它回來」的幼稚情緒……

他問我是不是非常想家。

「可能是想念情人啊？」我問他。

「想家就是想念情人，只是更傷心。」

以法國人來說，他長得很高，一個賣書人。他的牙齒很白，笑容親切，眼睛是綠色的——香草的綠。幾乎跟我在奔牛村的臥室外面的雪松一樣綠。嘴是葡萄紅，頭髮又密又強韌，像迷迭香的細枝。

12. Occitan，屬於羅曼語系，主要通行於法國南部。

他叫尚。他正在改造一艘比利時工程船，想在船上放書。他說那是「給靈魂的紙船」。他說他希望把船變成一間藥房，一間文學藥房，治療所有別無療法的情緒。譬如想家。他認為想家有很多種：渴望庇護、懷念家人、恐懼分離或嚮往愛情。「嚮往很快有一樣好的東西可以愛：一個地方，一個人，一張特別的床。」

他說這話的語氣聽起來不可笑，聽起來很有道理。

尚答應給我減輕想家心情的書，他說得好像正在講一種有點奇妙但又是真的的藥。

他像白渡鴉，伶俐、強壯，飄浮在現實之上。他像得意地俯瞰世界的大鳥。

不對，我描述得不精確。他沒有答應要給我書——他說他無法忍受承諾。他提出的是建議。「我可以幫妳，妳想再哭一下或不想哭了，還是想要笑一笑少哭一點，我願意幫妳。」

我很想親親他，看看他除了發表見解以外，還會不會其他的事，會不會感受，會不會相信。

還有，看看這隻看見我內心一切的白渡鴉能飛得多高。

15

「我餓了。」麥克斯說。

「我們乾淨的水夠用嗎？」麥克斯問。

「我想掌舵試試看！」麥克斯提出要求。

「船上難道沒有釣竿嗎？」麥克斯抱怨。

「沒有電話，沒有信用卡，我覺得少了什麼，你不覺得嗎？」麥克斯發出哀嘆。

「不覺得，你可以打掃船。」佩赫杜回答：「邊動邊冥想。」

「打掃？真的？看，又有瑞典水手來了。」作家說：「他們總是沿著河中央航行，好像河是他們發明的。英國人不一樣，英國人給人的感覺好像只有他們屬於這裡，其他人就該喝采歡迎他們，在岸上揮動小旗子。你知道的，他們對拿破崙侵略他們的計畫依然耿耿於懷。」

他放下望遠鏡，「我們的屁股有國旗嗎？」

「船尾，麥克斯，船的後側叫船尾。」

他們沿著蜿蜒的塞納河破浪前進，走得越遠，麥克斯越是興奮，尚・佩赫杜則越冷靜。河流曲折穿過樹林公園，河灣雄偉壯麗，夾岸是往四處延伸的庭院，圍繞著暗示富裕世家和家族祕密的房舍。

「去工具旁邊的箱子，找一找船旗和法國三色旗。」佩赫杜吩咐喬登。「還有，挖出木樁和大頭槌，我們如果找不到河港，就會用到木樁和大頭槌。」

「哦，知道了。我要怎麼知道停船步驟呢？」
「嗯，有一本談船屋假期的書上有說明。」
「也找出來？」
「在『都市人的鄉間生存之道』那一區。」
「清潔用具和水桶在哪裡？也在書裡嗎？」麥克斯哼哼笑了幾聲，把耳罩推回耳朵上。
見到一群划獨木舟的人，佩赫杜用船上的喇叭發出警告，低沉響亮的喇叭聲穿過他的胸膛和肚子——直接衝向肚臍底下以及更深的地方。
「哦。」佩赫杜先生低呼一聲。
他再次拉桿鳴放喇叭。
人才發明得出那個東西。
喇叭巨響與震動讓他想起了手指觸摸凱薩琳的肌膚的感受，她肩膀的肌膚包覆住三角肌，柔膩、溫暖且渾圓。想著凱薩琳，佩赫杜一時覺得頭暈。
撫摸女人，駕船，逃離。
似乎有數十億的細胞在他體內醒來，困倦地眨了眨眼，伸著懶腰說：「嘿！我們想念這個，請再來一些，開快點！」
右邊叫右舷，左邊叫左舷，航道以彩色浮標為記，他依然熟練的雙手讓船在浮標之間移動。女人很聰明，因為她們不反對感受和思考，而且她們的愛沒有極限——沒錯，他心裡明白這一點。
提防船閘附近的小渦流。
提防老想當弱者的女人，這種女人不會放過男人的任何弱點。

不過最後作主的還是船長。

或船長妻子。

找新的停泊處？停泊這件工作跟夜裡教腦袋安靜下來差不多容易。不，不！今晚開去一個特別寬敞又好停的碼頭就好，輕輕地操控方向舵，如果他能找到它。然後呢？也許他應該改找個河堤停。

或者一直駛到人生的盡頭。

在一處悉心照顧的河岸花園裡，有一群女人盯著他，其中一人揮了揮手。難得有工程船或比利時貨船（露露號的古老祖先）朝她們駛來，冷漠的船長抬高腳放輕鬆，只用一根大拇指操控著滑順的大舵輪。

突然間，文明世界終止。過了默倫，他們陷入綠意滿盈的夏天。

真香！多麼純淨，如此清新。

但還有一樣東西與巴黎完全不同，這裡明確少了一樣東西，一樣佩赫杜習以為常的東西，少了那東西反而令他感到微微的暈眩，耳裡嗡嗡作響。

他明白究竟少了什麼之後，渾身感到無比的輕鬆。原來是少了車子。沒有疾馳的車輛，沒有轟隆的地鐵，沒有喳喳作響的空調。沒有數不清的機器、傳動裝置、電梯與手扶梯的呼呼聲和隆隆聲。沒有卡車倒車、火車煞車、高跟鞋踩在砂礫石頭上的聲音。沒有隔壁的隔壁的流氓播放的低音動感音樂，沒有劈啪劈啪的滑板，沒有卡嗒卡嗒的小綿羊機車。

佩赫杜第一次像這樣充分徹底體驗到的週日寧靜，是父母帶他到布列塔尼半島拜訪親戚的時候。在亞旺橋和克杜克之間，那寂靜讓他感覺像是生命的精髓，在菲尼泰爾省的世界盡頭潛藏閃避城市人。巴黎對他好像是一架巨大的機器，轟轟隆隆不斷，製造出一個幻影的世界。它用實驗室製造的仿天然香氣助人入眠，以聲音、人工光線和偽造氧氣讓人平靜——如同他小時候很愛閱讀的那一本E・M・佛斯特的小說[13]。當有一天佛斯特故事中的「機器」故障，迄今只透過螢幕溝通的人，由於乍然降臨的沉默、純粹的日光、自己未加過濾的強烈知覺，紛紛死去。他們死於生命超載。

那正是尚・佩赫杜此刻的感受——未曾在城市經驗的超級強烈知覺氾濫成災。他深呼吸時，他的肺好痛！在陌生的平和自由中，他的耳膜脹痛。看見活著的形體，他的眼力復原了。河流的香氣，如絲的空氣，頭上開闊的穹窿。

他最後一次經歷這樣的寧靜和自由，是一個淺藍色的夏日，與瑪儂深夜在卡馬格騎馬。白晝如爐面般灼熱，但入夜後草地的莖稈和池沼旁的森林吸收了露水，空氣充滿秋日的芳香，鹽田的鹹味，歐洲游牧民族羅曼尼人和辛提人的營火味道，羅曼尼人和辛提人在隱於公牛聚食草地、紅鶴群落和被遺忘的古老果園之間的夏季營地上生活。

尚和瑪儂騎著兩匹身體精實、步伐穩健的白馬，到孤島之間空曠的水濱，沿著林中逐漸消失的羊腸小徑而行。這兩匹馬在卡馬格土生土長，能靠口鼻在水中吃東西，只有牠們才能在瀌瀌的無邊曠野找到路。

如此蕭條的浩大，如此迴遠的恬謐。

「記得嗎？尚。你和我，在世界盡頭的亞當和夏娃？」

瑪儂的聲音充滿了笑意，那笑意深濃的聲音，像正在融化的巧克力。

沒錯，他們好像在自己的世界盡頭發現了一個陌生世界，兩千年來仍舊沒有人跡，也沒有人類有想把鄉村變成都市、街道和超市的狂熱。

沒有一株高大的樹，沒有山丘，沒有房子。只有天空，天空下唯一的界限是人類自己的頭骨。他們看見野馬結群走過，蒼鷺與野雁捕魚，蛇追逐綠色蜥蜴。他們感覺到上千步行者的祈禱，隆河從冰河的源頭將祈禱順流帶到這片遼闊的三角洲，祈禱聲在這裡掠過金雀花、垂柳及灌木之間。

在新鮮純淨的早晨活著，他感到無以言喻的感激。每天，在落日餘暉下，他在地中海游泳；他光著身子，在細緻的白沙灘上，邊吼叫邊來回跑步；他感覺與自己、與這一片自然的空曠合而為一——體力充沛十足。

瑪儂真心崇拜他的泳技，也讚賞他抓魚回來的功夫。他們開始拋棄文明，尚讓鬍子長長，瑪儂裸著身子騎她那匹溫和又敏感的小耳馬，頭髮垂掛在胸前。兩人都曬出栗子色。夜晚時分，漂流木劈劈啪啪燃燒著，他們在營火旁依然溫軟的沙地上做愛，尚喜歡她皮膚酸酸甜甜的刺鼻味，他嚐到海的鹽味，她汗水的鹽味，河與海如戀人匯流的三角洲草地的鹽味。

當尚靠近瑪儂大腿間的黑色細毛，催眠的女人香與生命氣味迎上來，瑪儂聞起來像她熟練緊密駕馭的母馬——那是自由的氣味。她的氣味混合著東方香料與花卉蜂蜜的甜香；她有女人的味道！

她不住口地輕聲嘆息呼喊他的名，她把字母包在一連串纏繞著慾望的氣息中。

「尚！尚！」

在那些夜晚，他比過去更像男人。瑪儂為他徹底打開，緊貼著他，他的嘴、他的人、

13. 係指英國小說散文家佛斯特（Edward Morgan Forster）的中篇小說《機器休止》（*The Machine Stops*）。故事敘述一個過分依賴機器的未來社會，當機器發生故障，欠缺獨立生存能力的人類逐一死去。

他的陽具。她張開眼睛捕抓他的凝視，眼中永遠有月亮的倒影——起初是新月、接著是半圓，最後是一個完整的紅色圓盤。

他們在卡馬格旅行半個月；他們放縱，在蘆草屋中化身為亞當和夏娃。他們是流亡者和探險家，他從來沒問過，瑪儂必須欺騙誰，才能夠在水牛、紅鶴與馬群之間的世界盡頭夢想他們的夢。

晚上，只有她的呼吸滲透星空底下的闃寂無聲，瑪儂香甜而規律的深呼吸。她就是在呼吸的世界。

唯有當佩赫杜先生放開瑪儂在陌生南方蠻荒邊界沉睡呼吸的身影——就像把紙船放到水上那樣緩慢地放開——他才察覺自己自始至終都瞪大眼睛看著上空，他才能想起愛人而不至於崩潰。

16

「欸，把耳罩拿下來好嗎？喬登。聽，多麼安靜。」

「噓！不要那麼大聲！還有，不要叫我喬登——我最好給自己一個代號。」

「哦，好，什麼代號？」

「我現在是尚，尚・佩赫杜。」

「恕我直言——我才是尚・佩赫杜。」

「沒錯，很棒不是嗎？我們就不能直接喊對方的名字嗎？」

「不能。」

喬登把耳罩往後推，用力嗅了嗅。

「有魚卵的味道。」

「你能用耳朵聞出來？」

「如果我掉到魚卵裡，被一群發育不良的鯰魚吃掉，那該怎麼辦？」

「喬登先生，大多數人只有喝醉想從欄杆往外尿尿才會從船上掉下去，用廁所的話，你不會死的。況且，鯰魚根本不吃人。」

「啊，是嗎？哪裡寫的？另一本書嗎？你跟我一樣明白，人在書裡寫的內容，只是在書桌前發現的真相。別忘了，以前人以為地球就像被遺忘的餐廳托盤一樣掛在太空中的圓盤。」麥克斯・喬登伸展身體，肚子咕嚕咕嚕叫，像發出響亮的責備聲。「我們應該弄點東西來吃。」

「在冰箱裡可以找……」

「大多是貓糧、雞心和雞肉……不，謝了。」

「別忘了還有白豆罐頭。」他們確實需要盡快去採買東西，但怎麼買？佩赫杜的收銀機裡幾乎沒有現金，喬登的卡則在塞納河中漂流。幸好，水槽裡的儲水夠沖馬桶、洗碗和洗澡，他也還剩下兩箱礦泉水。但他們不可能靠著這些東西走到南方。

佩赫杜先生嘆了一口氣。幾分鐘前，他覺得自己是縱橫四海的大盜，現在則像是新兵菜鳥。

「我是挖土機！」喬登得意洋洋地說。他不一會兒從露露號裝滿書的船艙走進駕駛室，手臂底有一疊書，還有一個長長的紙筒。「船上有一本航行測驗題，裡面有無聊的歐洲官僚想得出的所有交通標誌。」他啪一聲把書放到船舵旁。「還有一本講繩結的書，那本我來研究。還有，看看這個：一面屁股……抱歉……還有一面船尾三角旗……等一下！……是船旗！」

他得意地舉起紙筒，抽出一張捲起來的大旗。

旗子上有一隻金色加黑色的鳥兒展翅欲飛，仔細再瞧，可以看出這隻鳥像一本書，書脊是鳥的身體，而書皮和書頁是鳥的翅膀。這隻書鳥有老鷹的頭，戴著海盜眼罩，縫在一塊深紅色的布上。

「唔？這是我們的旗子還是什麼？」

尚・佩赫杜的胸骨左側感到一陣劇痛，他痛得直不起腰來。

「怎麼了？」麥克斯・喬登擔心地問：「你心臟病發作了？如果是的話，請別叫我查書研究怎麼裝導管！」

佩赫杜啞然失笑。

「沒事。」他喘著氣說：「只是……吃了一驚，讓我休息一下。」

佩赫杜忍痛嚥下口水。

他撫摸繡紋、布面與書鳥的鳥喙……接著摸摸它的獨眼。

瑪儂在縫製普羅旺斯新娘拼布被的同時，用回針縫法替書船的啟航做了這面旗幟。她的手指和眼神曾經在這塊布上滑行——這塊布。

瑪儂，妳留給我的，只有這一樣東西嗎？

「妳為什麼要嫁給這個釀酒的男人？」

「他叫呂克，是我最好的朋友。」

「維賈亞是我最好的朋友，但那不代表我想跟他結婚。」

「我愛呂克，嫁給他會很幸福，他每一件事都讓我做我自己，沒有附帶條件。」

「妳可以嫁給我，也會很幸福。」

瑪儂放下針線，鳥眼只填滿一半。

「你還不知道我們在同一班火車上之前，我已經是呂克人生計畫的一部分。」

「而妳不願意他因為計畫生變而痛苦。」

「我不要，尚，我不要，我不要痛苦，我會想念呂克，想念他的無需無求。我要他，我要你，我要北方和南方，我要生命及生命涉及的一切，我選擇的不是『或』，我選擇的是『及』，呂克讓我擁有每一個『及』。如果我們是夫妻，你能那樣做嗎？如果有別人，有第二個尚，有一個呂克或兩個或……」

「我寧願自己擁有妳的全部。」

「哦，尚，我知道我要的很自私，我只能要求你留在我的身邊，我需要你才能活下去。」

「待在妳身邊一輩子嗎？瑪儂。」

「一輩子，尚。」

「我願意。」

彷彿立下約定，她將針刺進大拇指的皮膚，浸濕鳥眼後的織布。

不過，也許只有性。

那是他的恐懼：他對她只代表性。

但他們同床時從來不「只有性」，是征服了世界，是熱情的祈禱。他們認出自己的本性——靈魂、軀體、對生命的嚮往、對死亡的恐懼。是對生活的頌揚。

佩赫杜現在又可以加深呼吸。

「沒錯，那是我們的旗子，喬登。太棒了，在船頭人人看得到的地方升起來，升在最前面。三色旗掛到船尾。快去。」

麥克斯朝船尾俯身，想找出哪一條在風中拍打的纜線是升國旗用的，接著穿過書店走到船首。佩赫杜感覺一股熱從眼睛後方升起，但他知道他絕不能哭。

麥克斯固定好船旗，將旗子越拉越高。

每用力拉一下，佩赫杜的心就糾得更緊。

船旗莊嚴地飄揚在氣流中，書鳥在飛翔。

原諒我，瑪儂，原諒我。

我當時年輕，愚蠢，自負。

「糟糕，警察來了！」麥克斯．喬登大喊。

17

巡邏船緩緩朝他們駛來。這艘機動汽艇開到一旁，繫在露露號的索栓上，佩赫杜放開油門。

「你看他們會把我們一起關進一間牢房裡嗎？」麥克斯問。

「我必須申請證人保護計畫。」麥克斯說。

「也許是我的出版社老闆派他們來的？」麥克斯苦惱。

「你真該去擦擦窗戶，或者練習打幾個結。」佩赫杜嘟囔。

戴著飛行員墨鏡的瀟灑警察跳上船，快速攀爬到駕駛室。

「日安，先生。香檳區塞納河管理處，我是萊維克准將。」他一口氣講了一大串，從語氣可知他熱愛著他的頭銜。

佩赫杜差一點以為這位萊維克准將要告發他未經允許退出自己原本的生活。

「很不湊巧，你沒有把法國內河航道管理局的許可證黏在看得見的位置，請讓我看一看規定的救生衣，謝謝。」

「我去擦窗戶。」喬登說。

十五分鐘後，多了一張警告單，以及一張罰款通知書。為了一張在法國內陸水道航行的圓形許可證，一套通行隆河船閘規定必須準備的螢光救生衣，一份內河航道管理局指南的核證副本，佩赫杜先生把收銀機裡和口袋裡的零錢通通挖出來放在桌上，結果還是不夠。

萊維克准將說：「那麼，我們現在怎麼辦呢？」

他眼中那是稱心的閃光嗎？

「你……嗯……你喜歡看書嗎？」問出口後，佩赫杜注意到萊維克准將尷尬地嘟囔。

「當然，男子漢跟著弱雞和娘娘腔一起看書，這種無聊的習慣我是不贊同啦。」河道警察回答。他想給卡夫卡搔癢，卡夫卡舉高尾巴慢慢跑開。

「那我能否給你一本書……或好幾本，彌補不足的部分？」

「嗯，我可以收下書抵救生衣的錢，但罰金怎麼辦？還有，你預備拿什麼付停泊費？我不確定管碼頭的會……愛看書。」萊維克准將想了一想。「跟著荷蘭人走吧，他們很會找免費的午餐，一定知道哪裡可以免費停船。」

他們穿過露露號船艙，沿著書架走動，讓萊維克挑選他的報償。這時准將轉頭注視麥克斯，他正在擦拭閱讀椅旁的窗戶，不願正面看著萊維克。萊維克說：「咦，你不是那個很有名的作家？」

「我？不是，絕對不是，我是……呃。」喬登迅速看了佩赫杜一眼，「他兒子，百分之百正常人，做業務，賣運動襪。」

佩赫杜瞪他一眼，喬登剛剛去辦理了收養手續嗎？

萊維克從書堆中拿起《夜》，仔細檢查封面上麥克斯的照片。

「你確定？」

「好吧，也許我是。」

萊維克會意地聳起肩膀。

「當然是，你一定有很多女書迷吧？」

麥克斯玩弄掛在脖子上的耳罩，「我不知道，」他說：「也許吧。」

「嗯，我前未婚妻很愛你的書，老是掛在嘴邊，抱歉……我指的當然是跟你長得很像的那傢伙的書，也許你可以替我在這裡寫上他的名字？」

麥克斯點點頭。

萊維克唸出要他寫的內容：「滿懷深情，獻給費德列克。」

麥克斯咬牙寫出被要求寫下的文字。

「太棒了。」萊維克對著佩赫杜笑嘻嘻地說：「你兒子會付罰金嗎？」

尚・佩赫杜點點頭，「當然，他是個乖兒子。」

麥克斯從口袋掏出幾張小鈔與若干銅板，這下子他們倆都破產了。萊維克嘆了一口氣，取了幾本近期的出版品——「給我的同事」（For my colleagues）——與一本《單身漢食譜》（*Cooking for the Single Man*）。

「等一下。」說完，佩赫杜馬上找了一下，從「戀愛懶人包」區拿了一本羅曼・加里[14]的自傳給他。

「這本可以提升什麼？」

「應該說**消弭**什麼，親愛的准將。」佩赫杜溫和地糾正他，「這是消弭知道沒有女人會像生下我們的女人愛我們那樣深的失望。」

萊維克臉一紅，低頭快步離開書船。

「謝謝你。」麥克斯低聲說。

警察解開纜繩之後，佩赫杜更加篤信，描述輟學和河上冒險的小說遺漏了稅牌和救生衣罰款這一類的小麻煩。

警船駛遠後，喬登問：「你想他會不會告訴別人我在這裡？」

「拜託，喬登，跟幾個書迷或媒體說說話，有什麼好怕成這樣的？」
「他們可能會問我正在寫什麼。」
「那又怎樣？那就老實跟他們說，說你正在思考，你不急，你正在挖掘一個故事，你找到後會讓他們知道。」
喬登露出好像未曾這麼考慮過的表情。
「我前天打電話給我爸爸，他不大看書，你知道的，只讀體育版新聞。我告訴他，我的書被翻譯成外文，收到了版稅，那本書賣出將近五十萬冊。我告訴他我可以幫他，因為他的退休金不多。你知道我爸爸問我什麼嗎？」
佩赫杜先生等待著。
「他問我是不是終於要去找一份正職，還有他聽說我寫了一個變態的故事，有一半的鄰居低聲誹謗他。他問我知不知道我瘋狂的想法對他造成的傷害。」
麥克斯看起來傷得很深，而且十分迷惘。
佩赫杜先生感到一股異常的衝動，想要緊緊抱住他。他走上前去抱他，試了兩次，才找出手臂應該放在哪裡。他小心翼翼攬著麥克斯・喬登，靠著他的肩膀。他們僵硬地站在原地，靠向彼此，膝蓋微彎。
佩赫杜對著喬登的耳朵低聲說：「你爸爸心胸狹隘，而且無知。」
麥克斯退縮了一下，但佩赫杜牢牢抱住他。他輕輕說話，像在對年輕人吐露祕密：「幻想別人講他閒話，是他活該。別人搞不好是在說你，他們想不通，像你爸爸這樣的人，

14. Romain Gary，一九一四－一九八〇，法國小說家、電影劇本作者、外交官。

怎麼會有一個這麼棒、這麼出色的兒子——這也許是他最大的成就。」

麥克斯用力嚥下口水。

他低聲回答時，嗓音變得很尖銳。「我媽說他不是故意的，他只是不會表達愛，他每一次罵我、每一次打我，就是在表現對我最深的愛。」

這時佩赫杜抓住年輕同伴的肩膀，注視著他的眼，用更斷然的語氣說：「喬登先生，麥克斯，你媽說謊，因為她想安慰你。但是，把凌辱解釋成父愛很荒謬。你知道我媽常常說什麼嗎？」

「不要跟那些髒兮兮的孩子玩？」

「才不是，她從來不會瞧不起別人。她說，太多太多女人成了殘酷冷漠男人的共犯，替這些男人說謊，對自己的孩子說謊，因為她們的父親也是用一模一樣的方式對待她們。這些女人總是懷著希望，期待殘酷的背後掩藏著愛，才不會被悲痛逼瘋。不過，麥克斯，真相是，那裡沒有愛。」

麥克斯擦去眼角滾下的一滴淚。

「有的父親無法疼愛自己的小孩，覺得小孩很煩、無聊或讓人心浮氣躁。小孩惹他們生氣，因為小孩與他的預期不同。他們會生氣，是因為小孩是妻子企圖修補婚姻的希望，但這個婚姻已經無從修補了，小孩是她強求一段恩愛婚姻的手段，但這段婚姻裡已經沒有愛情了。這樣的父親會拿小孩出氣，不管孩子做了什麼，永遠對他又兇又壞。」

「請別說了。」

「而小孩呢，脆弱年幼又渴望親情的小孩……」佩赫杜繼續往下說，語氣更加溫柔，因為麥克斯的內心騷動令他深受感動。「付出一切努力，希望得到關愛，他們盡了全力。他們以為一定是自己哪裡錯了，所以父親才會無法愛他們。但是，麥克斯……」說到這裡，佩赫杜扳起喬登的下巴，「這與孩子完全無關，你在你精采的小說中已經發現那一點。我們無法決定要不要愛人，我們無法強迫任何人愛我們，世界上沒有祕密食譜，只有愛的本身，我們任由愛擺布——而且無能為力。」

這時麥克斯哭了，哭得無法自已。他跪倒在地，抱住佩赫杜先生的雙腿。

「好了，好了。」後者低聲說：「沒事了，想不想試試看掌舵？」

麥克斯把手指插入褲管中。「不要！我想抽菸！我想喝醉！我想終於找到自我！我想寫作！我想決定誰來愛我、誰不要愛我。我想決定愛會不會傷人，我想親吻女人，我想……」

「好、好，麥克斯，噓，沒事了，我們停船，我們去找菸抽、去找酒喝，去跟女人那個……我們來去那個。」

佩赫杜拉著年輕人站起來，麥克斯靠著他，眼淚和唾液把他燙得平整的襯衫濡濕了。

「噁心！」麥克斯哭著說。

「你說得對，沒錯，但如果你想吐請往水裡吐，不要吐在甲板上，否則你得再擦一次甲板。」

麥克斯．喬登的哭聲穿插著笑聲，佩赫杜抱著他，他又哭又笑。

接著，書船突然震了一下。砰！好大一聲，後甲板撞上河岸，兩個男人先撞上鋼琴，接著跌到地上。架上的書本如雨點般落下。

一本厚書落到麥克斯的肚子上，他悶哼了一聲。

「把你的膝蓋從我嘴巴上移開。」佩赫杜請求。

他接著往窗戶外看，但他不喜歡他所見到的情景。

「我們正在順流漂走！」

18

駁船被水流沖歪，佩赫杜掌舵，準備英勇地駛離河岸。不幸的是，當他從岸邊駛開時，露露號船尾往外一掃，長長的船像瓶塞一樣打橫堵住了河道，擋住了其他船隻的去路，喇叭聲於是此起彼落。另外，還有一艘英國運河船——只有兩米寬但船身極長的船屋——險些攔腰撞上露露號。

「旱鴨子！沒教養！沒長眼！」英國人從墨綠色的船屋中破口大罵。

「女王走狗！你們不信神！你們浪費食物！」麥克斯罵回去。由於哭過，他的聲音還是很刺耳。他還擤了幾下鼻子，讓他的話語更有力。

佩赫杜讓文學藥房轉了方向，不再堵住河道，且面向正確的方向。這時，他們聽到掌聲。一艘出租船屋上，有三名身穿條紋上衣的女人，是她們在拍手。

「吆呼，你，書醫生，船開得很厲害喔！」

佩赫杜扳下喇叭桿，以三聲巨響向女士打招呼。女士揮揮手，冷靜地超過書船。

麥克斯發表意見：「跟著那些女士走，船長，接著我們必須在聖馬梅右轉，或者按照行家的話：打右舷前進。」他用鮑姆太太閃閃發光的墨鏡遮住哭紅的眼。「到了那裡，我們去找我的銀行的分行，買點東西，老鼠已經餓到在你按照字母順序排列的櫥櫃裡上吊了。」

「今天星期天。」

「哦，好吧，那麼應該會有更多老鼠自殺。」

他們心照不宣，表現得好像那絕望的一刻不曾發生過。

越接近向晚時分，有越多啁啾的鳥兒飛過天空——灰雁、水鴨和蠣鷸往沙岸河畔的棲身處飛去。千變萬化的綠讓佩赫杜看到著迷，這一切始終藏在這裡，藏在離巴黎如此近的地方？

兩個男人逐漸接近聖馬梅。

「哎呀。」佩赫杜喃喃說：「這裡的船好多。」

各種尺寸的船，展示數十個國家代表色的三角旗，在碼頭緊湊並排。數不清的人在船上用餐——而且一律目不轉睛地看著大書船。

佩赫杜真想加速離開。

麥克斯・喬登研究著地圖，「從這裡可以前往各個方向：往北去斯堪地半島，往南去地中海，往東可以一直走到德國。」他看一看碼頭。

「感覺像盛夏時倒車駛進鎮上唯一咖啡館外的停車位，每個人都在看著——連舞會皇后、她有錢的未婚夫與未婚夫的死黨也都在看。」

「謝了，你這番話可真是讓我覺得輕鬆許多。」

佩赫杜盡可能以最慢速度將露露號朝港口駛去。

他只要一個空間，一個很寬敞的空間。

找到了！就在港口的盡頭，那裡只停了一艘船，一艘墨綠色的英國運河船。

他第二次嘗試時成功了，他們只是輕輕地碰到英國船一下。

一個氣呼呼的男人從船艙衝出來，揮舞一只半空的酒杯，另一半的酒灑到他的睡袍上。還有馬鈴薯，還有醬汁。

「我們是做了什麼該死的事，你們要這樣一直攻擊我們？」他大吼大叫。

「抱歉。」佩赫杜大聲說：「我們……嗯……你不會喜歡看書吧？」

麥克斯把那本講繩結的書拿到棧橋上，想按照書上插圖，用船尾纜和船首纜把船繫在纜樁上。他搞了很久，而且拒絕任何援手。

在這段期間，佩赫杜挑了幾本英文小說送給英國佬，英國佬翻了一翻，跟佩赫杜輕快地握了握手。

「你給他什麼？」麥克斯低聲問。

「從中度激動文庫找了幾本娛樂文學。」佩赫杜喃喃回答：「沒有比血幾乎從紙上噴出的精采暴力故事更能平息怒氣。」

當佩赫杜和喬登沿著浮筒走向港務辦公室時，他們感覺像是頭一次吻了女孩的男孩，不僅全身而退，而且興奮得難以置信。

港務長是個皮膚粗糙得像綠鬣蜥的男人，他帶他們去看充電站、給水站和污物槽的位置，並要求預付十五歐元停泊費。別無他法，佩赫杜只能打破收銀機上收小費的陶瓷小貓，取出零星通過貓耳之間小縫的零錢。

「你兒子可以去倒糞尿箱——免費。」

佩赫杜發出沉沉的嘆息，「當然，我……兒子特別喜歡清馬桶。」

喬登用毫不友善的眼神看他一眼。

佩赫杜看著麥克斯隨著港務長走開，把管線連到污物槽。年輕喬登的步履多麼輕巧！他的髮絲濃密——想必他可以吃下一大堆東西，也不用擔心自己的肚子和屁股吧！但他知道前方還有一輩子的時間犯下大錯嗎？

哦，不，我不想回到二十一歲，佩赫杜心中暗忖——除非帶著他今日所擁有的見識。**唉，可惡，除非經歷過年輕愚蠢的階段，否則沒有人會醒悟**。

不過，越是想著與喬登相較之下已經不再擁有的一切，他越覺得心煩意亂。歲月如流水般自指縫滴落——年紀越大，流失得越快。在不知不覺中，他就會開始需要高血壓藥，以及一間位於一樓的公寓。

佩赫杜不由得想起了童年好友維賈亞，維賈亞的人生與佩赫杜的人生非常類似——直到他失去了他的愛，而另一個則找到了他的愛。

瑪儂離開佩赫杜的那年夏天，維賈亞在同一個月遇上一場車禍，並遇見未來的妻子。維賈亞以步行的速度繞著協和廣場開了幾個小時，礙於擁擠的車潮，不敢換線離開圓環。琪拉旖深諳人情世故，又聰明又果決，有一副熱心腸，對她要的人生有著堅定的想法。維賈亞輕易地走入了她的人生。從上午九點到晚間六點的短暫時間，足夠維賈亞滿足自己的計畫——他繼續擔任科學研究主任，專研人體細胞與感覺接受器的結構和反應。他研究人吃下某種東西為何會感覺到愛；味覺為何喚起埋藏已久的童年記憶；人為何變得害怕感覺；是什麼讓人討厭爛泥和蜘蛛；當人表現出人性時，身體細胞如何運轉。

「所以你正在找尋靈魂。」有一回晚上又講電話聊天時，佩赫杜這麼說。

「不，先生，我在尋找機制。一切都與活動及反應有關，老化、恐懼和性，統統控制了感受能力。你喝了一杯咖啡，我可以解釋你為什麼喜歡那個味道；你戀愛了，我會告訴你為什麼你的大腦反應像是強迫症神經病患的大腦。」維賈亞這樣對佩赫杜解釋。

後來，琪拉旖向害羞的生物學家求婚，佩赫杜的朋友喃喃說好，被自己的好運震驚到了極點，他當時一定想到他的感覺接受器像迪斯可舞廳的鏡球旋轉。他之後跟著懷孕的琪拉旖搬去美國，不時寄雙胞胎兒子的照片給佩赫杜——一開始是洗出來的照片，接著是電子郵件附件。他的兒子熱愛運動，模樣誠懇，銜著鏡頭微笑，有一點淘氣。他們長得像母親琪拉旖，與麥克斯的年紀相當。

這二十年維賈亞過了多麼不一樣的人生！

麥克斯，作家，耳罩男，未來的解夢人，塞來給我的「兒子」。我已經老得看似做父親的人了嗎？而……那有什麼那麼糟糕的地方？

就在這裡，就在河濱碼頭的中央，佩赫杜先生覺得十分嚮往家庭，渴望有一個會深情記住他的人，亟欲回到他決定不讀那一封信的時刻。

而你正好拒絕給予瑪儂你所嚮往的東西：你拒絕記住她，拒絕說出她的名字，拒絕每天懷著愛慕回憶她，反而還驅逐她。真可恥，尚・佩赫杜，你選擇害怕，真可恥。

「恐懼會改變人的身體，像笨拙的雕刻師，改變一塊完美的石頭。」佩赫杜的腦海聽到維賈亞的聲音在說話。「因為從內鑿開，沒有人知道你掉下多少碎屑薄片。你的內心越來越薄，越來越脆弱，到最後，一絲一毫的情緒就能擊倒你。一個擁抱，你會以為自己就要粉碎了，就要迷失了。」

如果喬登真的需要一個父執輩的建議，佩赫杜會告訴他：「絕對不要聽從恐懼！恐懼讓人變笨。」

19

「現在呢？」稍微偵察環境之後，麥克斯・喬登提出問題。

碼頭的食品部和附近營區的可麗餅店拒絕接受以書本當成貨幣。為他們供貨的廠商只工作，他們不看書。

「吃白豆配雞心和雞肉。」佩赫杜說。

「啊，不要，我要做了腦葉切開術才會喜歡白豆。」

麥克斯的目光在碼頭徘徊，四處都是坐在甲板上的人，他們吃吃喝喝，熱鬧交談。

「我們必須闖進去某人的聚會。」他做下決定。「我會給我們弄到請柬的，也許找那個客氣的英國紳士？」

「絕對不要，那樣做是白吃白喝，那……」

但麥克斯已經朝一艘船屋走去了。

「喂，女士們！」他大聲呼喊：「我們的糧食不幸掉到水裡給鯰魚吃了，妳們不會不肯分兩個寂寞旅人一塊乳酪吧？」

佩赫杜覺得丟臉死了，恨不得土地裂開將他給吞了。不能那樣跟女人搭訕！尤其是需要幫助的時候，這樣……**不對**。

「喬登。」他揪住年輕人的藍色衣袖，氣急敗壞地低聲說：「拜託，我不喜歡這樣，我們不該打擾這些女士。」

麥克斯對他露出的眼神，就是佩赫杜和維賈亞年輕時別人看他們的那種眼神。他們兩個在書堆中像蘋果在樹上一樣自得，但到了人群之中，尤其跟女人和女孩相處，兩個青少年就害羞到舌頭都打結了。派對是酷刑，跟女孩交談與切腹自殺無異。

「嘿，佩赫杜先生，我們需要吃晚餐，我們用我們風趣的陪伴和無傷大雅的調情來回報她們。」

他咧嘴一笑，端詳佩赫杜的表情。「記得那是什麼嗎？還是那藏在一本不會打擾你的書中呢？」

佩赫杜沒有回答。年輕人似乎無法想像女人可以逼人走向絕望的邊緣，隨著年紀增加，對女人的了解越深，反而越容易感到絕望。女人能在男人身上找出許多缺點，她從你的鞋況開始，一路往上挑剔到你沒有注意傾聽的耳朵——而且挑剔到這裡還不停。

在他舉辦的父母講習中，他聽到的內容才精采！罵一個沒有用正確方式打招呼或穿錯褲子的男人，會讓女人跟著朋友笑罵好多年，她們會笑男人的牙齒、頭髮和求婚方式。

「我認為白豆很好吃。」佩赫杜說。

「哦，得了吧，你上次約會是什麼時候？」

「一九九二年。」又或者前天，不過佩赫杜不知與凱薩琳共進晚餐能否稱得上是「約會」。多多少少吧。

「一九九二年？我出生的那年？真不敢相信。」喬登想了一想。「好吧，我保證不會是約會。我們去跟幾個慧黠的女人一塊吃晚餐，你只需要講幾句恭維的話和吸引女人的話題，對你這樣賣書的人，這應該不會太難，只要丟一點奇怪文學典故進去就好。」

「好、好，行。」佩赫杜說。他跨過矮欄，快步跑到附近的田野，接著抱了一堆夏日的花衝回來。

「這是另一種典故。」

身穿藍白條紋上衣的三個女人分別是安珂、柯琳娜和伊妲，她們都是德國人，四十多歲，喜歡閱讀。她們只會粗淺的法語，她們為了「遺忘」——這是柯琳娜的話——所以走水路旅行。

「真的？要遺忘什麼？不會剛好是要忘記男人吧？」麥克斯問。

「不是所有的男人，而是某一個特定的男人。」伊妲說。她那張有雀斑的臉龐像一個二〇年代的影星，她咧嘴一笑，但馬上閉上了嘴，紅金色鬈髮底下的眼睛充滿著哀傷，也洋溢著希望。

安珂正在攪動一鍋普羅旺斯燉飯，小廚房中瀰漫著香菇香氣，男人隨著伊妲和柯琳娜坐在巴魯號的後甲板，喝著三公升盒裝紅酒，以及一瓶喝起來像礦泉水的當地歐賽華白葡萄酒。

佩赫杜承認懂德語，德語是每一個賣書人的第一種語言。因此，他們愉快地以各種語言交談，佩赫杜用法語回答，把與德語起碼有一點關係的發音結合成有趣的單字，向她們提出問題。

他宛如跨過恐懼之門，意外發現門後並沒有碩大的裂口，反而有著其他的門扉、明亮的通道與迷人的房間。他把頭往後仰，上方的景色令他大受感動：是天空。沒有屋子、燈光和電線杆阻礙，滿天都是大大小小亮度不一的熠熠明星。星光斑斕，好像天空屋頂降下一場流星雨——這是巴黎人離開城市後才得以目睹的美景。

還有銀河。小時候，在布列塔尼半島海岸附近的毛莨草地上，佩赫杜暖暖裹著一件夾克和毯子，第一次瞥見這群如帶的乳白色星群。他抬頭望著藍黑色的天空，看了幾個小時，而在這段期間，他的爸媽在亞旺橋舉辦的布列塔尼傳統夜間嘉年華中，不只一次試圖拯救婚姻。每當流星劃過，尚．佩赫杜就許下心願，希望莉拉貝兒．貝尼爾與華金．佩赫杜能夠再次一塊笑，而非看著對方笑；希望他們隨著風笛、小提琴和手風琴的樂音，跳一支傳統加伏特舞，而非抱著手臂，面無表情地佇立在舞池的邊緣。

年幼的佩赫杜凝視著空間深淵，心醉神迷地望著天空不停轉動。躲藏在那一晚無盡夏夜的中心，他覺得很安全。在那短短幾個小時，尚．佩赫杜領會到生命的祕密和目的。他與自己和平共處，每一件事物都在適當的位置。他明白沒有一件事會結束，生命中每一件事流向另外每一件事，他不會做錯。

長大後，他只有一次有過相同強烈的感動：跟瑪儂在一起。

瑪儂和他尋找星星，從城市冒險找到普羅旺斯最黑暗的角落。在索村附近的山區，他們發現暗藏於長滿百里香的灰岩坑與溝壑的偏僻農舍，只有在那裡，夏日夜空最為清澈，最為深廣。

瑪儂問：「你知道我們都是星星的孩子嗎？」她溫暖的唇偎著他的耳朵，生怕打破山裡的寂靜。

「幾十億年前，星星爆炸，大量的鐵、銀、金和碳落下，來自星塵的鐵今日還在我們的身體內——在我們的粒線體裡。母親把星星和她們的鐵傳給了孩子。誰知道呢，尚，你我說不定是同一顆星星的星塵構成的，或許我們能夠藉由那顆星星的光芒認出彼此，我們在互相尋找，我們是尋星者。」

他抬起眼，不曉得能否看見繼續活在他們體內的死亡星子的光芒。

他和瑪儂在天空選了一個閃耀的小點——一顆依然閃閃發亮的星星，儘管可想而知它已經消失很久了。

「別在意死亡，尚，我們之間的相互關係永遠不變。」

天空珍珠映照在約納河上，每一顆星子在河上起舞，獨自搖曳，唯有在水波相遇時輕輕一碰，兩顆光點在轉瞬間交會。

佩赫杜再找不出他們的星星。

佩赫杜朝伊妲看過去，察覺她正望著自己，他們不是男女，而是兩個各有明確追尋目標的旅人。

佩赫杜發現伊妲的眼眸中有痛閃爍著，知道這名紅髮女子正努力擁抱而今依舊像是退而求其次所選擇的新未來。那人拋棄她，或者在拒絕她之前就走了，那人曾是她的北極星，想必她為了他放棄許多事，那人的身影如面紗般徘徊在她的笑容上。

我們大家都保存時間，我們保存離開身邊的人的舊模樣。在我們的肌膚底下，在皺紋、經驗和笑聲底下，我們也保留自己的舊模樣。在表面之下，我們是舊時的自己——舊時的孩子，舊時的戀人，舊時的女兒。

伊妲在河上不是尋找安慰，她在尋找自己，在這個嶄新陌生且屬於次要選擇的未來中，尋找自己的位置。靠著自己。

「而你呢？」她的表情是這樣問的：「而你呢？陌生人。」

佩赫杜只知道他想去瑪儂的身邊，求她原諒自己的自負和蠢行。

伊妲接下來突然輕聲說：「我其實不想自由，我不想一定要建立新生活，我喜歡原本的生活。我或許不像書上的人那樣愛著我的丈夫，但那也不壞，不壞就夠好了，就足以保持下去。不要欺騙，不要後悔，不，我不後悔人生中的小愛。」

安珂和柯琳娜溫柔地注視友人，柯琳娜問：「我昨天問妳，如果他不是妳的大愛，妳怎麼沒有老早就離開他，這是答案？」

小愛，大愛。愛有不同的尺寸，這不是很悲哀嗎？

佩赫杜看著對過去的人生毫不後悔的伊妲，遲疑了一下，卻還是提出了問題：「那……**他**對你們共度的時光有什麼想法？」

「我們的小愛在二十五年後對他來說不夠，他現在找到了他的大愛，她比我小十七歲，柔軟度非常好，可以啣著刷子上腳趾甲的指甲油。」

柯琳娜和安珂哼一聲笑了，伊妲也一塊笑了起來。

他們後來打了一局紙牌。午夜廣播電臺開始播放搖擺樂：班尼古德曼六重奏愉悅的〈對我，妳是美麗的〉（Bei Mir Bist Du Schoen）和夢幻的〈鱈魚角〉（Cape Cod），接著放了路易斯・阿姆斯壯（Louis Armstrong）感傷的〈來日方長〉（We Have All the Time in the World）。

麥克斯・喬登和伊妲共舞——起碼拖著腳移動——柯琳娜和安珂一起跳，佩赫杜則留在椅子上。

他最後一次聽這些曲子時，瑪儂還活著。

多麼可怕的想法：她還活著。

伊妲察覺佩赫杜難以自持，對麥克斯不知道低語了什麼，從他的身邊走開。

「來吧。」她敞開手臂對佩赫杜說。佩赫杜很欣慰不必面對這些熟悉的曲調，以及曲子喚起的眾多記憶。

他仍然不明白，瑪儂都走了，而這些曲子、這些書和人生還是得繼續下去。

它們怎麼能呢？

一切怎麼能夠就這麼……繼續下去呢？

他多麼害怕死亡——和生命，害怕前方沒有瑪儂的所有日子。

每一首曲子都召喚出瑪儂的模樣，走路的、躺臥的、閱讀的、獨舞的、為他跳舞的。

他看到她睡覺、作夢，從他的盤子偷走他最喜歡的乳酪。

「因此你希望餘生不要有音樂嗎？哦，尚！你那麼喜愛音樂，我怕睡著錯過與你共處的時間時，你唱歌給我聽，你在我的手指、腳趾和鼻子上譜曲，你愛音樂愛得要命，尚——你怎麼能這樣扼殺自己呢？」

沒錯，他怎麼能。練習就能。

佩赫杜感受到風的愛撫，聽到女人的笑聲。他有點微醺——對攬著自己的伊妲滿懷無聲的感謝。

瑪儂愛我，而且我們一塊欣賞過天際的星辰。

20

他夢見他醒著。

他在書船上，但身邊每一樣事物不停改變。舵輪碎裂，窗戶蒙上霧氣，方向舵失靈。空氣濃密得好像他正在穿過米布丁。佩赫杜又在水渠迷宮中迷了路，船吱吱作響，四分五裂。

瑪儂站在他的身邊。

「但妳死了。」他失望地說。

「真的？」她問：「真可惜。」

船裂開，他躍入水中。

「瑪儂！」他大喊一聲。瑪儂看著他抵抗水流，抵抗黑水漩渦。瑪儂看著他。瑪儂沒有對他伸出手，只是看著他沉沒下去。

他往下沉，往下沉。

卻沒有醒來。

他不慌不忙吸氣、吐氣——又吸氣、吐氣。

我在水裡可以呼吸！

接著，他摸到了水底。

就在那一刻，佩赫杜先生醒過來。他側臥著身子，張開眼睛，見到一輪光暈在林格倫的紅白皮毛上蕩漾。貓咪懶洋洋躺在他的腳邊，接著站起來，伸伸懶腰，嗚嗚叫了幾聲，朝著他的臉緩緩走過去，用貓鬚搔他的癢。「喏？」牠的表情似乎在說：「我是怎麼告訴你的？」嗚嗚的貓叫與一艘遠方船隻的低沉引擎聲同樣溫柔。

他記得小時候有次也在同樣的驚愕焦慮中醒來，那是他第一次夢見自己飛起來，他從屋頂跳下去，張開臂膀，飛入一座城堡的庭院。他於是明白了一個道理：想飛，首先必須往下跳。

他爬到外頭的甲板。河上氤氳著蜘蛛網白的薄霧，水氣自附近草地升起，晨光仍然依稀，這一日才剛剛誕生。他沉緬於四周景色——天空如此寬闊，色彩這般多變：白色的迷霧，灰色的輪廓，隱約的粉色，嫩白的橘色。

碼頭的船艇籠罩在昏昏欲睡的寂靜中，巴魯號毫無聲響。

尚・佩赫杜悄悄爬下去看麥克斯。在佩赫杜取名為「如何成為一個真實之人」那一區，作家睡在閱讀沙發上的書堆中，其中一本是離婚治療師蘇菲・馬賽琳——他的週五常客治療師艾利克・朗森的同事——所寫的。對於人際關係問題，蘇菲的建議是：情侶每交往一年，就哀悼一個月；朋友決裂時，友誼每維持一年，就哀悼兩個月；而對於永遠離開我們的人——逝者——則哀悼「終生，因為我們對離世摯愛的愛會永遠持續，直到生命的最後一天都還想念著他們」。

睡著的麥克斯像小男孩蜷起身體，膝蓋貼在胸口，嘴嘛成一個驚訝的表情。他的身旁擺著薩納里的《南方之光》。佩赫杜拾起這本薄書，麥克斯用鉛筆畫了幾行重點，在空白處草草寫下幾個問題，他把這本書當該讀的書來讀。

閱讀——一場無止境的旅程，一場其實沒有盡頭的漫漫旅程，讓人更加自制，也更具愛心和慈悲。麥克斯啟程了，踏上那一場旅程，每讀一本書，他會更明白世界、世事和世人。

佩赫杜翻起這本書來，他也愛這一段：愛，是一間屋子，屋裡的每一樣東西都該使用——沒有東西收起來不用，或是「多餘」。只有完全住在一間屋子，不迴避任何房間、任何門，我們才算是真正活著。爭執與互碰都是重要的，緊緊相擁與推開對方也一樣，我們必須完全使用愛的每一個房間，否則就會長出鬼魂謠言。受到忽略的房間和屋子會變得凶險不潔……

愛會怨恨我拒絕打開那個房間的門……究竟要怎麼做？我該怎麼做？替瑪儂蓋一座紀念堂？向她道別？什麼？告訴我，我該怎麼做？

尚・佩赫杜把書放回正在睡覺的麥克斯身旁，過了一會兒，他撥開年輕人額頭上的頭髮。

他接著快速挑了幾本書，把書當成貨幣對他來說並不容易，因為他知道書的真正價值。賣書人絕對不會忘記書在浩瀚的歷史中是新近才有的表達工具，可以改變世界，能夠推翻暴君。

每當看著一本書，佩赫杜先生不只看到故事、標價與靈魂萬用膏，也看到了紙翅上的自由。

稍後他向安珂、伊妲和柯琳娜借了腳踏車，沿著蜿蜒無人的羊腸小徑，騎到最近的小村子，一路經過了田地、牧場和草地。

在教堂廣場上的麵包店中，烘焙師性情爽朗、臉頰紅潤的女兒從烤箱拿出長棍麵包和可頌。

她看起來如魚得水：在一間小麵包店，夏天遇到乘船的旅客，其餘季節看到農夫、釀酒師、商人、屠夫、勃艮第、阿登高地及從香檳區城市到這裡退隱的人。偶爾，這裡舉辦磨坊舞會、豐年祭、烹飪大賽與本土歷史學會活動。這一帶遍布著棚屋和馬廄改造的房子，對住在裡面的藝術家，這個小鎮是洗滌衣物的地方——這就是閃爍星子與紅色夏月底下的祥和鄉間生活。

那樣的生活就能有充分的成就感了嗎？

佩赫杜深吸一口氣，走進老式店家。他別無選擇，只能提出慣常的提議。

「日安，小姐，恕我冒昧問一句，妳喜歡看書嗎？」一番討價還價之後，她「賣」他一份報紙、若干郵票和幾張聖馬梅碼頭的明信片，此外還有幾條長棍麵包與可頌，代價是一本書：《情迷四月天》（*The Enchanted April*），描述四名英國女子逃往義大利天堂的故事。

「用這本抵就夠了。」她天真地向他保證，接著翻開書本拿到鼻子前，深深吸了吸紙的味道。她的臉龐再度出現時，散發著滿足的光彩。

「我覺得有可麗餅的味道。」她把書收到圍裙口袋裡。「我爸說看書讓人學會放肆。」她露出抱歉的笑容。

佩赫杜在教堂的噴泉旁坐下，大口吃下一個熱騰騰的可頌。可頌還在冒煙，柔軟的金色內部香噴噴。他慢慢地吃，看著村莊逐漸甦醒過來。

看書讓人學會放肆，哦，沒錯，不知名的父親，的確是這樣。

佩赫杜寫了幾行字給凱薩琳，他字斟句酌，因為心知肚明蘿莎蕾特女士無論如何都會讀卡片上的內容，所以決定不妨就寫給每個人。

親愛的凱薩琳，親愛的蘿莎蕾特女士（新髮型？太棒了！抹茶色？），我敬愛的鮑姆太太和二十七號的每一個人：

進一步通知之前，請向伏爾泰書店訂書。我沒有遺棄或忘記你們，但有幾個未完成的篇章我必須先讀……然後完成。我出門去馴服我的鬼魂。

JP

＊

那樣會不會太簡單？不夠浮誇呢？

他的思緒飛馳，越過田野河流來到巴黎，來到凱薩琳的笑聲與歡愉的呻吟。他突然感覺情緒氾濫，渴望讓人撫摸，嚮往共享棉被底下赤裸而溫暖的肢體接觸。他努力分辨這個澎湃的情緒出自何處。他也好想好想有朋友，有個家，有一個可以待下來感到滿足的地方。這情緒來自瑪儂嗎？還是凱薩琳？他慚愧讓兩人在他的心中交織在一起。然而，和凱薩琳相處幫助那麼大，他該阻止自己嗎？那是錯的嗎？

我之前希望再也不需要任何人，真是個膽小鬼。

佩赫杜先生騎腳踏車回去，禿鷲雲雀停在兩側的高空中，在小麥田的微風中盤旋。他感覺風穿過襯衫。

回到駁船上，他覺得自己已經不是一個小時前出發的那個男人。

在伊姮的腳踏車的把手上，他掛了一袋熱騰騰的可頌，一把剛採下的紅色罌粟花，還有三本《夜》——麥克斯睡前在書上寫了一段很長的謝辭。

他接著回到船上，到廚房用咖啡壺煮咖啡，餵貓，檢查書店的濕度（不錯）和油位（瀕危），準備解開露露號的纜繩啟航。書船向外滑向清新的河流時，佩赫杜看到伊妲出現在巴魯號的船尾甲板上。他揮手直到繞過水灣為止。他真心希望伊妲有一日能找到一個大愛，彌補她所失去的小愛。

他冷靜地將船駛入晨光裡，微涼的空氣逐漸變成了夏日軟綿綿的暖意。

「你知道布蘭姆・史托克（Bram Stoker）是做夢夢出了《吸血鬼德古拉》（*Dracula*）的故事嗎？」一個小時後，麥克斯感激地伸手拿馬克杯，尚・佩赫杜洋洋得意地問他。

「夢出到《吸血鬼德古拉》？這裡是哪裡——外西凡尼亞[15]？」

「洛萬運河。我們正在朝布里亞爾運河前進，走你選擇的波旁內之路，這條路通往地中海。」佩赫杜小口喝著咖啡。「都是因為蟹肉沙拉。史托克吃到壞掉的蟹肉，食物中毒，在一陣又一陣的噁心期間，第一次夢見了吸血鬼伯爵，於是走出創作低潮。」

「真的？咦，我倒沒有夢到一個賣書的。」麥克斯一面咕噥，一面把可頌在咖啡裡蘸了一下，不讓一丁點的碎屑逃走。「我想看書，但字母不停地從紙上溜走。」他接著精神來了。「你看消化不良會不會幫助我想出一個故事？」

「誰知道？」

「《唐吉軻德》（*Don Quixote*）一開始是噩夢，後來才成為經典。你有沒有夢到什麼有用的事？」

「夢到我在水底可以呼吸。」

「哇，你知道那代表什麼嗎？」

「代表我在夢裡可以在水底呼吸。」

麥克斯把上唇一抿，露出貓王般的笑容，嚴肅地說：「不對，代表你不再被你的情緒勒住，尤其在下面那兒的時候。」

「『下面那兒』？出自哪裡？一九〇五年好主婦日曆？」

「不，出自《一九九二年夢的解析手冊》（*1992 Compendium of Dream Interpretation*），那是我的聖經。我媽用麥克筆塗掉不好的字，我用手冊解釋每個人的夢：我爸媽的，鄰居的，同學的——我很熟悉佛洛伊德。」

喬登伸展了幾下，做幾式太極。「還給我惹了麻煩。我解釋女校長夢到馬的那一次尤其倒楣。我跟你說，女人跟馬可不簡單。」

「我爸老是那樣說。」

佩赫杜想起他逐漸認識瑪儂時，夢到她變成了雌鷹，他想抓住她、馴服她，他想將她追到水裡，因為她翅膀濕了就逃不走了。

在我們摯愛的人的夢中，我們是不朽的。亡者死後繼續活在我們的夢中，夢是世界之間、時空之間的聯繫。

麥克斯把頭伸入微風中，讓風吹走眼裡的睡意。佩赫杜說：「看，前面是我們的第一個船閘。」

「什麼？旁邊都是娃娃屋的那個嬰兒浴盆？我們絕對進不去。」

「等著瞧吧。」

「我們的船太長了。」

15. Transylvania，羅馬尼亞中西部地區，有「吸血鬼的故鄉」之稱。

「所有法國船閘都是按照內河航道標準尺寸建照的，我們這一艘是佩尼切型駁船，比標準規格還小。」

「這裡過不去，太窄了。」

「我們寬五・〇四米，至少還有六公分的寬度，右邊三公分，左邊三公分。」

「我覺得不舒服。」

「我比你更不舒服，因為你要去操控船閘。」

兩個男人面面相覷，接著突然放聲哈哈大笑。

船閘管理員不耐地示意他們往前駛，他的狗岔開腿，對著船齜牙低吼。船閘管理員的老婆則端出剛烤好的李子餡餅，讓他們保留盤子，交換約翰・厄文（John Irving）的最新作品。

「還有那位年輕作家的一吻。」

「佩赫杜，求求你，再給她一本書。」喬登咬著牙罵：「那女人有鬍子啊。」

女人還是堅持喬登在她的臉頰上啄一下。

船閘管理員罵老婆是食人女妖，而他們養的金毛狗毛髮又長又亂，喊得聲音都啞了，趁著麥克斯抓住梯子時，對著他的手撒尿。船閘管理員的老婆氣急敗壞，反過來痛斥老公，罵他愛賣弄，管理不專業。管理員煩躁地大聲說：「把船開進來！」

轉緊左閘門，繞過去，轉緊右閘門。往前走，打開兩側的上閘柵欄——水流進來。打開右閘門，繞過去，打開左上的閘門。

「快開出去！」船閘管理員很嚴厲，大概能以十二種不同語言大聲下達這項指令。

「開到隆河前還有幾個船閘？」

「大約一百五十個，喬登，你為什麼想知道？」

「回去時，我們應該走香檳區和勃艮第之間的運河。」

回去？佩赫杜心裡暗忖，**不會回去了**。

21

洛萬運河與四周的鄉村等高。他們偶爾在縴道上看到專心的單車客、打盹的釣客，或寂寞的跑者，壯實的白色夏洛利牛吃草的牧場、向日葵田與蒼翠林地交錯。偶爾開車的駕駛友善地對他們按鳴喇叭，他們經過的小村莊有良好的停泊設備，許多甚至免費，爭取船隻停泊，讓船員在當地的商店消費。

接著景色改變了，運河的水位升高，他們可以俯瞰他人的花園。

當他們進入漁場繁多的香檳區時，麥克斯操作船閘的手法幾乎已如老手。越來越多小水道從運河分流至湖泊，沙鷗嘎嘎叫著從蘆葦和燈心草叢中飛起，好奇地繞著水上文學藥房盤旋。

「下一個主要停泊處是哪裡？」佩赫杜問。

「蒙塔日，運河直接通過鎮中心。」麥克斯翻著船屋手冊。「花團錦簇的小鎮，果仁巧克力的發明地，我們應該去那裡找一間銀行，我好想來一塊巧克力。」

我也好想來點洗衣劑和一件乾淨的襯衫。

麥克斯用洗手乳洗他們的襯衫，因此兩人身上都有玫瑰乾燥花的花香。

佩赫杜腦中閃現一個念頭。「蒙塔日？我們應該先去拜會P・D・歐爾森（Per David Olson）。」

「歐爾森？那個P・D・歐爾森？你也認識他？」

「認識」是一個太重的字眼。當大家討論佩爾・大衛・歐爾森——還有菲利普・羅斯

（Philip Roth）與艾莉絲・孟若（Alice Munro）——可能贏得諾貝爾文學獎時，尚・佩赫杜還是年輕的賣書人。

歐爾森如今多大年紀？八十二歲嗎？三十年前，他搬來法國，比起祖國美國，法蘭西泱泱大國更吸引這位北歐海盜後裔。

「一個可供回顧的文化未滿千年的國家，沒有神話，沒有迷信，沒有共同記憶、價值觀或羞恥心，只有偽基督武士道德、變種小麥、是非不分的武器遊說行動、猖獗的性別歧視種族主義」——這些是他離開美國前在《紐約時報》發表訓斥美國的文章。

不過，P・D・歐爾森最有趣的一點是，他可能是《南方之光》的真正作者。尚・佩赫杜列出了十一個可能使用薩納里化名的人，歐爾森是其中一人，他就住在瑟普瓦——位於蒙塔日這一側運河上的一個小村莊。

「所以我們要怎麼做？跑去按他的門鈴說：『嗨，P・D・，老兄，《南方之光》是你寫的嗎？』」

「沒錯，不然還能怎樣？」

麥克斯鼓起腮幫子，「唔，正常人會寫封電子郵件。」他說。

尚・佩赫杜控制住自己，才沒有說出讓人覺得「我們以前必須爬坡走去上學，來回都要，但是情況還比現在好」的評語。

在瑟普瓦這邊，在草地上放了兩個大鐵圈，就算是港口了，他們把文學藥房的纜繩穿過去束緊。

不久，河濱青年旅店的老闆——一個曬得黑黝黝、頸背有紅色隆塊的男人——告訴他們怎麼走去P・D・歐爾森的家，那裡以前是神父的住所。

他們敲敲門，一個從彼得・布勒哲爾[16]畫中走出來的女人出來開門，扁平的臉，像紡錘上粗糙亞麻的頭髮，有白色蕾絲領著灰色素面罩衫。她沒說「哈囉」，也沒問「你們要幹什麼」，甚至沒說「我們不跟上門的推銷員買東西」。她只是打開門，靜靜等待著——如石頭般堅硬的沉默。

「日安，夫人，我們想找歐爾森先生。」佩赫杜頓了一下後說。

「他不知道我們會來。」麥克斯補充。

「我們從巴黎坐船來，不巧的是，我們沒有電話。」

「也沒有錢。」

佩赫杜用手肘戳戳麥克斯的肋骨，「但那不是我們來的原因。」

「他在家嗎？」

「我是一間書店的老闆，我們之前曾經在書展上見過面——一九八五年的法蘭克福書展。」

「我是一個解夢人，也是作家，我叫麥克斯・喬登，很高興認識妳。妳昨天的砂鍋不會還有剩吧？我們船上只有一罐白豆和一些貓糧。」

「男士們，隨便你吧，再苦苦哀求，她也不會原諒你，也不會給你砂鍋吃。」他們聽到一個聲音說：「瑪格麗塔的未婚夫從教堂高塔跳下來後，她就聾了，她想救他，卻困在正午的鐘響中。她只能讀認識的人的唇。該死的教堂！給還未放棄希望的人胡亂加諸痛苦。」

站在他們面前的，正是大名鼎鼎的美國評論家：P・D・歐爾森，一個發育不良的維京人，穿著粗布燈芯絨褲子、無領上衣與條紋背心。

「歐爾森先生，很抱歉這樣突然拜訪，但我們有一個緊急的問題……」

「沒錯，沒錯，那是一定的，每件事在巴黎都是緊急的，但在這裡不一樣，紳士們。在這裡有時間自己做衣服，在這裡人類的敵人會窮忙一場。先喝點酒，認識認識。」說著他邀請兩位訪客入屋。

「人類的敵人？」麥克斯壓低嗓音說道，顯然擔心他們可能碰上一個瘋子。

「你成了傳奇人物。」為了打開話題，麥克斯這麼說了一句。歐爾森從衣帽架上取下帽子，他們跟在他的身邊，大步走向一間也賣菸的小館。「別叫我傳奇人物，年輕人，那讓我聽起來像是一具屍體。」

麥克斯閉上嘴不說話，尚．佩赫杜決定效法他。

歐爾森帶領他們穿過村子，從步履看得出他曾經中風。他說：「看！人民為家鄉奮鬥了幾個世紀！那邊——你看到樹木是怎麼種的、屋瓦是怎麼蓋的？看到大馬路避開村子？那統統都是持續幾個世紀的規劃，這裡沒有人想到當下。」

一個人噹啷噹啷駕著一輛雷諾駛過，車子後座上有一頭羊，歐爾森向那男人打招呼。

「他們在這裡工作、考慮未來，永遠考慮到在他們之後的人，他們的子子孫孫也是一樣。只有某一世代停止考慮下一個世代，想要改變目前的一切，這塊土地才會遭到破壞。」

他們走到酒吧，吧檯上方的電視正在播放馬賽。歐爾森點了三小杯紅酒。

「窮鄉僻壤，下個注，稍微痛飲一下，男人還有什麼奢求？」他愜意地說。

16. Pieter Bruegel，一五二五－一五六九，荷蘭文藝復興時期畫家，多以農人與農村生活為創作主題。

「唔，我們有一個問題……」麥克斯啟口。

「放輕鬆，小子。」歐爾森說：「你身上有薰香花瓣的味道，戴著耳罩，看起來像DJ。不過，我知道你是誰——你寫了一本還不賴的書，描述危險的真相。不錯的開始。」噹一聲，他與喬登互碰杯子。

麥克斯得意洋洋，佩赫杜覺得一陣嫉妒。

「那你呢？你是文學藥劑師嗎？」歐爾森轉向他，開口問道：「你用我的書治療什麼病？」

「治療退休丈夫症候群。」佩赫杜回答，語氣比他所打算的更直截了當。

歐爾森盯著他，「啊哈，藥效如何呢？」

「做丈夫的退休之後，礙手礙腳，女人什麼都做不了，氣得想殺夫。女人可以讀你的書，讀了會改想殺你。你的書是避雷針。」

麥克斯一臉迷惘，歐爾森目不轉睛看著佩赫杜——接著爆出陣陣大笑。

「天啊，你一講，我統統想起來了！我爸爸總是礙著我媽媽，不停地批評她。煮馬鈴薯前為什麼要削皮？歡迎回家，親愛的，我稍微整理了一下冰箱。太可怕，我爸是個工作狂，沒有任何嗜好，無聊和沒尊嚴讓他很快想死了算了，但我媽不讓他死，不斷派他陪孫子出門，去上DIY課，去花園走走。我想她最後會因為謀殺而坐牢吧。」歐爾森發出呵呵地輕笑。「我們男人啊，如果只擅長我們的工作，就會變得很討人厭。」他咕嚕咕嚕三口喝完了酒。

「好，喝完了。」他邊說邊留了六歐元在櫃檯上。「走吧。」

佩赫杜和麥克斯希望他有機會聽到問題時願意回答他們，便也一口氣喝光酒，跟著

P・D・歐爾森離開小酒館。

沒走幾分鐘，就走到了舊校舍。操場停滿來自羅亞爾河區各地的車牌，最遠的來自奧爾良和沙特爾。

歐爾森堅定地朝體育館走去。

進去之後，佩赫杜突然發現自己來到布宜諾斯艾利斯的市中心。男人在左牆，女人在右邊的椅子上，中間是舞池。前方懸吊著攀爬拉環的地方有一組探戈樂隊。他們所站位置的盡頭是酒吧，吧檯後方有一個矮男人在供應飲料，他有鼓起的二頭肌和毛茸茸的黑色鬍鬚。

P・D・歐爾森轉頭大喊：「來跳舞！你們兩個，跳了之後，我會回答你們任何想問的問題。」

幾秒鐘後，老人自信地穿過舞池，朝著一名梳著簡單馬尾、穿著開衩裙的年輕女人走去。這時，他完全變了，變成一個輕盈而不會老去的探戈舞者，緊摟著年輕女子，優雅地引領她在體育館移動。

麥克斯愣愣望著這個意料之外的世界，佩赫杜先生則馬上明白這裡是哪裡。他在雅客・托茲（Jac. Toes）的書中讀過這樣的地方——這是在學校禮堂、體育館或廢棄穀倉舉辦的祕密探戈舞會。各種程度、各個年紀與國籍的舞者齊聚一堂，有人為了享受短短幾個小時，開了幾百英里的路。有一件事把他們結合在一起：他們的伴侶和家人厭惡這些充滿暗示、墮落而輕浮的舞步，看到會露出瞠目結舌的尷尬表情，因此這些人必須把對探戈的熱情當成祕密，不讓嫉妒的伴侶和家人得知。沒有人知道午後的此刻探戈迷在哪裡，他們的家人以為他們去運動、上課、開會或逛街，在三溫暖裡，在郊外，或留在家中。但這些人為生命而跳，為生命的本身而舞。

少有人來跳舞是為了結識情婦或戀人，因為探戈無關風月，而是關乎一切。

瑪儂的旅行日記

前往奔牛村
一九八七年，四月十一日

八個月了，我知道我已不是去年八月到北部，非常害怕自己無法戀愛——兩次的那個女孩。

愛，其實無須局限於一個人——這個發現依然帶給我莫大的震撼。

五月時，在繁花之下，在新的開始與信賴所帶來的芳蘭之中，我將嫁給呂克。

我不跟尚分手，我讓他自己決定是否跟我——什麼都要的貪心鬼——分手。

難道我怕無常到必須立刻體驗每一件事，以免明天就倒下去嗎？

婚姻。要？不要？質疑那一點等於對一切存疑。

但願太陽西沉時我會在普羅旺斯的陽光下，那麼我就能在每一個地方，在每一個充滿活力的事物中。那是我的本性，沒有人會為此而恨我。

抵達亞維儂之前，必須整理我的臉。希望是爸爸來接我，不是呂克，不是媽媽。每回在巴黎，我的五官設法適應都會人在街上你推我擠時的表情，那表情好像他們並未注意到自己不是一個人，那些臉孔說：「我？我什麼都不要，我什麼都不需要，沒有什麼可以打動我，沒有什麼能使我感到震驚、意外，甚至愜意。從鄉下和臭氣沖天的牛棚來

的笨蛋才會覺得愉快，他們要開心就去開心，我們其他人有更重要的事要處理。」

但問題不是我冷漠的臉，而是我的第九張臉。

媽媽說我在其他的臉中加了第九張臉。我像皺皺巴巴的小幼蟲進入這個世界起，她就熟悉我的每一個動作和表情，但巴黎改變了我的臉，從頭髮分邊改變到下巴尖端。上一次回家，當我想念著尚、他的笑容、他的「妳要讀一讀這本書，對妳有幫助」時，媽媽一定是注意到了。

「跟妳競爭我會怕。」她這麼說過。當時她脫口而出，自己也嚇了一跳。

我們一向用直接、明確的方式討論現實，從小我就學會最好的關係是「跟山泉一樣清澈」的關係。他們教我不同的思想大聲說出就會失去立場。

我認為不盡然如此。

我的「第九張臉」讓媽媽不安，我明白她的意思。尚用溫暖的毛巾搓揉我的背部時，我在他的鏡子裡看到那張臉。每一回見面，他取出一部分的我加溫，讓我不會像蒙受霜害的檸檬樹枯萎，待我亦父亦母。我新的臉龐性感，但藏在一張自制的面具後方，這反而令媽媽覺得更陰森可怕。

媽媽還在擔心我。她的擔心簡直會感染，我若是遇到什麼事，我希望轟轟烈烈地活一場，不想聽到有誰抱怨。

她問的少，我說的多——幾乎一五一十說出在首都幾週的生活。我用鉅細靡遺的透明細節做了一張鮮豔的珠簾，把尚藏在叮噹作響的簾子後方。如山泉般清澈。

「巴黎把妳帶得離我們更遠，離妳自己更近，是不是？」媽媽說。當她說到「巴黎」，她知道我知道她心裡有一個男人的名字，但我不準備告訴她。

永遠不會。

我對自己感覺好陌生，尚彷彿褪去了一層外殼，讓我露出更深、更真實的自我，那個自我露著揶揄的笑容把手向我伸過來。

「所以呢？」它說：「妳真的以為自己是個沒有個性的女人嗎？」（尚說引用穆西爾（Musil）的《沒有個性的男人》（*The Man Without Qualities*）不是聰明的徵象，只是代表你的記憶訓練有素。）

但我們究竟會怎樣呢？

這可惡的自由！這表示我必須像樹樁一樣沉默，家裡的人和呂克誤以為我在索邦大學聽課，晚上努力地工作，但我不能說出我真正在忙什麼。這表示我必須控制住自己，在奔牛村毀滅自己、掩藏自我，不能指望有誰會接受我的懺悔，或是聆聽我祕密生活的真相。

我感覺像是坐在旺度山的山頂，朝向太陽，朝向雨水，朝向地平線。我可以看得比以前更遠，呼吸得更自由，但我脫下了我的防禦。尚說，失去一個人的確定性就是自由。

但我真的明白我在失去什麼嗎？

我真的明白他選擇我要放棄什麼嗎？他說他不要其他女人，只要我。我過著兩面生活就夠了，他不想也這樣過日子。每一次他給我方便，我會感激得落淚。他從不責備，幾乎不曾提出難以回答的問題，他讓我感覺自己是個禮物，而不只是一個對生活有太多要求的惡人。

如果我向家中的任何人吐露祕密，他或她便要被迫跟我一塊說謊，守著祕密不說出

來。我自己辛苦就好，不要拖累其他人──這是墮落者的規則。

我一次也沒提過尚的名字，我怕我若說出來，那個語氣會讓媽媽、爸爸或呂克看穿我。

或許他們每個人都能按自己的方式表現諒解。媽媽能，因為她懂得女人的渴望，所有女人都有渴望，即使是還看不到廚房角落餐桌桌面的小女孩，即使在成天跟著久經折磨的填充玩偶和聰明小馬聊天的年紀。

爸爸能，因為他知道潛伏內心的動物慾望，他會懂得我行為狂野滋養的一面，也許甚至會認可那個生物本能──就像馬鈴薯萌芽的衝動。（如果不知道該怎麼做，我會去請他幫助我。或「媽媽爸爸」，在尚讀給我聽的一本書中薩納里這麼形容。）

呂克會體諒，因為他懂我，因為他明知我需要更多還決定跟我走下去。他做了決定就不會更改，對就是對，即使會痛，即使後來發現那原來是錯的也一樣。

但如果我告訴了他尚的事，三十年過去之後，他才承認我無法閉嘴時傷他非常深，那該怎麼辦呢？

我了解我未來的丈夫──他會度過許多傷心的時刻和夜晚，他會看著我，看見我肩膀後方的另一個男人，他會和我上床，想著：她是否正在想著他？這樣好嗎？跟他在一起是不是更棒？每一次我在村子慶祝會或國慶日遊行中跟男人說話，他就要猜疑：他會是下一個嗎？她什麼時候才會終究滿意了呢？他將逐漸接受這件事，不對我說一個責備的字眼。他是怎麼說過的呢？「這是我們擁有的唯一人生，我想與妳共度我的人生，但不會妨礙妳的人生。」

也是為了呂克，我必須緊閉上嘴。

而為了我自己——我希望尚屬於我一人。

我不喜歡自己什麼都要——這超過我所爭取的……

哦，無情的自由，你不停壓倒我！你要求我挑戰自我，感到羞愧，卻又持續因為過著充滿慾望的人生而洋洋得意。

當我老了，再碰不到腳趾，我會愉快地細細回味我們所經歷的一切！

我們躺在畢武村堡壘草地上尋找星星的那些夜晚，我們在卡馬格放縱的那幾個星期。啊，那些美妙的夜晚，我們光著身體，和貓咪卡斯特懶洋洋躺在沙發上，尚用我的臀部當看書架，讓我體驗書香人生。我不知道原來這世界有著數也數不盡的思想奇物，有如此多可以擁有的知識。世界的統治者應該被迫領取讀者執照，除非讀了五千本——不，一萬本——的書，才差不多有資格了解人類與人類行為。尚唸了幾個好人因為愛或必要或人生渴望而做壞事的小故事，我覺得心裡好一些，不再那麼難過。

「瑪儂，妳以為只有妳這樣嗎？」他問——沒錯，真的覺得那樣難過，好像只有我一個人無法遏制自己的渴望。

當我們做完愛，還沒再來一次時，尚常常告訴我他讀過的、想讀的或希望我讀的某一本書。他說書是自由，也是家，書保存了我們所有難得使用的美好詞藻。

慈善，厚道，牴觸，容讓。

他懂得真多，他明白無私的愛的意義。愛人，他就有生活樂趣，被愛，他會信心動搖。就是因為這樣，他才覺得這麼尷尬嗎？他不知道什麼在他肚子的哪裡！傷心、焦慮、歡笑——統統來自哪裡？我用拳頭抵著他的肚子，「你這裡會覺得心慌嗎？」往他的肚臍下方吹氣，「男子雄風在這裡？」我把手指貼在他的脖子上，「眼淚在這裡？」

他的身體經常僵硬麻痺。

有一天晚上，我們出去跳舞，跳阿根廷探戈。悲慘的經驗！尚偈促不安，把我推來推去，往這邊走一下，往那邊走一下，練習在舞蹈課學到的舞步。但是，他只用雙手在跳舞。他在跳舞，卻控制不了自己的身體。

不可能──他不可能不會跳舞，這個男人不可能不會跳舞！他跟北部人不一樣，皮卡第、諾曼第或洛林等地的北部人的靈魂枯燥乏味，雖然很多巴黎女人覺得那樣很撩人──好像勾起一個男人最細微的情緒是一項性感挑戰！那種女人以為冷感中的某處有著熱烈的激情，會驅使男人給她來個過肩摔，壓制在地上。後來，我們只好跳到一半就停下來。我們回家喝酒，迴避事實。他表現得格外溫柔，裸著身體，我們好像公貓和他的小貓咪。我絕望極了，如果我不能和他跳舞，那還能做什麼呢？

我就是我的身體。感覺到慾望時，我的陰部會閃閃發亮；感受到難堪時，我的胸口會冒汗；懼怕自己的膽量時，我的手指會微微發麻；準備保護抵抗時，我的手指開始顫抖。不過，當我應該害怕真實事物時──像是他們在我腋窩發現了節，想做組織切片檢查──我感覺既迷惘又冷靜。我的迷惘讓我想要保持忙碌，但我冷靜，冷靜到我不想讀嚴肅的書，聽磅礴宏偉的音樂。我只想要坐在這裡，看著秋光灑上紅金色的葉子。我想清理火爐，我想躺下睡覺，這些難解、虛幻、荒謬、短暫的思緒讓我好疲憊。沒錯，感到害怕時，我想睡覺──靈魂逃避恐慌的避難所。

而他呢？尚跳舞時，身體像是掛著襯衫、褲子和外套的衣架。

我站起來，他跟著我，我打他一巴掌。

我的手熱辣辣，像火一樣，好像我把手伸進餘燼中。

「喂！」他說：「為什麼打我？」

我又打他，現在我的手指好像抓著熱呼呼的煤炭。

「停止思索！去感覺！」我對著他大叫。

我走去唱機替我們放了〈自由探戈〉（Libertango）。手風琴的音樂像是鞭子，像馬鞭的抽打或火爐中木材劈劈啪啪的聲音，演奏家皮亞佐拉將小提琴逼上顛峰。

「不要，我……」

「要，跟我跳舞，跳出你的感受！你有什麼感覺？」

「我很生氣！妳打我，瑪儂！」

「那就生氣地跳舞！找到曲子裡反映你的情緒的樂器，跟隨著它！用你對我感覺的憤怒抓住我！」

我才說完，他就抓住我，把我推到牆上，兩臂舉在我的頭上方，抓得非常緊，非常緊。小提琴發出悲鳴，我們裸著身子跳舞；他選擇了小提琴作為他的情緒樂器。他的憤怒轉為慾望，接著化為柔情。我咬他，抓他，抵抗他的引導，拒絕握住他的手——我的愛人成了探戈人，他回到了自己的身體裡。

我貼著他，心對著心，他讓我感受到他對我的感受。我看到我們的影子在牆上跳舞，在薰衣草房間的四壁上，影子在窗框中跳舞，融為一體地跳舞，公貓卡斯特從衣櫃上方觀察我們和我們的影子。

從那一晚起，我們無論何時都跳探戈——起初光著身體，因為裸身更方便擺動、誘哄和摟抱。我們跳舞，我們的手在自己的心上。接著，我們換將手放在對方的心上。

探戈是真實之藥，揭露你的煩惱、你的心結，但也暴露你不讓其他人知道以免惹火會討厭探戈。

他們的力量。探戈證明情侶對彼此的意義，他們可以如何互相傾聽。只想聆聽自己的人

尚沒有逃進跳舞的抽象思考，而是忍不住去感受。他感受我：我兩腿間的細毛，我的胸脯。在我這一輩子，覺得身體最有女人味的時刻，是尚和我跳舞，然後在沙發上、地板上、坐在椅子上、每個地方做愛的那些時刻。他說：「當妳在這裡，妳就是我的源頭，妳離開，我就乾枯。」

從那以後，我們跳遍了巴黎的探戈小酒館。尚學會將身體裡的精力傳到我的身體，讓我知道他想從我這裡得到什麼探戈——我們學會阿根廷人講的西班牙語，至少學到了探戈人對舞伴低語，幫助她準備迎接……探戈的安靜詩句。我們開始玩有趣難解的遊戲：我們學著在臥室有禮地交談——這樣客套的講話方式有時讓我們得以提出非常粗魯的請求。

哦，呂克！跟他在一塊，我拚命的態度是不一樣的——或者該說沒有那樣拚命。但也少了自然。打從一開始，我就沒有對尚說過謊。對呂克，我不會為了要更加嚴厲、溫柔、大膽或有趣而表達對他的渴望。我覺得羞恥，因為我要的多過於他能給的，但誰知道呢？也許只要我要求，他就能給？但怎麼給呢？

「就算跟別的女人跳舞，也絕不要退縮，退縮就辜負了探戈。」一間酒吧的探戈老師吉塔諾這樣告訴我們。

他也直言尚愛我，我愛尚。吉塔諾從我們的每一個舞步判斷我們是一體的，也許這與事實相距不遠？

我必須和尚在一起，因為他是我男性的那一部分，我們相望時，看到的是同樣的東西。

呂克是與我並肩而立的男人，我們望著同一個方向。跟探戈老師不同，我們從不談論愛情。

「我愛你」這句話，只有如羅密歐與茱麗葉這樣純潔的人才會說。但即使是羅密歐與茱麗葉，多了第三者，這句話便無法說出口。

我們不停與時間賽跑。我們必須同時做每一件事，否則一件事也無法完成。我們一起睡覺，同時討論書，順便吃東西、不說話、吵架、和好、跳舞、朗讀、唱歌、尋找我們的幸運星——統統用飛快的速度完成。我期待著下一個夏天，尚會到普羅旺斯，我們要尋找星星。

我會看見陽光下閃爍著金色光芒的教皇宮，終於，又看到那個光，終於，人不會表現得好像其他人都不存在，電梯上沒人，街上沒人，公車上沒人。終於，又有樹上摘下的新鮮杏果。

啊，亞維儂。我以前常常想，這座有著陰險王宮的城市永遠冰涼陰森，為什麼充滿祕密通道和暗門。現在我懂了。自有人類以來，急躁的慾望便跟著我們，深閨、雅座、戲院包廂、玉米田迷宮——都為了同一個目的而設計。

人人都知遊戲還在進行，卻假裝它已結束，或至少在遙遠的地方，虛幻無礙。確實。

我的臉頰感覺到熱辣辣的羞愧，我的膝蓋感受到熱望，謊言靠在肩胛骨之間，摩痛了肌膚。

親愛的爸媽，拜託，別讓我必須在他們之間做出選擇。

還有，讓我胳肢窩豆子大小的腫塊只是一顆粉粒，從薰衣草與世界最廉潔的貓的故鄉瓦朗索爾上的塞栓滴落的粉粒。

22

佩赫杜先生感覺刷了睫毛膏的睫毛底下的目光掃過他的身上，他若是迎上、正視、回應某個女人的凝視，就等於接受了cabeceo，也就是「眼神邀舞」：在探戈舞會上，以互換沉默的眼神來交涉。

「喬登，低頭，不要直視女人。」他低聲說：「如果你的眼神徘徊，女人會以為你想邀她跳舞。你會跳阿根廷探戈嗎？」

「我很會跳即興扇子舞。」

「阿根廷探戈也差不多，有兩、三個基本步伐，你們胸口互貼，心臟對心臟，你聆聽女人希望的引導方式。」

「聽？可又沒人說話。」

沒錯，舞池上，沒有任何男人或女人把呼吸浪費在說話上，卻又生動地表達出自己的想法：「更緊地引導我！別那麼快！給我一點空間！讓我誘惑你！來玩吧！」女人糾正男人，比方以鞋背摩搓小腿——「專心！」；在舞池上跳一個八字形——「我是公主！」

在別的探戈舞會上，男人在四首連續舞中全力施展自己的說服力，撩撥舞伴的激情。男人用輕柔的西班牙語對舞伴的耳朵、玉頸與秀髮呢喃，氣息煽動肌膚。「我期盼妳的探戈，妳的舞讓我瘋狂，我的心會讓妳的心解放歌唱。」

不過，在這裡，沒有探戈細語。在這裡，每一件事都靠眼神。

「男人謹慎環顧屋內。」佩赫杜低聲告訴麥克斯眼神邀舞的規則。

「你怎麼知道這一切？從……」

「不是從書上學的。聽好，慢慢掃視，但不要太慢。用這個方式尋找你下一個組曲的舞伴，一組舞有四首曲子——或者確定有沒有人想跟你共舞。你用長時間的直接凝視邀舞，如果對方回應了，可能是點個頭，或者微微一笑，那麼你可以認為她接受了你的邀請。如果她撇開視線，那就表示：『不，謝謝你。』」

「太好了。」麥克斯輕聲說：「那個『不，謝謝你』無聲無息，不會有人怕尷尬。」

「一點也沒錯。站起來過去請舞伴是英勇的行徑，你在過去的路上有時間確認她指的真的是你……不是站在你斜後方的男人。」

「跳完舞後呢？邀她喝一杯嗎？」

「不，陪她回到座位，謝謝她，然後回到男人這一側。跳探戈不代表任何承諾，在三、四首曲子的時間，你們分享期盼、希望與渴望。有人說探戈像性愛，只是更棒——更頻繁。但跳完就跳完了，絕對不要與同一個女人跳超過一組舞，這是不禮貌的行為。」

他們垂著眼皮觀察雙雙對對的男女。過了一會兒，佩赫杜用下巴比了一個女人，她大概介於五十出頭到快七十歲的年紀，像佛朗明哥舞舞者一樣，將夾著些許銀絲的黑髮綁在頸背，身穿一襲看起來嶄新的洋裝，一根手指戴了三枚婚戒。她有芭蕾舞者的儀態，體格像幼嫩的野玫瑰，纖細結實又靈巧柔軟。非常好的舞者，牢靠嚴謹，卻又寬厚仁慈，可以彌補舞伴在動作或信心方面的不足，以自己的優雅掩飾男方的缺點。她會讓每一件事顯得很簡單。

「她是你的舞伴，喬登。」

「她？她太棒了，我會怕！」

「記住這個感受，有一天你會想要描寫，所以你應該去體驗害怕還是照樣硬著頭皮去跳舞的感受。」

麥克斯有點惶恐，也有點放大膽子，嘗試吸引自負的野玫瑰女王的眼神。這時，佩赫杜曲折走向吧檯，點了微量的茴香酒，再用水將玻璃杯加滿。他……很興奮，興奮不已。

彷彿他就要登上舞臺。

每當就要見到瑪儂時，他的情緒就會激越昂揚！顫抖的手指讓刮鬍子變成一場血洗的大屠殺。他永遠決定不了穿什麼，希望看起來既強壯又苗條，既高雅又帥氣。從那時起，他開始跑步、做重訓，讓自己在她眼中保持理想的體態。

尚・佩赫杜啜了一口茴香酒。

「謝謝。」他憑直覺用義大利話說。

「不客氣，船長先生。」矮胖的酒保也用義大利語回答。他蓄著兩撇小鬍子，一口拿坡里腔，說話抑揚頓挫。

「你太抬舉我了，我其實不是船長。」

「哦，你是，庫內諾看得出來。」

排行榜音樂從喇叭流出，是「幕布」音樂，代表交換舞伴的時間到了。在三十秒內，樂隊將開始演奏下一組樂曲。

佩赫杜看到野玫瑰舞者起了惻隱之心，允許頭抬得老高、臉色慘白的麥克斯帶領她到舞池中央。才走了幾步，她便表現得猶如女皇，這個動作反過來也影響了麥克斯。他在那之前依然只是靠著她伸出的手臂，這時竟摘下耳罩扔到一旁，人顯得更高大，肩膀更寬，胸膛如鬥牛士一樣鼓起。

她淺藍色的明亮眼睛掃了佩赫杜一眼，她的眼神年輕，眼眸蒼老，身體唱著甜蜜熱情的探戈音樂，超越了所有的時間觀念。佩赫杜嘗到人生的悵惜，一種輕柔溫暖的哀愁——對每一件事惋愴，無緣無故惋愴。

「悵惜」：在日子一天天融合，時光可有可無地流逝時，對童年的嚮往。是以再也不會有的方式被愛的感受。是放縱的難得體驗。是文字無法捕捉的每一件事。

他應該把這個感覺加入他的情緒大百科中。

那一刻，P・D・歐爾森朝吧檯走來。當他的腿和腳不跳舞時，走路姿態就立刻回到老人的模樣。

「無法解釋的事，只能用跳舞表達。」佩赫杜壓低嗓音說。

「而無法表達的事，只能寫出來。」年邁的小說家聲如洪鐘地說。

樂隊開始演奏探戈名曲〈一步之差〉（Por una Cabeza），野玫瑰舞者俯身埋入麥克斯的胸膛，嘴唇低述咒語，以手腳臀部巧妙糾正他的姿勢，營造出是麥克斯在引導她的印象。

喬登起初睜大眼睛跳著探戈，遵循低語的指導下，開始垂下眼皮。不久，他們——陌生人與年輕人——看似契合的一對。

P・D・歐爾森對胖乎乎的酒保庫內諾點個頭，庫內諾便朝著舞池走去，越走腳步似乎越加輕盈——克制恭敬的動作不但靈巧，而且十分英勇。他的舞伴比他高，但緊貼著他，對他充滿信賴。

P・D・歐爾森朝佩赫杜湊過去，低聲說：「這個薩瓦托・庫內諾，是個非常動人的文學形象。他跑去普羅旺斯做採收工，摘櫻桃、桃子、杏果——任何需要小心處理的果物。

他跟俄羅斯人、摩納哥人和阿爾及利亞人一塊工作，後來跟一個年輕的河道引水人睡了一晚，隔天引水人回到自己的船上，然後就不見了。從此以後，庫內諾在河上到處找她。二十年過去了。他在這裡工作一段時間，到那裡一段時間，現在幾乎什麼事都做得很好——做菜尤其拿手。但他也會畫畫、修理燃料箱、占星，你需要完成什麼，他都能做。如果不能，也三兩下就學會了。這個男人，外表像拿坡里披薩師傅，內心其實是個天才。」P・D・歐爾森搖搖頭。「二十年耶，真想不到！還是為了一個女人！」

「有何不可？你可以想出一個更好的理由嗎？」

「你當然會那樣說，迷惘的約翰。」

「什麼？你叫我什麼？歐爾森。」

「你聽到了，尚・佩赫杜（Jean Perdu），英文就是迷惘的約翰（John Lost），義大利文是Giovanni Perduto……我偶爾夢到你。」

「《南方之光》是你寫的嗎？」

「你跳舞了嗎？」

尚・佩赫杜把剩餘的茴香酒喝乾。

他接著轉身觀察屋裡的女人，有的撇開視線，有的捕捉他的目光……有一位瞥了他一眼，她二十五、六歲，短髮，平胸，上臂和肩膀之間的肌肉結實，眼中熊熊燃著無限的慾望，也充滿著平息那慾望的膽量。

佩赫杜對她點點頭，她站起來，沒有笑容，朝著他走來，走到半路停下來——就差一步的距離，她想用力從他那裡搶下最後一步。她等待著，如一隻兇猛的貓，準備好要猛撲上來。

就在這時，樂隊恰好演奏完第一首曲子，佩赫杜先生朝飢餓的貓女闊步走去。

她的臉說：「開戰吧！」

她的嘴要求：「你行的話，就征服我，但敢羞辱我試試看。要是你沒膽不敢挑戰我，你就慘了。我很溫柔，但只有在激情的熱力下才感覺到那股溫柔。我會保護自己！」她堅定的小手在說話，她緊張地顫抖，身體打直，大腿與他的雙腿結合。

貓女從胸口到足尖貼著他——但第一個音符響起時，佩赫杜的心口一推，將他的活力傳送給貓女，慢慢地讓她的身體越來越低，越來越低，最後兩人都一隻膝蓋彎曲，另一隻腳往側面伸出。

低語聲穿過女人的行列，佩赫杜將年輕女子拉上來時，細語聲立刻中止。佩赫杜快速地讓貓女自由的那條腿平穩地纏住他的膝蓋。兩人膝蓋後側輕輕接吻。他們緊緊糾纏，只有裸身的情侶才能如此親近。

佩赫杜感覺一陣蟄伏已久的力量在跳動，他還能做到嗎？他能回到他許久不曾使用的身軀裡嗎？「不要思考，尚！用感覺！」

好，瑪儂。

瑪儂教他在做愛、前戲、跳舞、談論情緒時不要思考，她說他是「典型北方人」，因為他用陳腐的言語和撲克臉掩藏不欲讓她知道的壞心情，因為他太過在意做愛時什麼是恰當的，因為他在舞池中會把瑪儂像購物車拉來推去，而不是用他想要的方式跳舞——按照他的意志力、反應與慾望的指令。

瑪儂像敲開堅果一樣敲開了這層堅實的外殼，用赤手空拳，用她赤裸的手指、赤裸的雙腿……

她將我從厭世、沉默和壓抑中解放，讓我擺脫只做對的行動的強迫症。

他們說，與身體合一的男人，在女人想要從生命取得比得到更多東西時，可以感覺到，可以聞得到。他懷中的女孩渴望一個陌生人，盼望一個永久的旅人：當他感受到女孩貼著他胸膛的心跳時，他可以聞到女孩的期盼。這個無名的男子來到小鎮，帶給她一夜的冒險，為她呈上這個遺落於寂靜麥田和古老森林之中的小村子所無法找到的一切。她只能靠這個方式抗議，確定自己不會在這個只有大地、家庭與子女重要的鄉間田園生活中變得尖酸刻薄。

尚・佩赫杜滿足年輕女子的慾望，用年輕木匠、釀酒師或林務員永遠無法做到的方式擁抱她，跟著她的身體、她的女人味跳舞，不像這裡的其他人，在那些人眼中，她只是平凡的「瑪莉，她爸是老鐵匠，替我們家的老馬釘蹄鐵」。

佩赫杜將渾身的力氣、呼吸和專注帶入每一個動作，對她輕聲低語探戈語言。瑪儂和他學會探戈語言後，在床第上互相低喃，他們客套地交談，如同舊日西班牙的傳統老夫妻，以褻語低聲交談。

一切合而為一——過去、現在、這位年輕女子與另一個名叫瑪儂的女人；曾經是他的年輕人，沒有絲毫他會成為的男人的模糊影子；還不大老但確實變老的男人，他幾乎忘了渴望與擁抱女人的感受。

而今，他在一個貓女懷中，她喜歡戰鬥，喜歡遭受征服後重返戰場。

瑪儂，瑪儂，妳就是這樣跳舞的，迫切想要讓某樣東西完全屬於妳，不用扛起家庭與老祖先的土地的責任。只有妳，沒有未來，妳和探戈。妳和我，妳的唇，我的唇，妳的舌，我的皮膚，我的人生，妳的人生。

當第三首曲子——〈自由探戈〉——響起，逃生門突然打開。

「在這裡，下流胚！」佩赫杜聽見一個怒不可遏的男子聲音大嚷。

23

五個男人衝進門，女人放聲尖叫。

第一個闖進來的人從庫內諾的懷中奪走他的舞伴，好像要給她一巴掌，粗壯的義大利人抓住那人的手臂。於是，另一個男人朝庫內諾撲去，往他肚子送上一拳，讓另一人把女人拖走。

「洩密了。」Ｐ‧Ｄ‧歐爾森氣呼呼地說。他同尚‧佩赫杜帶著貓女離開那群渾身酒臭味的暴怒男人。

「那是我爸。」貓女喘著氣，臉色嚇得慘白。她指著一個眼距過窄、揮著斧頭的瘋子。

「不要看著他！從那個門走，我走妳後面！」佩赫杜吩咐。

這兩個怒氣沖沖的傢伙，以為庫內諾唆使妻女姊妹參加邪惡的性愛遊戲，麥克斯奮力擋開他們。薩瓦托‧庫內諾的嘴唇破了，麥克斯踢中其中一名攻擊者的膝蓋，用一招功夫把另一個摔倒躺地。接著，他趕緊回到野玫瑰舞者的身邊。在一片混亂中，這女人傲慢地站著，一動也不動。麥克斯鞠躬，以誇張的動作親吻她的手。

「謝謝妳，妳是這個未竟之夜的女王，感謝妳給我生命中最美妙的一支舞。」

「快走，不然沒命了。」Ｐ‧Ｄ‧歐爾森高喊著，一把拉起麥克斯的手臂。

佩赫杜注意到女王帶著笑容看著麥克斯走遠，還撿起他的耳罩，緊緊握在心口。

喬登、佩赫杜、Ｐ‧Ｄ‧歐爾森、貓女和庫內諾衝到外面，跑向一輛破爛的藍色雷諾車。庫內諾把鮪魚肚塞到方向盤後面，氣喘吁吁的Ｐ‧Ｄ‧歐爾森擠到乘客座，麥克斯、佩赫杜和年輕女子爬上後方的車斗，車斗上有工具箱、皮革皮箱、裝著香料的瓶罐籃、各種醋、大量香草、一大堆不同主題的教科書。暴民揮著拳頭，殺氣騰騰地追著這群陌生人跑到停車場，不想再容忍家中女人跳舞的祕密衝動。庫內諾於是腳往下一踩，車斗上的幾個人摔成一團。

「愚蠢的鄉巴佬！」P・D・歐爾森輕蔑地罵著，把一本蝴蝶參考書往後扔。「心胸狹窄，以為我們亂搞男女關係，先穿著衣服跳舞，然後就脫下衣服。那畫面才倒胃口——乾癟的睪丸，啤酒肚，老爺爺瘦巴巴的竹竿腿。」

貓女不禁噗哧一笑，麥克斯和庫內諾也哈哈大笑——這幾個死裡逃生的人都誇張地大笑。

他們沿著瑟普瓦的大馬路，以最快速度回到船上。「等一等，抱歉，但……我們可以找間銀行停一下嗎？」麥克斯用懇求的語氣問。

「如果你想要當閹人歌手。」P・D・歐爾森氣喘吁吁地說。

不久，他們在書船旁停下。林格倫和卡夫卡正在窗邊享受夕陽，故意忽略一對從一株歪扭的蘋果樹上嘎嘎辱罵牠們的興奮烏鴉。

佩赫杜注意到庫內諾以嚮往的眼神看了駁船一眼。

「我想你留在這裡不安全。」他對義大利人說。

庫內諾嘆了一口氣。「你不會相信這句話我聽過多少次，船長。」

「跟我們走吧，我們要去普羅旺斯。」佩赫杜說。

「那個討厭的寫字人跟你說了我的故事？我在河上旅行，尋找一個偷走我的心的小姐？」他的話裡夾雜著幾個義大利單字。

「沒錯，美國佬又洩漏祕密了。那又怎樣？反正我老了，就要死了——稍微惡搞一下才能繼續活著，至少我不會貼到臉書上。」

「你用臉書？」麥克斯難以置信地問，一邊拿起幾顆蘋果兜在襯衫裡。

「用啊，怎樣？就因為很像在監獄敲牆壁嗎？」老邁的歐爾森竊笑。「我當然要用，不然怎麼知道別人在幹什麼壞事，怎麼知道那幫施用私刑的鄉下暴徒能夠突然吸收世界各地的成員？」

「好。」麥克斯說：「我會發交友邀請給你。」

「記得發，小子，我每個月最後一個星期五會上網，從十一點到三點。」

「你還欠我們一個答案。」佩赫杜說：「畢竟我們兩個都跳舞了，嗯？坦率地回答我們吧——我受不了謊話，《南方之光》是不是你寫的？薩納里是不是你？」

歐爾森把爬滿皺紋的臉轉向太陽，摘下可笑的帽子，把白髮往後拂。

「我？薩納里？你怎麼會那樣想？」

「技巧，用字。」

「啊，我懂你的意思！『高尚的媽媽爸爸。』厲害，把每一個人對最理想照顧者的渴望擬人化，像母親般照顧人的父親。或『玫瑰愛情』，盛開芬芳，卻少了尖刺，曲解玫瑰的本性。了不起，每個字都了不起。不過，說來很遺憾，那不是我的文字。薩納里不關心傳統風俗，但我認為他是一個偉大的慈善家，我不能自稱自己是慈善家，我不怎麼喜歡人，雖然如果必須遵守社會道德的話，我也會腹瀉。親愛的迷惘的約翰——不是我，這是遺憾的真相。」

P・D・歐爾森艱難地下車，一瘸一拐繞到另一側。

「聽著，庫內諾，我會照顧你的破車到你回來為止，但說不定你不會回來了。」
庫內諾猶豫不決，但麥克斯抱起他的書，提起瓶罐籃，將它們搬上船，庫內諾也跟著提起工具箱和皮箱。
「佩赫杜船長，我可以上船嗎？」
「請，這是我的榮幸，庫內諾先生。」
麥克斯準備解纜啟航時，貓女倚在雷諾車的引擎罩上，表情讓人捉摸不透。佩赫杜跟P・D・歐爾森握手道別。
「你真的夢到我？還是隨口說說？」他問。
佩爾・大衛・歐爾森露出頑皮的笑容，「文字的世界永遠不是真的，我在一個叫格拉克的德國人所寫的書上讀到這句話，剛特・格拉克（Gunter Gerlach），傻瓜不會懂的。」他想了一想。「去塞耶河的居瑟里吧，也許可以找到薩納里，如果那女人還活著。」
「女人？」佩赫杜問。
「嘿，我隨便說的，我總是把有趣的事都想像成女性，你不會嗎？」歐爾森咧嘴一笑，謹慎緩慢地坐進庫內諾的老車，等著年輕女子上車。
而年輕女子給佩赫杜一個緊緊的擁抱。
「你也欠我一樣東西。」她用嘶啞的聲音說，再以一個吻封住佩赫杜的嘴唇。
這是二十年來第一次有女人吻他，即使在最瘋狂的夢裡，佩赫杜也無法想像會是多麼令人陶醉。
女子吮吻他，舌頭短暫碰到他的舌頭。接著，她將佩赫杜推開，眼睛發出火光。
「就算我想要你，那又干你屁事？」她那強烈傲慢的眼神說。

哈利路亞，我是做了什麼可以得到那個？

「居瑟里？」麥克斯問：「那是什麼？」

「天堂。」佩赫杜說。

24

庫內諾占去第二間艙房，宣布廚房是他的私人領土。這個髮線逐漸後退的魁梧男人，從皮箱和瓶罐籃中取出油、香料和調味粉，排放在可以增添香氣、提升蘸料氣味或只是「聞了開心」的大量自製調味粉旁。

注意到佩赫杜懷疑的表情，他問：「有什麼不對嗎？」

「沒有，庫內諾先生，只是……」

只是我不習慣聞到這麼多好聞的味道，這些氣味真好聞，好聞得難以承受，而且不「開心」。

「我認識一個女人。」庫內諾繼續整理東西，小心翼翼檢查他的刀具，同時說：「她聞到玫瑰會落淚，另一個女人在我烤法式肉醬派時覺得很色情。香氣的確對靈魂有著有趣的影響。」

肉醬派（Pâté）快樂，佩赫杜暗想，可以放在P字部底下，或者L字部，當作「香味語言」（Language of Aroma）。他真能有一天把所有情緒都收到他的大百科裡面嗎？

明天開始如何？不——何不現在就開始？!

他只需要一支筆、一張紙，那麼有一天，一個字母接著一個字母，他會實現他的夢想，他將會，他應該，他可以……

現在，就是現在了，做吧，懦夫，終於在水底呼吸吧。

「對我，是薰衣草。」他吞吞吐吐承認。

「聞了就傷心，還是相反？」

「兩者，那是我最大失敗——和最大幸福的味道。」

這時庫內諾從一個塑膠袋中搖出幾塊卵石，排在餐具櫃上。

「這是**我**的失敗和我的幸福。」他主動表示：「時光，時光把讓我們痛苦的粗糙邊緣磨得光滑，因為我經常忘記那一點，我留著我去過的每一條河的一顆卵石。」

在波旁內之路最美麗的一段，洛萬運河通過飼料槽狀的高架渠，越過羅亞爾河一段無法通行的湍流，併入布里亞爾運河。他們在布里亞爾碼頭拋錨，布里亞爾百花盛開，吸引數十個畫家坐在河岸，設法捕捉這幅景色。

碼頭看起來像是迷你的聖特羅佩，他們見到許多昂貴的遊艇以及在濱河大道上散步的人。文學藥房是這裡最大的船，幾個業餘快艇玩家漫步走過來看，檢查改裝，瞄一眼船上的工作人員。佩赫杜知道他們看起來多古怪，不僅像是菜鳥，而且更糟的是，看起來不專業。

不屈不撓的庫內諾詢問每位遊客在旅行途中是否遇過一艘叫「月光」的貨船，一對瑞士夫妻開著路仕牌平底船走遍歐洲各地三十年，他們記得好像見過，也許十年前，也許十二年前。

當庫內諾的心思轉到晚餐上時，他發現食物櫃中滿是空氣，冰箱裡只有貓糧與上述提過的白豆。

「我們沒有錢，庫內諾先生，也沒有物資。」佩赫杜開始向他解釋他們在衝動之下離開巴黎，遭遇各種災難。

「走水路旅行的人大多樂於助人，我也有些存款。」拿坡里人說：「我可以付你船資。」

「你心地真好。」佩赫杜說：「但我不能拿你的錢，我們得想辦法賺錢。」

「那個女人不是正在等你嗎？」麥克斯・喬登一派天真地問：「我們最好不要浪費太多時間。」

「她不知道我要去，反正我們來日方長。」佩赫杜匆忙地說，草草回應了他的問題。

哦，是啊，我們來日方長。哦，瑪儂，妳記得那間地下室酒吧、路易斯・阿姆斯壯和我們嗎？

「出其不意地上門？太浪漫了……但很冒險。」

「如果不冒險，人生就會從你的身邊溜走。」庫內諾插嘴說：「回到錢這件事吧。」

佩赫杜給他一個感激的微笑。

庫內諾和佩赫杜研究河道地圖，義大利人標出幾個村子。「在納韋爾對岸的阿利耶河畔阿普雷蒙，我認識幾個人，哈維爾常常找人幫忙修補墓碑，我在弗勒里擔任過私人廚師……替迪古安一位畫家……在聖薩蒂這裡，如果她已經釋懷她和我沒有……呃……」他紅了臉。「有幾個人一定願意幫忙解決我們的糧食或燃料問題，就算幫不上忙的話，他們也知道哪裡有工作。」

「你在居瑟里有認識的人嗎？」

「塞耶河的書城？從來沒有去過，但說不定我會在那裡找到我正在尋找的人。」

「命中注定的女人。」

「沒錯，命中注定的女人。」庫內諾深吸一口氣。「那樣的女人並不常出現，你知道的，也許每兩百年才一次。她是男人夢想得到的一切，美麗，靈巧，聰明，體貼，熱情——絕對是一切。」

哇，佩赫杜心想，我絕對無法那樣形容瑪儂，描述她等於與人分享她，等於承認錯誤，他無法鼓起勇氣認錯。

「那麼最大的問題是……」麥克斯沉吟地說：「如何快一點賺到錢，我現在要告訴你，我會是很差勁的男妓。」

庫內諾環顧四下，「那麼這些書呢？」他遲疑地問：「你打算全留著？」

他自己怎麼沒有想到呢？

庫內諾下船，在布里亞爾用自己的錢買了蔬果肉品，還說服了一個狡詐的釣客把當天的漁獲給他。佩赫杜打開書船的門，麥克斯下船招攬客人，在碼頭和村裡逛來逛去，大喊著：「來買書喔！統統是最新上市，有趣、新巧又便宜……書，好看的書！」

只要經過一桌的女人，他就宣布：「看書讓人變美，看書讓人變富裕，看書讓人變苗條！」也同時駐守在小聖特羅佩餐館外，大聲說：「覺得沒人愛？我們有你需要的書。跟你的船長處不好？我們也有引導你的書！抓到一條魚，卻不會去內臟？我們的書無所不知。」

有路人根據報紙照片認出這位作家，有人不耐地迴避，有三三五五的人確實走上文學藥房徵求意見。

麥克斯、佩赫杜和薩瓦托．庫內諾就這麼賺到了第一筆錢。還有一個從羅尼來的大塊頭黑髮修士，拿幾罐蜂蜜和幾瓶香草，跟佩赫杜換了討論不可知論的專書。

「他究竟要那些書做什麼？」

「埋了。」庫內諾猜想。

向港務長詢問過月光號貨船後，庫內諾也向港務長買了幾株香草幼苗，利用幾塊書架木板，三兩下就在後甲板上弄出一個菜園。卡夫卡和林格倫非常興奮，連跑帶跳地奔到薄荷草前。不久，貓咪在船上到處相互追逐，貓尾如硬毛刷般豎起。

那一夜，庫內諾繫上花布圍裙與相稱的隔熱手套，為他們送上晚餐。

「紳士們，改編自遭受旅遊業大肆貶損的普羅旺斯燉菜：波希米亞蔬菜鍋。」庫內諾一面解釋，一面把菜放在甲板上的臨時餐桌上。這道菜原來是烤紅色蔬菜丁，以大量百里香調味，壓入模具中，然後熟練地倒扣在盤子上，最後灑上幾滴高級橄欖油。配上庫內諾拿去過火三次的羊排，以及入口即化的雪白蒜蓉軟餅。

佩赫杜咬下第一口，一件奇怪的事發生了——他的腦中似乎爆出畫面。

「真不敢相信，薩瓦托，你用馬瑟・巴紐（Marcel Pagnol）寫作的方式燒菜。」

「哦，巴紐，好人一個，他明白只有靠舌頭才能看清世界，還有鼻子跟胃。」庫內諾以讚嘆的口吻說，接著補充道：「佩赫杜船長，我非常相信，你要品嘗一個國家的靈魂，才能了解這個國家，懂得這個國家的人。我所謂的靈魂，是指那裡的產物，它的人民每天看到、聞到、摸到的東西，在其間穿梭、從內而外塑造他們的東西。」

「就像義大利麵塑造義大利人？」麥克斯邊問邊咀嚼。

「小心你說的話，麥克斯。義大利麵讓女人風華萬千！」庫內諾說。他熱情地用手在空中畫了一個婀娜多姿的女性身影。

他們邊吃邊笑，太陽從右手邊下山，月亮從左手邊升起，碼頭花卉的馥郁香氣包圍著他們。貓咪在周邊地區探索，不久占據翻倒書箱的優勢地位，與男人作伴。

陌生的恬靜氛圍令尚・佩赫杜大受感動。

吃能療傷嗎？

每吃一口沉浸在普羅旺斯的香料和油的食物，他就似乎更懂得前方的土地，就好像他正在吃的是周遭的鄉村。他已經懂得品嘗羅亞爾河遍布森林和葡萄園的天然河岸。

那一晚佩赫杜睡得很安穩，卡夫卡和林格倫看守著他的睡夢，公貓卡夫卡在門邊伸懶腰，林格倫在他的肩側。他偶爾感覺貓用爪子輕拍自己的臉頰，像是在確認他還活著。

翌日清晨，他們決定在布里亞爾逗留稍微久一點。這裡是熱門的據點和集合處，船屋季節也開始了，幾乎每個小時都有新的運河船抵達，帶來可能的書本買家。

佩赫杜只有身上那套襯衫、灰褲和毛衣就出門了，所以麥克斯出借他僅剩的幾件衣服。在他們的必買物清單上，衣服目前的名次不高。

佩赫杜感覺好像幾個世紀來頭一次穿牛仔褲和褪色襯衫，簡直認不出在鏡中瞥見的男人。三天沒刮的鬍鬚，掌舵時微微曬黑的皮膚，輕鬆的衣著……他看起來不再那麼緊張，也不再比實際年紀蒼老，但其實也沒有年輕多少。

麥克斯在上唇蓄起帶有嘲諷意味的一字鬍，把頭髮往後梳成一把閃閃發亮的海盜黑髮馬尾。每天早上，他只穿著一件輕薄的褲子，就在後甲板上練功夫和太極，在午餐和晚間讀書給正在做菜的庫內諾聽。庫內諾往往要求聽女作家寫的故事。

「女人告訴你比較多世界的事，男人只告訴你他們自己的事。」

現在他們把文學藥房開到深夜，日子越來越暖和。

附近村子和其他船上的孩童跑來露露號的船艙逗留幾個小時，閱讀《哈利・波特》（*Harry Potter*）、《大偵探卡萊》（*Kalle Blomquist*）、《五小冒險》（*The Famous Five*）、《貓戰士》（*Warrior Cats*）或《遜咖日記》（*Greg's Diary*）。麥克斯盤起長腿，坐在地板上，腿上放一本書，孩子包圍他——這個畫面經常讓佩赫杜必須憋笑。麥克斯的朗讀技巧持續進步，他講的故事越來越像廣播劇。佩赫杜想，這些張大眼睛、全神貫注傾聽故事的幼童，有一天長大後會需要看書，享受伴隨閱讀而來的驚奇，覺得腦海在播放一部電影。他們對閱讀的需求，就像呼吸空氣的需求一樣強烈。

他按重量賣書給未滿十四歲的人：兩公斤十歐元。

「不會虧本嗎？」麥克斯問。

佩赫杜聳聳肩膀，「從經濟角度來說，是賠錢。但大家都知道，看書讓人學會放肆，明日的世界需要不會羞於說出真心話的人，你不這麼認為嗎？」

青少年吃吃笑著擠進色情文學區，接著安靜下來，令人心生疑竇。佩赫杜走過去時一定先發出噪音，給他們時間費力把嘴從對方唇上移開，用無害的書遮掩發紅的臉頰。

麥克斯經常彈琴吸引客人上船。

佩赫杜開始養成每天寄一張卡片給凱薩琳的習慣，也為了下一代的文學藥劑師，在筆記本收集大小情緒百科全書的新條目。

每晚他在船尾坐下，仰望天空。銀河永遠都在，不時有一顆流星劃過。青蛙舉辦清唱音樂會，蟋蟀也加入唧唧叫，應和著纜繩輕輕拍打船桅的背景聲，以及某艘船上偶爾傳出的鐘鳴。

他全身湧現全新的感受，應該讓凱薩琳知道才公平，因為是她讓一切動起來。他依舊在等待著看看這將把他變成哪種男人。

凱薩琳：麥克斯今天領悟到小說就像一座花園，讀者必須投入時間，花園才會開花。看著麥克斯，我有一種爲人父親的奇怪感受。佩赫杜。

凱薩琳：今早醒來，有三秒鐘的時間，我冒出一個想法——妳是靈魂的雕塑家，妳是馴服恐懼的女人，妳的雙手正在將一顆石頭變回一個男人。「史前巨石——迷惘的約翰」。

凱薩琳：河流和大海不同，大海索求，河流付出。我們在這裡，儲存滿足、平靜、憂鬱，還有玻璃般光滑的夜晚幽靜氣氛，用灰藍色調結束一天。我留著妳用麵包做的河馬，有胡椒粒眼睛的那一隻，它非常需要一個伴。尚．P的淺見。

凱薩琳：水上人在水上才算眞正抵達，他們喜愛關於荒島的書。愛河的人如果知道隔天在哪裡停泊會覺得噁心。懂他們、來自P市的J．P．，目前沒有固定地址。

佩赫杜在河上還有一個發現——他發現了會呼吸的星星。今天，它們閃爍光芒，明日，它們黯然無光，接著又會再亮起來。不是因為薄霧，不是因為他的老花眼鏡，而是因為他不再只盯著自己的腳。

星星看起來按照著某種不休的緩慢深沉律動呼吸，它們呼吸，望著世界來來去去。有的星星見過恐龍和尼安德塔人，目睹金字塔拔地而起，見證哥倫布發現美洲新大陸。對它們，地球是無止境的外太空之海上又一個島嶼世界，島上的動物極其渺小。

25

他們在布里亞爾待了一週後，一個地方議會的人私下告訴他們，他們要嘛就得註冊成季節性商船，不然就得繼續往下開。這人恰好很迷美國驚悚小說。

「不過，從現在開始，留意停泊的地方——法國官方一般來說完全不會放水。」

備妥食物、電力與水，以及幾個水路沿岸友好人士的名字和手機號碼，他們轉向離開碼頭，駛入羅亞爾河的運河支流。隨後經過了城堡，瀰漫松脂香氣的茂林，栽種蘇維濃品種和黑比諾品種的葡萄園——這些葡萄將會釀出桑塞爾酒和普依芙美酒。

越往南行，夏日氣候越加炎熱。他們不時碰上有比基尼女郎伸直四肢躺在甲板上的船。在河岸的草地上，赤楊木、懸鉤子和野生葡萄構成魔法叢林，林中光影斑駁，泛綠的光輝隨著婆娑的微塵飛揚，接骨木與傾斜的山毛櫸之間的泥濘水塘則是波光瀲灩。

庫內諾從潺潺的河水中釣起一條又一條閃著光芒的魚。在長長的沙洲淺灘上，他們見到蒼鷺、魚鷹和雨燕，河狸從矮樹叢各處探出來尋覓河鼠的蹤跡。一個古老而蔥翠的法國在眼前展開，富饒壯麗，豐茂僻靜。

有一天晚上，他們把船繫在蔓生的牧草地旁。四下靜謐無聲，沒有車輛聲響，就連淙淙的流水聲也聽不見。除了幾隻偶爾掠過水面的貓頭鷹發出咯咯的叫聲，他們全然與世隔絕。

燭光晚餐之後，他們拉著毯子和靠墊，在甲板上躺下——三個男人，頭靠著頭，像是一個三芒星。

銀河是一道光，宛如飛機在高空留下的尾跡拉煙。寧靜幾乎令人難以忍受，夜空的藍色深淵彷彿快將他們吸進去。

麥克斯變出一根細細的大麻菸。

「我要用最強烈的字眼抗議。」佩赫杜用輕鬆的口氣慢條斯理地說。

「當然，當然，船長。信息收到，一個荷蘭人給我的，因為他沒錢買韋勒貝克（Houellebecq）的書。」

麥克斯點起大麻菸。

庫內諾用力聞了聞，「像燒焦的鼠尾草的味道。」

他笨拙地接過菸，小心翼翼抽了一小口。

「呸，好像舔耶誕樹。」

「你必須吸進肺，讓它在那裡盡量留久一點。」麥克斯建議，庫內諾遵照他的指示。

「媽啊！」他咳了幾聲。

佩赫杜輕輕吸了一口，讓煙在上顎盤旋一下。他怕失去自制，但也很想很想吸一口。此時此刻，時間、習性與化為石頭的恐懼好像構成一座水壩，遏止他的悲傷湧出。他覺得體內好像有著成了石頭的眼淚，沒有空間容納其他東西。

他還沒向麥克斯或庫內諾坦承，他為了她而離開巴黎的女人早已化成灰，也沒有承認他覺得羞愧，羞愧正在鞭策他。但他也不知道，到了奔牛村後該怎麼做，不知道自己期待在那裡會找到什麼。

內心的平靜嗎？要有資格得到內心的平靜，他還有好長一段路要走。

唉，好吧，抽第二口不會怎樣。

煙霧灼熱，這一回他吸到身體深處。他感覺有一片凝重空氣組成的海洋壓在身上，像海洋深處一樣寧靜，連貓頭鷹都沒有發出聲響。

「星星真多。」庫內諾結結巴巴地咕噥。

「我們一定是飛在天空，地球是鐵餅，沒錯，就是鐵餅。」麥克斯想要解釋。

「或一大盤冷肉。」庫內諾打著嗝說。

麥克斯和他噗哧一聲，哈哈大笑起來，河面發出迴音，驚動了樹林底灌木叢中的小野兔，牠們嚇得心撲通撲通跳，懶洋洋地往洞穴深處推擠。

夜露落在佩赫杜的眼皮上，他沒有笑。

「那麼，庫內諾，你在尋找的這個女人，她是怎樣的人？」笑聲平息後，麥克斯這麼問。

「美麗，年輕，被太陽曬得渾身發黑。」庫內諾回答。

他頓了一下。「除了你知道的那個地方之外，她的那裡像奶油一樣潔白。」他嘆了口氣。「味道也跟奶油一樣香甜。」

他們看見不時有流星亮起，星光劃過視野，然後消失無蹤。

「為愛做蠢事是最甜蜜的，但會付出最沉重的代價。」庫內諾低聲說，把毯子拉到下巴。「大大小小的蠢事都一樣。」他又嘆了口氣。「只有一晚，那時薇薇特已經訂婚，但那只表示不該有男人碰她，像我這樣的男人尤其不該。」

「怎樣的男人？外國人？」麥克斯問。

「不是，麥克斯，外國人不是問題，而是因為我是一個水上人——一般人忌諱跟我們這種人在一起。」

庫內諾又抽了一口，把大麻菸傳下去。

「遇見薇薇特，我像發燒似地——到今天還在燒。一想到她，我的血液就沸騰。她的臉從每一個影子、從水面上的每一道陽光凝視著我。我會夢到她，但每過一個晚上，我們可以共度的日子就少了。」

「不知為什麼，我覺得自己好老、好乾枯。」麥克斯說：「你們兩個都感受到深深的愛戀！一個尋找他的一夜情對象二十年，另一個說走就走……」麥克斯忽然打住。

在這句話後的停頓中，佩赫杜感覺到他藏在青草裡的意識每個邊緣都晃了一下。麥克斯剛才沒說出口的話是什麼？但麥克斯繼續說話，佩赫杜便不再去想這個問題了。

「我甚至不知道我應該渴望什麼，我從來沒有過深深愛上一個女人，我的心一直放在……不是那個女人的女人上。有一個長得很漂亮，但看不上錢賺得沒有她爸爸多的人。另一個人很好，但要花很久時間才聽得懂笑話。另一個女孩美得不得了，脫了衣服就開始哭——我不知道為什麼——所以我情願不要跟她上床。我用我最大件的毛衣裹住她，抱她一整個晚上。要知道，女人喜歡摟摟抱抱，但男人只得到一隻發麻的手，一個快爆炸的膀胱。」

佩赫杜又抽了一口菸。

「你的公主也在某個地方，麥克斯。」庫內諾信誓旦旦地說。

「那麼她在哪裡呢？」麥克斯問。

「也許你已經在尋找她了，只是你不知道你已經在尋找她的路上了。」佩赫杜低聲說。

他和瑪儂就是這樣。那日上午，他從馬賽搭火車，不知道半個小時後，會遇到一個女人，震撼他的人生地基，讓他的人生支柱倒塌。他當年二十四歲，不比麥克斯現在大多少。他與瑪儂只有五年偷來的時光，而為了那段日子，他付出了充滿心痛、渴望與寂寞的二十年。

「那些時光絕對是值得的。」

「船長，你說什麼？」

「沒什麼，我只是在思考，你們現在聽得到我的思緒？那麼你們兩個給我去跳水餵魚。」

旅伴發出低低的輕笑聲。

鄉間夜晚的寧靜似乎越來越夢幻，把男人拖離了當下。

「那你的愛人呢？船長。」庫內諾問：「她叫什麼名字？」

佩赫杜良久不語。

「抱歉，我不是有意……」

「瑪儂，她叫瑪儂。」

「一定長得很美。」

「跟春天的櫻桃樹一樣美。」

閉上眼，回答庫內諾用圓潤親切嗓音提出的難題，非常容易。

「而且聰慧，對吧？」

「她比我還了解我自己，她……教我去感受，去跳舞，以前我愛她的時候，我很快樂。」

「以前？」一個聲音問，但聲音輕得佩赫杜無法確定是麥克斯、薩瓦托或是自己內在審查員的聲音。

「她是我的歸宿，她是我的歡笑，她……」

佩赫杜沉默下來。死了，他說不出口。他十分畏懼潛伏在那個字後方的悲傷。

「你們見面時，你要對她說什麼？」

佩赫杜猶疑不定，接著選擇與他嚴守瑪儂已死的祕密一致的唯一真話。

「原諒我。」

庫內諾停止發問。

「我好羨慕你。」麥克斯說：「活出你的愛和嚮往，不管它們多麼瘋狂。我則相反，覺得自己像廢物。我呼吸，我心臟跳動，血管輸送血液，但我的寫作一點進展也沒有，我的世界分崩離析，我就像是一對被戳破的風箱，發出哼哼唧唧的聲音。人生並不公平。」

「只有死亡等候所有的人。」佩赫杜冷冷地說。

「那是真正的民主。」庫內諾補充。

「唔，我覺得死亡從政治角度被吹捧過度。」麥克斯說。他把大麻菸屁股交給佩赫杜。

「真的嗎？男人依據女人是否與她們的母親長相相似來選擇愛人？」庫內諾問。

「嗯。」佩赫杜說著想起了莉拉貝兒・貝尼爾。

「當然！那樣的話，我得找一個老罵我是包袱，在我看書或用她不會的字時賞我巴掌的女人。」庫內諾笑中帶淚地說。

「那我找一個到了五十多歲才學會說不，學會吃真正喜歡而不是最便宜的東西的人。」麥克斯坦承。

庫內諾踩熄菸捲。

「喂，阿薩。」他們快睡著時，麥克斯問：「我可以寫你的故事嗎？」

「不行，朋友。」薩瓦托回答：「請想出自己的故事來，麥克斯小朋友，你拿走我的故事，我就沒有自己的故事了。」

麥克斯深深嘆了一口氣，「啊，好吧。」他睏倦地喃喃說：「你們兩個至少給我幾個字吧？最喜歡的一個字或兩個字？幫助我入眠？」

庫內諾咂嘴，「譬如牛奶舒芙蕾？通心粉之吻？」

「我喜歡聽起來像是它所描述的東西的字。」佩赫杜閉上眼輕聲說：「夜晚微風，深夜跑者，夏日孩童。我把『叛逆』想成一個穿著假想盔甲的小女孩，反抗她所不要的一切，像是遵守規矩、維持苗條、保持安靜——絕對不要！叛逆小姐，一個抵抗理性黑暗勢力的孤獨騎士。」

「有些字會傷人。」庫內諾喃喃地說：「像是耳朵裡、舌頭上的刀片，比如紀律、常規或理性。」

「人人把『理性』掛在嘴上，難怪其他的話幾乎無法通過。」麥克斯先是抱怨，然後笑著說：「想像這種情形：你必須先買下美麗的字，才能夠使用。」

「那麼有『語言腹瀉』的人馬上就破產。」

「那麼有錢人就掌權了，因為他們買下了所有重要的字。」

「『我愛你』最貴。」

「如果沒有真誠使用，會付出雙倍代價。」

「窮人必須偷字，或不講話，用動作表示。」

「不管怎樣，我們都該以動作表達，愛是一個動詞，所以……做出來吧。少說多做，對吧？」

唷，大麻的作用真驚人。

不久，阿薩和麥克斯滾出毯子，溜去甲板底下的臥舖。

麥克斯・喬登離開前，瞄了佩赫杜最後一眼。

「怎麼了？先生。」佩赫杜疲倦地問：「想要再來一個字帶上床？」

「我？……不是，我只是想說……我真的喜歡你，無論……」

麥克斯看起來好像還有話想說，但不知怎麼說出口。

「我也喜歡你，喬登先生。確切地說，很喜歡你。我很高興做你的朋友，麥克斯先生。」

兩個男人四目相對，臉上唯一的光線來自月亮，麥克斯的眼睛在黑暗中。

「對。」年輕男子低聲說：「對……尚，我很樂意做你的朋友，我會努力做一個好朋友。」

佩赫杜聽不懂最後幾個字，但聽過就忘記了。

剩下佩赫杜一人時，他只是躺在那裡。夜的芳香開始改變，有一股香氣不知從哪裡飄來……是薰衣草嗎？

他的內心有樣東西打了哆嗦。

他想起來，未結識瑪儂前，年輕的他對薰衣草的味道也有相同的感覺，好像內心早就知道，在遙遠未來的某一個時間點，這個味道將與嚮往有關。與痛，與愛，與一個女人有關。

他深吸一口氣，讓這段記憶從頭到腳掃過全身。沒錯，他或許很早就意識到了，在麥克斯的年紀，就意識到瑪儂將對他的人生帶來一波激烈的衝擊。

尚．佩赫杜從船首拿下瑪儂縫製的旗子，撫平之後，他跪下來，凝視書鳥的眼睛。在那一點上，瑪儂的血滴乾枯成深色的污漬。

他歪著頭跪在那裡，低聲呢喃：

我們隔著好多夜晚，瑪儂。

隔著夜晚、白天、國家、海洋。無數生命來了又去，妳等待著我。

在某處的房間，在隔壁。

懂我，愛我。

在我心中妳依然愛我。
妳是雕琢我心石的恐懼。
妳是在我內心期盼的生命。
妳是我害怕的死亡。
妳來到我的生命，我對妳收回我的誓言，我的哀愁，我的記憶。
妳在我心中的地位和我們共度的所有時光。
我遺失了我們的星星。
妳會原諒我嗎？
瑪儂？

26

「麥克斯！前面又有恐怖密室了！」

喬登拖著腳步走上甲板。「要不要來打賭？船閘管理員的笨狗又會在我手上撒尿，就像之前那一千個船閘的狗一樣？轉討厭的把柄，打開閘門水閥，我的手指都流血了。這雙輕柔的手還能再撫摸母音嗎？」麥克斯責備似地伸出紅通通的雙手，上頭布滿化膿的小水泡。

他們開過無數牛群走到淺水處涼快一下的草地，也經過舊日貴族情婦的雄偉城堡，現在即將抵達離桑塞爾不遠的葛朗奇船閘。

酒鄉小鎮坐落在小山丘上，遠遠即可看見。這裡是二十公里長的羅亞爾河自然保護區的南緣邊界。

垂柳如頑皮的手指蔓生到水裡，柳枝包圍上來，不斷變化，書船駛入綠牆的擁抱中。果不其然，那一天，每個船閘都有一隻神經兮兮的狗對他們汪汪大叫，每一隻亂吠的狗都不偏不倚對著麥克斯繫船的纜柱撒尿。船閘的水流進流出，麥克斯打算綁兩條纜繩讓書船固定在船閘內，這一次卻不小心讓兩條纜繩從指尖滑到甲板上。

「別擔心，船長！庫內諾來處理船閘。」

短腿的義大利人把晚餐材料放到一旁，穿著花布圍裙爬上梯子，到了船頂，用套著鮮豔隔熱手套的手，將船纜像蛇一樣來回甩動。見到這條繩索蟒蛇，狗往後退開，悻悻地跑掉了。

接著，庫內諾一手轉動鐵條，開啟調節進水的槳片，緊繃的肌肉從短袖條紋上衣底下鼓起。他一面工作，一面用船夫的男高音唱著「該來的總是會來」，還趁著船閘管理員沒注意時，對著管理員心花怒放的老婆眨眼。船開過去時，他給管理員一罐啤酒，於是贏得一個微笑以及兩個情報：當晚在桑塞爾有場舞會，下一個港口的港務長柴油用光了。管理員也用「不」回答了庫內諾最重要的問題：月光號貨船很久沒有走這一條路，上次看到大約是前總統密特朗快過世的時候。

佩赫杜觀察庫內諾得到消息的反應。

一週來，他聽到同樣的話：「沒有、沒有、沒有。」他們問過船閘管理員、港務長和船長，甚至在河岸對文學藥房揮手的客人。義大利人聽了就面無表情地謝謝他們，他內心一定燃著無法熄滅的希望之火，還是說他繼續尋覓只是出於習慣呢？

習慣是自負又陰險的女神，不許任何事攪亂祂的規則。祂壓抑一個又一個的渴望：旅行的渴望，更好的工作或新戀情的渴望。祂攔阻我們按照喜好過日子，因為習慣會妨礙我們詢問自己是否依舊享受我們在做的事。

庫內諾來到舵輪前與佩赫杜作伴。

「唉，船長，我失去了我的愛人，那這年輕人呢？」他問：「他失去了什麼？」

兩個男人看向麥克斯，麥克斯倚欄凝視河水，思緒顯然在很遙遠很遙遠的地方。

麥克斯越來越少說話，連鋼琴都完全不彈了。

我會努力做一個好朋友，他這樣對佩赫杜說。他說「努力」，是什麼意思呢？

「他失去了繆思，薩瓦托先生，麥克斯跟祂打契約，放棄正常的人生，但他的繆思走了。現在他沒有人生——沒有正常的人生，也沒有精采的藝術人生。所以，他在追尋祂的蹤影。」

「我懂了，也許是他不夠愛他的繆思？如果真的是這樣的話，他必須從頭再次向她求婚。」

作家可以與他們的繆思再婚嗎？麥克斯、庫內諾和他該不該光著身體，在野花草地上繞著燃燒葡萄細藤的營火跳舞呢？

「繆思是怎樣的個性？像小貓嗎？」庫內諾問：「不喜歡人低三下四地求祂們的憐愛。還是像狗呢？跟別的女孩做愛會招惹繆思嫉妒嗎？」

尚・佩赫杜想回答繆思像馬，但還來不及說，他們就聽到麥克斯在呼喊。

「一隻鹿！那裡，在水裡！」

沒錯。在他們的前方，有一隻精疲力竭的小鹿在運河中央胡亂揮動四足，牠看見後方赫然聳現一艘佩尼切型駁船，就開始驚慌起來。

牠想在河岸上找個立足點，試了又試，但人工運河的堤防溜滑陡峭，牠怎樣也無法逃離致命的河水。

麥克斯把身子探到欄杆外，想用救生圈救起這隻疲憊不堪的動物。

「別管了，麥克斯，你會掉下去。」

「我們必須救牠！牠自己上不來——牠快沉下去了！」

這時，麥克斯抓起一條泊繩，做了個套索，反覆朝小鹿的方向拋去，結果動物驚慌失措，扭動得更加厲害，在水中載沉載浮。

小鹿眼底的恐懼觸動了佩赫杜內心的某樣東西。

「保持冷靜。」他懇求這隻動物。「保持冷靜，相信我們，相信我們……相信我們。」他關掉露露號的引擎，讓駁船倒轉方向，但船繼續滑行了幾十公尺。船身中央對齊小鹿的位置。

小鹿拚命掙扎，每一回繩子和救生圈嘩啦啦落入水中，牠的絕望就加深。牠朝著他們扭動纖弱稚嫩的頭，褐色眼睛因為驚恐而瞪大。

接著，牠發出啼叫，一種介於嘶啞嗚咽與哀怨哭喊的聲音。

庫內諾火速脫下鞋子、襯衫，準備躍入運河中。

小鹿呦呦地不停尖叫。

佩赫杜急忙評估取捨，他們該不該靠岸停船？從陸上也許可以抓住牠，將牠從水中拉起來。

他把船轉向河岸，聽見船身摩擦到運河堤岸。

小鹿繼續用同樣絕望的尖音呦呦呦呦叫著，而且動作越來越疲倦，越來越沒力氣用前肢攀住河岸。牠找不到可以攀住的點。

庫內諾穿著內褲站在欄邊，他一定明白一件事：如果他自己也爬不出運河，他是救不了小鹿的，而露露號的船體太高，他無法將掙扎的小鹿推上船，也不可能抱著鹿爬上緊急救生梯。

好不容易，他們終於把船停妥，麥克斯與佩赫杜跳上岸，穿過矮叢，回頭朝小鹿的方向奔去。在他們停船期間，小鹿使勁離開他們這一岸，設法想要抵達對岸。

「牠為什麼不讓我們幫忙？」麥克斯低聲說，眼淚滾下臉頰。「到這裡來！」他啞著聲音說：「到這裡來，你這愚蠢的小討厭！」

他們只能眼睜睜看著。

小鹿嗚咽抽泣，竭力想要爬上對岸，接著居然放棄了努力，滑回水裡。男人無言望著小鹿掙扎，牠只能讓頭繼續浮出水面。牠一次又一次瞥他們一眼，想要撥水遠離他們，恐懼的眼神充滿了懷疑和違抗，深深刺痛了佩赫杜的心。

小鹿發出最後一聲絕望的長鳴，接著不再發出聲響。

牠沉下去。

「哦，天啊，幫幫忙。」麥克斯低呼。

小鹿再次出現時，牠側身浮在水上，頭在水底，前肢抽搐。陽光閃耀，蚊蚋飛舞，林間某處有一隻鳥啁啾鳴叫，小鹿的身體則死氣沉沉地打轉。

淚珠滾落麥克斯的臉龐，他步入水中，朝屍體游去。

佩赫杜和薩瓦托看著麥克斯拖著小鹿無力的身軀回到佩赫杜所在的這一岸。麥克斯以未知的力量舉起瘦削潮濕的屍體，讓佩赫杜抓住小鹿，因為他一個人很難將小鹿搬上岸。

小鹿身上有鹹水和枯枝的味道，有一股遠離城市的陌生古老世界的香氣。潮濕的鹿毛豎起，佩赫杜小心地將小鹿放在身邊被日光曬得暖和的地上，把小腦袋擱在自己的腿膝處。他期盼奇蹟出現，小鹿會自行動了動，晃著腳站起來，接著朝樹叢衝去。

佩赫杜撫摸幼獸的胸膛、背部，然後撫摸牠的頭，彷彿光是碰一碰牠就能破解咒語。在瘦削的骨架上，他感覺到依存的體溫。

「醒來吧。」他溫柔地祈求：「醒來吧。」

他一次又一次撫摸腿上的腦袋。

小鹿茶色的眼睛茫然望著他的身後。

麥克斯敞開手臂仰泳。

庫內諾在甲板上將臉埋入手中。

沒有一個男人敢看著另一個人。

27

他們不發一語地朝南而行，沿著羅亞爾河運河支道，穿過勃艮第，通過在河面上方交錯出猶如教堂拱頂的蒼鬱樹林。有些葡萄園面積廣大，成排的葡萄藤彷彿延伸到地平線。遍地繁花綻放，把船閘和橋墩襯得鮮豔明亮起來。

三個男人默默吃飯，默默賣書給岸上客人，互相閃避。那一晚，他們在船上各自的角落看書。困惑的貓咪從一個人走到另一個人身邊，但那也無法將男人自他們刻意營造的孤獨中拉出。無論是用頭輕推，還是熱情凝視，或是發出打探的喵嗚聲，都引不起男人的反應。

小鹿的死摧毀三個男人構成的星星，而今每個人獨自在時間中漂流——在可怕的時間迷宮中。

佩赫杜長時間思索，在劃線學生筆記本上編寫情緒大百科。他望著窗外，卻沒有注意天空發出從紅到橘的各種顏色。思考像是費力地走過糖漿一樣。

第二天晚上，他們通過納韋爾，經過一番短暫焦急的討論後——「何不在納韋爾停？我們可以在那裡賣書。」「納韋爾的書店夠多了，但沒有人能賣我們柴油。」——趕在船閘入夜關閉前，他們在一個叫阿利耶河畔阿普雷蒙的地方停船。小村子位於阿列河的河灣處，庫內諾認識幾個人——一名雕刻家及他的家人住在村子與河流之間一棟偏僻的屋子。

從「法國花園」這裡到迪古安和進入中央運河的岔道並不遠，沿著中央運河可以前往隆河，接著順著塞耶河，便可抵達書城居瑟里。

卡夫卡和林格倫蹦蹦跳跳下船，跑進河岸森林捕獵。幾秒鐘後，一群鳥從林間慌亂飛出。

三個男人在村子裡走動時，佩赫杜感覺好像回到了十五世紀。樹木高大，枝葉扶疏，這裡有許多沒有鋪砌的小徑，寥寥幾棟用黃色砂岩、淺桃色泥土和紅磚蓋的屋子，菜園裡的花朵和在房舍攀爬的葛藤也帶有濃濃的古意——這些結合在一塊，讓人覺得走入了一個有騎士和女巫存在的古代法國。古色古香的小村子裡的人，多是石匠和建築工人，一幢小城堡盤踞在高處，太陽西沉，城堡牆垣在夕照下發出金紅色的光輝。只有在阿利耶河河畔野餐的旅人的現代腳踏車破壞了這個印象。

「這地方有點太做作了。」麥克斯抱怨。

從古老的矮圓塔後方走過，他們穿過一座花圃，園中繁花綻放，紅的、白的、粉的，那景色花香讓佩赫杜感到暈眩。小徑上垂著碩大的紫藤，湖中屹立一座只能經由踏腳石抵達的孤獨寶塔。

「這裡有真人住嗎？還是他們全是電影臨時演員？」麥克斯問：「這要幹嘛？給美國觀光客的風景明信片？」

「麥克斯，真的有人住在這裡，比其他人稍微更認真抵抗現實的那種人。另外，阿普雷蒙不是為美國人蓋的，而是為了追求美。」庫內諾回答。

他撥開一大叢杜鵑花，老舊的高石牆上露出一道隱藏的門。他推開門，他們步入一座寬敞的院子，修剪整齊的草坪通往一棟豪華的大宅，房子有挑高的外推窗、角樓、兩棟側樓和一座露臺。

佩赫杜覺得尷尬，像走錯了地方，他已經很久很久不曾去別人的家了。他們越走越近，聽到清脆的鋼琴聲和串串笑聲。穿過院子時，佩赫杜瞥見一個女人坐在一株山毛櫸底下的椅子上，一絲不掛，只戴著一頂優雅的舊帽子，她正在畫油畫。在她旁邊是個穿著過時英式夏季套裝的年輕男子，男子坐在有輪子的鋼琴前。
「嘿！嘴巴長得很好看的那個！會彈鋼琴嗎？」裸女見到三個男人大喊。
麥克斯臉紅了——點點頭。
「那麼彈個什麼給我聽吧，顏料愛跳舞，我弟弟不會分B調和降B調。」
麥克斯擠進凳子和附輪的鋼琴之間，竭力不要癡癡傻傻地盯著那女人的胸脯——尤其因為她只有一個乳房，左邊的乳房，右側紅色細痕則透露另一個同樣渾圓年輕的乳房的原本位置。
「好好看一看，滿足你的好奇吧。」她說。她摘下帽子，向麥克斯展示自己——一顆長出短髮的光禿禿頭骨，一個在艱難中重生的肉體。
抑制住尷尬、迷惑與憐憫後，麥克斯問：「妳有最喜歡的曲子嗎？」
「有，美唇先生，很多很多，幾千首！」她探身過去，對麥克斯耳語，然後戴回帽子，期待地拿畫筆去蘸調色盤上的紅色顏料。
「我準備好了。」她說：「叫我艾萊雅！」
很快，〈帶我飛向月球〉（Fly Me to the Moon）響起，麥克斯彈奏出精采的爵士版本，藝術家隨著流動的樂音揮動畫筆。
「她是哈維爾的女兒。」庫內諾對佩赫杜悄聲說：「從小就與癌症對抗，我很高興看見她顯然還在占上風。」
「不可能！這不可能是真的！離開了這麼久，你以為你可以就這樣突然跑來嗎？」一個大約和佩赫杜同年紀的女人從露臺跑過來，飛奔撲入庫內諾的懷中，眼中閃爍著笑意。
「你這個搓揉義大利麵的討厭鬼！哈維爾，看看誰來了——石頭按摩師！」

屋裡冒出一個人，他穿著磨破的粗糙燈芯絨長褲及格紋襯衫。佩赫杜走近再一瞧，發現那屋子根本不如遠遠看去那樣宏偉，金色枝形吊燈與僕傭成群的輝煌年代，已經是數十年前的過去了。

這時，眼睛在笑的女人轉向佩赫杜。

「哈囉。」她說：「歡迎來到石頭家族！」

「哈囉。」尚・佩赫杜啟齒：「我叫……」

「哦，別管名字了，這裡不用名字，我們在這裡想叫自己什麼就叫什麼，或用我們的專長稱呼我們。你有什麼專長嗎？或者有什麼特別的地方？」

她深褐色的眼睛閃著火花。

「我是石頭按摩師！」庫內諾大聲說。他對這個遊戲很熟。

「我是……」佩赫杜開口。

「別聽他，賽爾妲，他是一個靈魂顧問，可以讀到人的靈魂。」庫內諾說：「他叫尚，他會給妳助妳再度好眠的書喔。」

賽爾妲的丈夫輕拍他的肩膀，他往後轉身。

豪宅的女主人更專心審視佩赫杜。

「真的嗎？」她問：「你可以讀到靈魂？那麼你能創造出奇蹟。」

她微笑的嘴邊有哀傷的痕跡。

佩赫杜的眼神在花園移動，最後停在艾萊雅的身上。

麥克斯現在正在替哈維爾和賽爾妲生病的女兒狂野地彈奏〈滾吧，傑克〉（Hit the Road, Jack）。

賽爾妲一定累了，佩赫杜心想，死亡與他們共同擁有這間美麗的屋子這麼久，她一定累了。

「妳……給它取名字？」他問。

「它？」

「在艾萊雅的身體中生存休眠的東西——或假裝休眠。」

賽爾妲摸摸佩赫杜沒有刮鬍子的臉頰。

「你熟悉死亡，嗯？」她露出哀傷的笑容。「它——癌——叫盧波，艾萊雅九歲時給它取的名字，盧波，跟卡通上那隻狗[17]一樣。她想像它們像室友一樣住在她的身體裡，她尊重它有時需要更多關注的事實。她說，比起想像它想要毀滅她，那樣想她更容易放心，哪有東西會毀滅自己的家呢？」

賽爾妲注視著女兒，露出慈愛的笑容。「盧波跟我們同在一起超過二十年了，我感覺它開始覺得老了，也累了。」

她突然轉身離開佩赫杜，向庫內諾瞥了一眼，好像後悔剛才的直率。

「輪你了，你去了哪裡，找到薇薇特沒，會留下來過夜嗎？統統告訴我。還有，幫我做菜。」她對拿坡里人發號施令，挽起他的手臂帶他進屋子。哈維爾用左手攬著義大利人的肩膀，艾萊雅的弟弟雷昂跟在後頭。

佩赫杜自覺多餘，在花園無所事事地走來走去。在花園一角一株山毛櫸底下的陰暗樹蔭，他發現了一張經過風吹雨打的石椅。在這裡沒有人可以看見他，但他可以看見一切，看

17. 係指卡通短片《屠夫盧波》（*Lupo the Butcher*）。

得到屋子。他看到燈一盞一盞亮起，屋裡的人在房間移動。他看見庫內諾跟著賽爾妲在大廚房裡忙著，哈維爾看樣子正跟雷昂坐在餐桌前抽菸，偶爾提出問題。

麥克斯停止彈琴，艾萊雅和他輕聲閒聊。接著，他們接吻了。

不久，艾萊雅拉著麥克斯跟她走去屋子的深處，一根蠟燭在凸窗發光。佩赫杜看到艾萊雅的影子跪在麥克斯身旁，朝著麥克斯俯身，握著他的雙手到她心臟跳動的位置。佩赫杜看到她偷了一個盧波沒有資格得到的夜晚。

後來，艾萊雅穿著一件長T恤，輕快地離開房間，走進了廚房，麥克斯依然躺在原地。佩赫杜看到艾萊雅坐到她父親隔壁的長椅上。

麥克斯馬上也跌跌撞撞走進廚房，幫忙擺餐具，開酒瓶。從藏身處，佩赫杜可以看見艾萊雅望著背對自己的麥克斯，她看著麥克斯裝出淘氣的神色，好像一切只是個天大的玩笑。當艾萊雅沒有注意時，麥克斯朝她露出害羞天真的笑容。

「請別愛上一個來日無多的女人，麥克斯，那會非常煎熬。」佩赫杜低聲說。

他感覺胸口有一樣東西縮緊，悄悄爬上他的喉嚨，突然自他的嘴巴湧出。

深沉顫抖的嗚咽。

牠的叫聲多麼絕望，小鹿的叫聲多麼絕望！哦，瑪儂。

接著，來了，眼淚來了。他勉強靠著山毛櫸，把手緊貼在樹幹兩側支撐。

他抽泣，他流淚。尚・佩赫杜不曾這樣哭過。他靠著樹，突然出了一身汗，聽見聲音從嘴裡發出來，好像有一座水壩破裂了。他不知道這持續了多久，幾分鐘？十五分鐘？更久？

他將頭埋在手中啜泣，發出低沉絕望的哭聲，直到啜泣突然停止；彷彿他割開一個潰瘍，擠出裡面的膿，最後只剩下疲憊的空洞——以及一股溫暖，一股未知的溫暖，可能是淚水激發的引擎所製造出的暖意。這股暖意讓佩赫杜站起來，大步走過庭院，越走越快，最後跑了起來，直接走進大廚房。

他們還沒開始吃呢，他感到短暫奇異的喜悅，因為這群陌生人等待他，因為他不是多餘的。

「當然，就像一幅畫，好的肉醬可以……」庫內諾讚不絕口，話講到一半，他和他的聽眾都驚訝地抬起頭。

「你來了！」麥克斯說：「你躲去哪裡了？」

「麥克斯、阿薩，我有話要對你們說。」佩赫杜不經意說了出口。

28

說出來，真的說出來了，並聆聽這句話聽起來是怎樣的。這句話懸在賽爾妲和哈維爾的廚房，垂在沙拉碗和紅酒杯之間。聽一聽這句話的意義。

「她死了。」

代表他是孤單的。

代表死神一視同仁。

他感覺有一隻小手握住了他的手。

是艾萊雅。

艾萊雅拉著佩赫杜坐到長椅上，他的膝蓋在發抖。他先看著庫內諾，接著看著麥克斯，直視他們的眼睛。

「我不用趕路。」他說：「因為瑪儂已經死了二十一年了。」

「天啊。」庫內諾倒抽一口氣，用義大利語驚呼。

麥克斯咻地吸了一口氣，接著把手伸進襯衫口袋，抽出一張對摺兩次的剪報，放到桌上推給佩赫杜。

「我在布里亞爾時找到的，在普魯斯特裡面。」

佩赫杜打開紙片。

是訃告。

他將它塞到文學藥房隨手拿得到的第一本書中，又隨意放回架上，過了一陣子，就忘了是哪一本書，忘了它可能在數千本書中的哪裡。

他把紙攤平，又摺起來，放到口袋裡。

「但你什麼都沒說，你知道我把你蒙在鼓裡。不對，我們實話實說吧。你知道我對你說謊，但沒說你知道我在對你說謊，也對自己說謊，直到……」

直到我準備好了。

喬登微微聳了聳肩膀。

「當然。」他輕聲地說：「不然呢。」

走廊的老爺鐘滴答滴答地走。

「謝謝你……麥克斯。」佩赫杜低聲說：「謝謝你，你是個好朋友。」

他站起來，麥克斯也站起來，他們隔著桌子擁抱，尷尬又不自在，但佩赫杜擁抱麥克斯時，他終於覺得輕鬆了。

他們再次找到彼此。

佩赫杜覺得又有眼淚湧上來。

「她死了，麥克斯，天啊！」他哽咽地對著麥克斯的脖子輕聲說，年輕人將佩赫杜抱得更緊。他一個膝蓋擱在桌上，小心地將杯盤菜餚移到一旁，給佩赫杜一個非常強勁、非常緊密的擁抱。

尚・佩赫杜又流下眼淚。

賽爾妲忍著不哭出聲來。

艾萊雅無限柔情地看著麥克斯，擦去滾落的淚水。她的父親靠著椅背關注這場戲，一手把玩著鬍鬚，另一手的手指捻著香菸。

庫內諾緊緊盯著自己的盤子。

「好了。」佩赫杜激動哭過之後，小聲地說：「好了，沒事了，真的，我需要喝杯酒。」

他呼呼吐了一口氣。很奇怪，他起初想笑，接下來想親吻賽爾妲，然後要與艾萊雅跳舞。

他阻撓自己哀悼，因為……因為他從來沒有正式成為瑪儂的人生的一部分，因為沒有人跟他一起哀悼，因為他一個人擔著愛情的擔子，完全是一個人。

直到今天。

麥克斯從桌子上下來，眾人重新擺放杯盤，餐具嘩啦啦地打在瓷磚上。哈維爾說：「好吧，我再開瓶酒。」

氣氛開始愉快起來，直到……

「等等。」庫內諾很小聲地提出要求。

「什麼？」

「我說，請等一下。」

庫內諾目不轉睛地看著盤子，水從下巴滴落到沙拉醬裡。

「船長，親愛的麥克斯，親愛的賽爾妲、哈維爾，我的朋友，小艾萊雅，親愛的小艾萊雅。」

「還有盧波。」年輕女子低聲說。

「我也要……坦承一件事。」

他的下巴抵著壯碩的胸膛。

「就像這個……喏，薇薇特是我愛的女孩，這二十一年來，我在法國每一條河、每一個碼頭、每一個河港尋找她的下落。」

每個人點點頭。

「結果？」麥克斯試探地問。

「結果……她嫁給拉圖市市長，結婚二十年了，生了兩個兒子，還有一個難以置信的三層大屁股。我在十五年前就找到她了。」

「啊。」賽爾妲嘆了口氣。

「她記得我，但在想起我是誰之前，把我誤認成馬力歐、吉歐凡尼與阿爾諾。」

哈維爾俯身向前，眼睛突然一亮。他不出聲地抽著菸。

賽爾妲露出不安的笑容，「你一定是在開玩笑吧。」

「沒有，賽爾妲。總之，我繼續尋找多年前的夏夜在河上遇到的薇薇特，即使我早就找到薇薇特本人，因為找到了薇薇特本人，我必須繼續尋找她，這……」

「變態。」哈維爾厲聲打斷他的話。

「爸爸！」艾萊雅驚恐地大叫。

「哈維爾，我的朋友，我非常……」

「朋友？你對我、對我老婆說謊！在這裡，在我的屋子裡。七年前你來找我們，給我們……一大堆謊話。我們給你工作，我們信賴你，天呀！」

「讓我解釋原因。」

「你用你那無聊的浪漫喜劇騙取我們的憐憫，噁心。」

「請不要大聲說話。」佩赫杜嚴厲地說：「他這麼做，絕對不是想為難你，你看不出來這件事讓他多麼痛苦嗎？」

「我愛多大聲說話就多大聲說話，難怪你會懂他，你看起來腦筋也不大正常，想著你那個死掉的女人。」

「先生，你說話太過分了。」麥克斯急促地說。

「我還是離開吧。」

「不要走，庫內諾，請別走，哈維爾的心情很緊張，我們正在等待盧波的檢驗結果。」

「我不是緊張，我是氣憤，賽爾妲，氣憤。」

「我們三個人要走了，馬上就走。」佩赫杜說。

「最好快走。」哈維爾咬牙說。

佩赫杜站起來，麥克斯也是。

「庫內諾？」

這時，庫內諾才抬起眼，淚水從眼睛流出，有無限的悲傷。

「非常謝謝妳的殷勤招待，賽爾妲夫人。」佩赫杜說。

她對他露出一個絕望的淺笑。

佩赫杜轉身對生病的女孩說：「祝盧波的檢驗順利，艾萊雅小姐，我非常非常遺憾妳所承受的痛苦，由衷地為妳感到難過。」接著又對哈維爾先生說：「為了你好，哈維爾先生，我希望你的好妻子會繼續愛你，有一天你會明白她對你的愛是多麼珍貴。再見了。」

根據哈維爾的表情，他顯然想給尚・佩赫杜一拳。

艾萊雅追著男人穿過漆黑無聲的庭院，除了蟋蟀的唧唧叫，只聽得見她踩在晚間潮濕草地上的腳步。艾萊雅打赤腳走在麥克斯身旁，麥克斯輕輕握著她的手。

當他們走到船邊，庫內諾用嘶啞的聲音說：「謝謝你……送我一程，尚・佩赫杜，我收拾好東西就走。」

「不用堅持自尊，溜進夜晚裡，阿薩。」佩赫杜平靜地說。

他爬上船梯，庫內諾遲疑地跟了上去。

他們把旗子從船首拆下來時，佩赫杜輕笑了一聲問：「三層大屁股？到底是什麼啊？」

庫內諾遲疑地回答：「唔，想像三層的下巴肉……在某個人的屁股上。」

「我才不要想像。」佩赫杜哼了一聲，忍俊不禁。

「認真點好不好。」庫內諾發出抱怨。「想想看，如果你的人生至愛變成一個幻影，有馬一樣的屁股，馬的牙齒，還有一個大概得了空曠空間恐怖症的腦袋。」

「怕沒有人的空間？可怕。」

他們害羞地相視一笑。

「愛或不愛應該像喝咖啡還是茶，應該讓人選擇，否則我們怎麼忘掉死去的人與失去的女人呢？」庫內諾沮喪地低聲說。

「也許我們不該忘記。」

「你這麼想？不忘掉，但……然後呢？接下來怎麼做？死去的人希望我們做什麼任務？」

那正是尚・佩赫杜多年來無法回答的問題。

直到現在，他現在知道了。

「把他們放在心裡帶著——那是我們的任務，我們把他們都放在心裡面，我們所有逝去和粉碎的愛情，只有他們才讓我們變得完整。如果我們開始遺忘，或者把我們所失去的拋開，那麼……那麼我們也不再存在了。」

佩赫杜望著月光下波光瀲灩的阿列河。

「所有的愛，所有死去的人，所有我們所認識的人，他們是匯入我們靈魂大海的河川，我們若是拒絕記住他們，那片大海也會乾涸。」

他的內心感受到一股難以抵擋的渴望，他想在時光加快流逝之前用雙手抓住生命。他不想因乾渴而死，他想跟大海一樣寬闊，一樣自由——豐盈深渺。他渴望朋友，他想要愛人，他要感受瑪儂留在他心上的印記，他仍舊想感受她席捲他，與他交融。瑪儂永遠改變了他——何必否認這一點？他就是因此成了凱薩琳允許靠近的男人啊。

尚·佩赫杜恍然大悟，凱薩琳永遠無法取代瑪儂的位置，她將有屬於自己的地位，沒有更差，沒有更好，只是不一樣。

他好想好想讓凱薩琳看一看他浩淼的大海！

佩赫杜和庫內諾看著麥克斯和艾萊雅接吻。

佩赫杜知道，他們不會再提起他們的謊言和幻想，該說的已經說了。

29

一週過去了，他們吞吞吐吐，小心翼翼，互相透露人生的重要事件。薩瓦托的母親是清潔婦，父親是一個已婚的教師，他是停課期間一場「意外」產下的「包袱」。佩赫杜的父親是工匠，偶爾才工作，母親是來自貴族家庭的學者，父母之間吵吵鬧鬧。麥克斯是一個爛好人和一個書呆子挽救僵化婚姻的最後嘗試，一再期待與一再失望讓他們累了。

他們賣書，讀故事給兒童聽，用幾本小說交換鋼琴調音。他們唱歌大笑。佩赫杜用公共電話打電話給父母——還有二十七號。

沒有人接，雖然他讓電話響了二十六聲。

他問父親，突然間從一個愛人變成一個父親是怎樣的感受。

華金異乎尋常沉默良久，接著佩赫杜聽到他用力抽鼻子。「哎，阿尚……有了孩子就像永遠丟棄自己的童年，好像只有到了當上父親，才真正明白身為男人的意義。也會怕自己的全部弱點被揭開，因為做父親必須付出的比你能給的還多……因為非常非常愛你，我總是覺得必須要贏得你的愛。」

於是，兩人都抽鼻子。

「阿尚，為什麼問這個問題？你是說你……」

「沒有。」

可惜沒有，有一個像麥克斯的兒子和一個女兒——一個叛逆小姐——很棒，會很棒，可以很棒，應該很棒。

尚感覺好像他在阿列河流的眼淚在他心中創造出空間，他可以用芳香、擁抱、父親的愛……以及凱薩琳來填滿那些最初的空白，也可以塞進他對麥克斯和庫內諾的喜愛及大地之美。他在悲傷底下找到一個地方，情緒和快樂可以與柔情以及他畢竟也是討人喜歡的領悟並存。

他們經由中央運河抵達索恩河，不料駛入了暴風眼之中。在第戎和里昂之間，勃艮第天空堆起黑壓壓的烏雲，狂風怒號，一道接著一道的閃電劈裂天空。

柴可夫斯基的鋼琴協奏曲，像是約拿[18]的鯨魚肚裡的火星，照亮露露號陰暗的船艙。麥克斯的雙腳堅定地撐著鋼琴琴身，像變魔術般，從琴鍵上變出民謠、華爾滋和詼諧曲，而船隨著索恩河的浪頭東倒西歪地行駛。

佩赫杜從沒聽過這樣的柴可夫斯基：有暴風雨的喇叭和小提琴伴奏，還有引擎哼哼轟轟的聲音，風呼呼吹著，想把船吹到岸上，脆弱甲板的中段木板嘎吱嘎吱響。書從架上嘩啦啦掉下來，林格倫躺在一張用螺絲固定住的沙發底下，卡夫卡垂下耳朵，從扶手椅的襯墊裂縫查看四周滑動的書籍。

尚・佩赫杜沿著索恩河的支流塞耶河行駛，前方的景色讓人聯想到一間蒙著水氣的超大洗衣店。他可以聞到空氣的味道——有電的味道。他可以聞到起泡泛綠的水的味道，他可以感覺舵輪在起繭的手中轉動——他非常高興他活著，現在活著，此刻活著！

他甚至享受這場蒲福風級[19]五級的暴風雨。

正當船在滔滔水浪中顛簸震盪時，他從眼角瞄到了那個女人。

她穿著一件透明塑膠雨衣，帶著一把像倫敦股票經紀人拿的雨傘，凝視遠處被強風吹低的蘆葦，舉起手致意（他簡直不敢相信，但那人真的舉起了手），然後拉開斗篷拉鍊，把斗篷丟到一旁，轉身敞開手臂，右手拿著打開的雨傘。

接著，她像里約熱內盧科科瓦多山頂敞開手臂的基督像一樣，讓自己往後跌入水波搖蕩的河中。

「搞什……」佩赫杜急忙低聲說。「阿薩！水裡有女人！」他大聲呼叫，義大利人從廚房衝出來。

「啥？你喝了什麼？」他大聲說。佩赫杜卻只是指著在翻騰水浪中浮浮沉沉的身體，還有那一把雨傘。

拿坡里人目不轉睛看著起泡的河，雨傘沉下水裡。

庫內諾的牙齒嘎嘎響。

他抓起船纜和救生圈。

「開靠近一點！」他發號施令：「麥克斯！」他大聲說：「離開鋼琴！我這裡需要你，馬上來……立刻！」

佩赫杜使勁將書船往河岸駛去，庫內諾在欄杆旁站好，將繩子綁在救生圈上，粗短的雙腿靠著船舷。接著，他用最大的力量將救生圈拋向水中的女人。他把繩子的另一頭交給望著的麥克斯，麥克斯的臉已經像紙一般蒼白。

「我抓住她時，你就用力拉，像拉馬車的馬用力拉，年輕人！」

18. Jonah，《聖經》人物，在逃避神賦予的任務期間，遭到鯨魚吞食，在魚腹中待了三天三夜。
19. Beaufort scale，風力分級標準，由英國海軍上將蒲福於一八〇五年首創，先僅用於海上，後亦用於陸上，屢經修訂後乃成今日通用之風級。

庫內諾踢掉鞋子，一頭躍入河中，一道道的閃電撕裂天空。

麥克斯與佩赫杜看著庫內諾在狂暴的水浪中以有力的自由式游泳。

「媽的，媽的，媽的！」麥克斯把夾克衣袖拉下來包住手，又一次抓緊了繩子。

佩赫杜嘎啦一聲拋下錨，駁船顛簸不定，像在洗衣機裡被拋來拋去。

庫內諾伸手抓住女人，並將她抱住。

佩赫杜與麥克斯開始拉扯繩子，用力將兩人拉上了船。庫內諾的鬍鬚滴著水，女人的紅棕色頭髮濕透了，像捲曲海草，貼在心形的臉蛋外。

佩赫杜衝進駕駛室，正要伸手拿起無線電呼叫急診醫生，察覺庫內諾又濕又沉的手放到他的肩膀上。

「別叫！那個女人不希望你找人來，她不會有事，我會照顧她——她需要擦乾身體，讓身體暖和起來。」佩赫杜相信庫內諾的話，不再提出問題。

起錨後，佩赫杜看見居瑟里碼頭從霧中出現，便將露露號駛入河港。在雨水和河水的猛攻下，他和麥克斯設法將船繫在浮筒上。

「我們必須下船！」在呼嘯的風聲中，麥克斯高喊：「船會晃得很厲害！」

「我不會丟下這些書和貓不管！」佩赫杜大聲回答。水流進他的耳朵，順著脖子淌下，再順著袖子往上爬。「而且，不管怎樣，我是船長，做船長的不會棄船。」

「好吧！那我也留在這裡。」

船吱嘎作響，好像他們兩人的腦筋都不正常。

庫內諾在佩赫杜的艙房搭起帳篷，幫助落水的女人脫下衣服。那個有張心形臉的女人裸身躺在一堆毯子下，露出非常幸福的表情。義大利人自己則穿著一襲白色運動服，稍微顯得好笑。

他跪在女人的旁邊，餵她喝普羅旺斯香草雜菜湯。他把大蒜、羅勒和杏仁醬舀進杯子，再用美味的蔬菜清湯稀釋。

女人一面喝，一面對著他微笑。

「所以你是阿薩，從拿坡里來的薩瓦托‧庫內諾。」她說。

「沒錯。」

「我是莎曼珊。」

「妳人真美。」阿薩說。

「那個……外面不大嚴重吧？」她問。她的眼睛非常大，極為深邃，極深的藍。

「不！」麥克斯大聲回答：「哈，什麼意思？」

「下點陣雨，有點水氣。」庫內諾要她安心。

「我可以朗讀些文字。」佩赫杜建議。

「或者我們唱首歌。」麥克斯補充：「圍一圈唱。」

「或做菜。」庫內諾建議：「妳喜歡燉牛肉嗎？加普羅旺斯香料的燉肉？」

她點點頭，「還有牛頰肉，對吧？」

「所以，怎麼會想不開呢？」麥克斯問。

「生命，水，螺階魚罐頭。」

三個男人盯著她，完全糊塗了。

佩赫杜最初判斷這位莎曼珊可能會瘋言瘋語，做出瘋狂的事，但她看起來並沒有瘋，她只是……古怪。

「管他三七二十一。」他回答：「但什麼是螺階魚？」

「妳是**故意**跌入水裡的嗎？」麥克斯問。

「故意？當然。」莎曼珊回答：「在今天這種天氣，誰會去散步？誰會故意後退掉下去？那也太笨了吧！不是的，這種事必須計畫。」

「所以妳是情緒低落，想要嗯……？」

「才不是呢，看起來像是那樣嗎？」

她真的覺得困惑，心形臉輪流看向三個男人。

「練習堆雛菊？把自己送去冥河？去死？才不是呢。我幹嘛那樣做？不是，不是。我喜歡活著，縱然有時生活要面對真正的掙扎，放大格局來看，相當沒有意義。沒有，我想知道在這種氣候跳進水裡是什麼感覺，河看起來非常有趣，像是發狂的湯。我想知道在那湯裡我會不會害怕，我的恐懼會不會告訴我什麼重要的事。」

庫內諾點頭，彷彿完全明白她的意思。

「它應該告訴妳什麼？」麥克斯問，「譬如上帝已死，極限運動萬歲？」

「不，我只是想看看能不能遇上過人生的不同方法，當時候到了，人只會後悔自己沒做的事，大家不是都這樣說嗎？」

三個男人點點頭。

「總之，我不想最後覺得很洩氣，我的意思是，誰希望嚥氣時抱著絕望的想法：沒有時間做真正重要的事呢？」

「好。」佩赫杜說：「當然，我們可以更清楚地聚焦在慾望上，但我不肯定必須跳河才能聚焦。」

庫內諾對莎曼珊露出狂喜的笑容，反覆撫摸鬍鬚尖端。

「哈利路亞。」他喃喃自語，將香草雜菜湯傳給她。

「當浪潮把我翻來翻去，我覺得自己像是蛋糕粉裡最後一顆葡萄乾，那時我確實想到一件重要的事。我明白我的惦念。」她鄭重地說。

舀了一匙湯。

又舀了一匙。

接著……沒錯……又是一匙。

他們如癡如醉地等待關鍵的那一句。

女人把最後一匙的湯從罐裡舀出，然後說：「我想再一次親吻男人，這一次要好好地親吻。」接著她心滿意足地打了個嗝，伸手拉起庫內諾的手放在臉頰下，閉上眼睛。「在我睡一下之後。」她勉強咕噥了一句。

「悉聽吩咐。」庫內諾低聲說，表情有些呆滯。

沒有回答，就一個微笑而已。她隨即睡著了，像一隻有鼻音的小㹴犬打呼。三個一頭霧水的男人在一旁看著，麥克斯暗自發笑，豎起兩根大拇指。庫內諾想找出一個比較舒服的坐姿，別打擾到陌生人的夢——她的頭枕在他的大手上，像貓咪依偎在軟墊上。

30

暴風在書城與塞耶河上肆虐，颳走林間大片大片的樹木，車輛翻倒，農舍起火，三個男人竭力保持冷靜。

「為什麼你會說大約三千年前居瑟里是天堂？」麥克斯輕聲問佩赫杜。

「哦，居瑟里！書蟲會愛上這裡，整個村子都瘋迷書——或者，一句話，就是瘋了——但沒什麼稀罕，這裡幾乎每一間店都是書店、印刷廠、裝訂社、出版社，許多房子是藝術家的工作坊。這地方洋溢著創意和想像。」

「你現在腦筋不大正常喔。」麥克斯下了評論。風在駁船四周呼嘯，吹得任何沒有釘死的東西咯咯作響。貓咪睡在莎曼珊的身上，林格倫依偎著她的脖子，卡夫卡躺在她大腿之間的凹處，牠們的姿態表示「她現在屬於我們」。

「居瑟里的每個書商都有一項專長，在這裡什麼書都找得到——我這句話是說真的。」佩赫杜解釋說。

在他依然在巴黎賣書的前一段人生中，他接觸過幾位珍本書商——比方說，從香港、倫敦或華盛頓來的有錢客人，認為自己必須擁有海明威某本價值十萬歐元的初版作品，外面是羊皮封皮，裡面有海明威獻給親愛老友奧圖・「托比」・布魯斯（Otto Toby Bruce）的題辭。或者一本來自薩爾瓦多・達利（Salvador Dalí）的私人藏書——大概是大師在時鐘融化的超現實夢境開始前所讀的書。

「所以他們也有棕櫚葉嗎？」庫內諾問。他依然跪在莎曼珊身旁托著她的臉。

「沒有，有科幻小說，奇幻小說，魔幻小說——沒錯，專家分得很細——還有……」
「棕櫚葉？什麼意思？」麥克斯想知道。
佩赫杜發出嘆息，連忙說：「沒什麼。」
「從來沒聽過命運圖書館？」義大利人低聲說：「聽過生命之書？」
「啊姆，啊姆。」莎曼珊咕噥。
尚・佩赫杜也知道這個傳說。神奇的萬書之書，人類的偉大記憶，作者是五千年前七個無所不知的超自然智者。傳說提到，那七位哲人發現了天外之書，書中描述世界的整個過去與未來，包括所有人生的劇本在內，而草擬這份文稿的是存在於時空等限制以外的神。根據這些超自然作品，哲人大概解釋了數百萬人的命運，以及影響深遠的歷史事件，抄錄在大理石或石板上，甚至是棕櫚葉。
阿薩・庫內諾的眼睛亮了起來，「想像一下，麥克斯，你的人生被描述在棕櫚葉文庫，在你自己瘦長的葉子上；每一個細節，你的誕生，你的死亡，生到死之間的每一件事：你會愛誰，你會娶誰，你的生涯，任何一切——甚至你的前世。」
「噗……公路之王。」莎曼珊脫口說。
「前世今生全在一張啤酒杯墊上，很有可能。」佩赫杜喃喃說。
在賣書的生涯，尚・佩赫杜不得不趕走數個不計代價想取得這些所謂神祕天書的收藏家。
「真的？」麥克斯說：「嘿，各位，說不定我是巴爾札克[20]。」
「說不定也是一條小小義大利麵捲。」

20. Honoré de Balzac，一七九九－一八五〇，法國十九世紀著名作家。

「也可以找出有關你的死亡，雖查不出確切的日期，但可以知道何年何月，也不會隱瞞你的死法。」庫內諾補充說。

「我寧願不知道。」麥克斯不確定地說：「知道自己死亡的日期有什麼意義？知道了，剩下的人生都懷著極大的恐懼。謝了，我還希望我會活很久很久。」

佩赫杜清了清喉嚨。「繼續說居瑟里吧。一千六百四十一個居民，大多數從事與印刷文字有關的工作，剩餘的人照顧遊客。據說書商的兄弟會和姊妹會構成一個類似通訊網路的國際密集聯繫網路，他們甚至不使用網路——愛書的前輩非常嚴密保護他們的知識，如果有成員死了，那些知識可能就失傳了。」

「嗯。」莎曼珊發出嘆息。

「為了保證不會發生那種事，每一個人至少要選擇一個繼任者，把他關於書籍的大量知識偷偷告訴他。他們知道名著、祕本、原稿、女人聖經……的神祕傳說。」

「太酷了吧。」麥克斯說。

「……或言外之意蘊藏著另一個截然不同故事的書。」佩赫杜繼續用分享祕密的低沉語調說。「據說居瑟里有一個女人知道許多名著的真正結局，因為她專門收集最後的草稿以及完稿前的草稿。她知道羅密歐與茱麗葉最早的結局，在那個版本中，他們兩個都活下來，還結婚生子呢。」

「啐。」麥克斯驚恐起來。「羅密歐和茱麗葉活下來，還生了孩子？那戲劇張力全沒了。」

「我喜歡這個版本。」庫內諾說：「我一向替小茱麗葉覺得難過。」

「他們之中有誰知道薩納里是誰嗎？」麥克斯問。

尚・佩赫杜無疑希望有人知道，他在迪古安時寄了一張明信片給居瑟里的書籍公會理事長沙米・泰基瑟，告知他將前往拜訪。

深夜兩點，他們精疲力竭，在搖蕩的水浪中睡著了。當暴風逐漸平息，水浪也變得和緩。他們醒來時，新的一天閃爍著無害清新的陽光，宛如前一夜從未發生。暴風雨走了——莎曼珊也走了。

庫內諾迷惘地低頭望著空手，然後對其他兩個人揮揮手。

「又是這種事？我為什麼只在河道上找到女人？」他抱怨說：「我還沒走出上次的傷痛呢。」

「好了啦，你才找十五年。」麥克斯咧著嘴笑。

「女人啊。」庫內諾嘟囔：「她就不能至少用口紅在鏡子上寫下她的電話號碼嗎？」

「我去買可頌回來。」麥克斯宣布。

「我跟你一塊去，朋友，去找那個睡覺唱歌的人。」庫內諾說。

「什麼？你們兩個都不認識路，還是我去吧。」佩赫杜插嘴。

最後，三個人都去了。

從小碼頭出發，他們經過營地，通過城門，前往麵包店。這時，一個半獸人迎面走來，懷中抱著長棍麵包。他的同伴是一個打扮成勒苟拉斯[21]、死盯著看iPhone的精靈。

佩赫杜還遇到一群哈利・波特，他們在「探索書店」的藍色店面外，扯著嗓子跟一幫

21. Legolas，電影《魔戒》中的角色。

守夜人軍團吵架。兩名打扮成吸血鬼的女士踩著登山腳踏車朝他們騎來，飢渴地看了麥克斯一眼。兩位道格拉斯・亞當斯[22]的書迷從教堂鑽出，身著浴袍，肩膀掛著毛巾。

「是習俗！」麥克斯喊著。

「什麼？」庫內諾問，他的目光追隨著半獸人。

「一個幻想的習俗，全鎮都扮成自己最喜歡的作家或角色，太好玩了。」

「比如……《白鯨記》（*Moby Dick*）裡的鯨魚？」庫內諾問。

佩赫杜和庫內諾目瞪口呆地看著像是從中土世界或臨冬城湧出的人物，書的力量如此龐大。

庫內諾詢問每一個扮裝人物是從哪一本書出來的，麥克斯滿臉興奮地回答他，但當一個穿猩紅皮外套和白色男靴的女人朝他們走來時，麥克斯只能放棄回答。

佩赫杜解釋說：「紳士們，那位女士不是穿化裝舞會的衣服，她是可以跟柯蕾特[23]和喬治桑[24]交談的靈媒，她怎麼辦到的，她不肯說，聲稱是在時光之旅的夢境中遇到她們的。」

任何稍微扯得上文學的東西，在居瑟里都有容身之處。有個醫師專治文學精神分裂症，來找他就醫的人之中，有一個人的第二自我是杜斯妥也夫斯基（Dostoyevsky），或者德國神祕主義者赫德嘉・馮・賓根（Hildegard von Bingen）。有的病患因為自己眾多的假名而迷惘。

佩赫杜朝著沙米・泰基瑟——居瑟里工會與後援會理事長——的家走去，泰基瑟的一句話會讓他有機會跟書店老闆談論薩納里，而泰基瑟就住在舊印刷廠樓上。

「書城大頭目會給我們通關密語還是某個線索嗎？」麥克斯問。他簡直無法離開每一間店外展示的書。

「應該是『某個線索』吧。」

庫內諾不斷停下腳步查看餐館菜單，在他的食譜筆記上記下細節，他們已經來到號稱是創新法國料理之搖籃的布雷斯區。

到了印刷廠，他們報上名字，在理事長的辦公室等了一會兒。接著，他們大吃一驚，因為沙米・泰基瑟不是男士，而是一位女士。

22. Douglas Adams，一九五二－二〇〇一，英國作家，尤其以《銀河便車指南》系列作品出名。
23. Colette，法國二十世紀上半葉女作家，著作等身，風格多變，曾獲諾貝爾文學獎提名。
24. George Sand，十九世紀法國女小說家，本名 Amantine-Lucile-Aurore Dupin，除了以男子名作為筆名外，也喜作男性打扮。

31

隔著看似用漂流木拼起的辦公桌，與他們面對面坐著的，是前一晚阿薩從塞耶河撈起的女人。

沙米就是莎曼珊。她穿著白色亞麻洋裝，還有一雙毛茸茸的大鞋子——哈比人腳。

「唔。」沙米交叉一雙美腿，一隻哈比人腳愉快地搖了搖。「有什麼可以效勞的地方？」

「嗯，是這樣的，我正在尋找某本書的作者，作者用了化名，一個神祕的名字，而且……」

「妳現在好一點了嗎？」庫內諾插嘴說。

「好了。」沙米對阿薩笑了一下。「謝謝你，阿薩，謝謝你說我變老之前可以吻你，你說了之後，我一直忘不了這句話。」

「在居瑟里可以買到那種毛茸茸的腳嗎？」麥克斯很想知道。

「總之，回到《南方之光》這本書上……」

「可以，在伊甸園商店，那裡是休閒中心，也是遊客中心，也是敲竹槓中心，他們賣哈比人腳、半獸人耳朵、裂開的肚子……」

「作者可能是個女人……」

「我想為妳做菜，莎曼珊女士，妳要先游個泳也行。」

「我看我也要弄個哈比人腳，當拖鞋穿。哦，卡夫卡會興奮極了。」

佩赫杜看著窗外，竭力保持鎮定。

「你們可以統統閉嘴嗎？薩納里！《南方之光》！我想知道作者究竟是誰！拜託！」

他沒想到自己會這麼大聲說話，麥克斯和庫內諾錯愕地看著佩赫杜，沙米卻往椅背一靠，像是開始享受起這一幕。

「我花了二十年的時間尋找他，或她。這本書……它……」尚・佩赫杜絞盡腦汁尋找正確的字眼，卻只見到河面的粼粼波光。「那本書就像是我以前愛過的女人，它通往那個女人，它是流動的愛，它是我大約可以忍受卻又感受得到的一劑愛情，它像我這二十年來用來呼吸的吸管。」

佩赫杜輕揉自己的臉龐。

不過他沒有說出全部的事實，上述的話不再是唯一的事實。

「它幫助我撐過來，我已經不再需要這本書了，因為我現在可以……再次靠自己呼吸，但我想說謝謝。」

麥克斯大吃一驚，滿懷敬意地看著他。

沙米的臉龐突然露出一個大大的笑容。

「讓人喘一下氣的書，我懂。」

她望著窗外，街上聚集越來越多的虛構人物。

「我沒料到像你這樣的人會出現。」她嘆息著說。

佩赫杜感覺背部肌肉一緊。

「當然，你不是第一個，但像你這樣的人不多。其他人都不想解開謎題，沒有人提出正確的問題。提問是一門藝術。」

沙米的目光沒有從窗戶轉移開，在窗框上，短漂流木搖搖晃晃地掛在繫繩上，如果注視漂浮物一會兒，它會合併成一尾跳躍的魚，或一張臉，一個單翼天使……

「大多數人問問題，只是要聆聽自己說話，或聽到他們可以面對的某件事，但請不要告訴他們可能讓他們無法應付的事，『你愛我嗎？』就是這種問題，應該全面禁止提出這個問題。」

她把哈比人腳併在一塊。

「提問吧。」她下命令。

「我……只能問一個問題嗎？」佩赫杜問。

沙米露出溫暖的微笑。

「當然不是，你不止可以問一個，想問幾個都可以，但只能提出可以用『是』或『否』回答的問題。」

「所以說妳認識這位男士？」

「否。」

「正確的問題表示每一個字都要是正確的。」麥克斯以強調的語氣說，還興奮地用手肘頂佩赫杜的身側。

佩赫杜改口說：「所以說妳認識這位女士？」

「是。」

沙米和藹地看著麥克斯。「喬登先生，看來你已經領悟到發問的藝術。正確的問題能讓人非常快樂，你下一本書寫得如何？是你的第二本吧？第二本書魔咒，眾人都在引頸期盼。你應該給自己留整整二十年的時間，最好的時機是大家都忘了你一段日子後，到時你就自由了。」

麥克斯的耳根紅得發燙。
「下一個問題，靈魂顧問。」
「是布莉姬・卡倫嗎？」
「才不是！」
「但薩納里還活著？」
沙米莞爾一笑，「哦，是！」
「妳能……介紹我認識她嗎？」
沙米想了一想。
「好。」
「怎麼介紹？」
「那不是一個是或否的問題。」麥克斯提醒他。
「啊，今天我要煮馬賽魚湯。」庫內諾插嘴說：「我七點半來接妳，那樣妳可以跟佩赫杜船長繼續玩『是―否―不知道』的遊戲，好嗎？妳不會很無奈已經訂婚了吧？想參加遊船之旅嗎？」
沙米依序看著每一個男人。
「是，否，是。」她乾脆地說：「那麼，一切都搞清楚了。現在，不好意思，我必須到外頭跟那些不可思議的人物打招呼，用托爾金創造的語言說幾句好話。我已經練習過了，但聽起來像是楚霸客[25]在發表新年致詞。」

25. Chewbacca，電影《星際大戰》中的人物，一身長毛。

沙米站起來，他們都又仔細瞧了瞧她那雙誇張的哈比人腳拖鞋。

她走到門口，最後一次轉過身面向他們。

「麥克斯，你知道嗎？一顆星星誕生後，要過一年才能長到最大，然後花幾百萬年的時間燃燒，奇怪吧？你有沒有試過創造新的語言？或幾個新字？希望法國現存三十歲以下最知名的作家今晚給我幾個新字，就這麼說定囉？」

她深藍色的眼眸閃爍著火花。

一個小炸彈在麥克斯的想像中爆炸，朝內心的祕密花園撒下大量的種子。

那一晚，阿薩‧庫內諾換上最體面的格子襯衫、牛仔褲和漆皮鞋，到印刷廠接沙米。沙米站在門邊，帶著三只皮箱、一盆蕨類，她的雨衣垂掛在手臂上。

「我非常希望你是來帶我跟你一塊走，阿薩，雖然你是邀請我做另一件事。我在這裡住得夠久了。」她用這段話代表了招呼。「就快十年了。如同赫塞[26]所說的，是一個完整的階段。現在，該是時候往南走，重新學習呼吸，看看大海，再親吻男人。天啊，我都快六十了，我要走進人生的黃金期了。」

庫內諾直視賣書女人的深藍色眼睛。

「我的提議還是有效，沙米‧泰基瑟女士。」他說：「我聽候吩咐。」

「我沒忘，拿坡里來的薩瓦托‧庫內諾。」

他叫了一輛車，將她打包好的行李送上船。

稍後阿薩拖著行李走過舷梯，困惑的佩赫杜問：「呃嗯……我這樣想不知道對不對？妳不只是來吃晚餐的，妳也要搬進來？」

「你想得沒錯，親愛的。我可以搬來嗎？住幾天？直到你解開纜繩，把我扔到水裡？」
「當然沒問題，童書旁有一張空著的沙發。」麥克斯說。
「我可以有發言權嗎？」佩赫杜問。
「咦？你不是要說好？」
「呃，沒有。」
「謝謝。」沙米顯然很感動。「你幾乎不會聽到我發出任何的聲響，我真的只有在睡著才會唱歌。」
那一夜，在寫給凱薩琳的明信片上，佩赫杜記下麥克斯當天下午想出來要在晚餐獻給沙米的字彙。
沙米覺得那些文字很美，反覆唸給自己聽，像含著蛋糕渣，來回在舌頭上滾動那些發音。

星鹽（河上星星的倒影）
太陽搖籃（大海）
檸檬吻（每個人都清楚它的意思！）
家庭錨（餐桌）
心痕（初戀）
時光面紗（你在沙坑轉一圈，發現自己老了，笑會尿濕褲子）
夢側

26. Hesse，一八七七—一九六二，德國著名詩人、小說家。

能夠渴望的渴望

最後一個字是沙米最新的最愛。

「我們都活在能夠渴望的渴望。」她說：「每個人渴望的不一樣。」

32

「說好聽一點，隆河也還是一個夢魘。」麥克斯指著核能電廠說。從索恩河與隆河在里昂附近匯流之後，這是他們經過的第十七座核能電廠，快滋生反應器、葡萄園與高速公路交替出現，庫內諾對釣魚已不抱任何希望。

他們在居瑟里和文學地下墓穴又閒逛了三天，目前即將抵達普羅旺斯。他們認出奧宏吉附近猶如通往南法門戶的白堊質丘陵。

天空不停變化，時值盛夏，水天互相反映增強，地中海上空的空氣開始呈現深藍色的輝光。

「好像千層派，一層又一層的藍色，藍色點心大地。」麥克斯喃喃地說。

他找到一個有趣的嗜好——組合文字和意象，他跟文字玩捉迷藏。

麥克斯偶爾玩文字遊戲玩到糊塗了，沙米就幸災樂禍地哈哈大笑，佩赫杜覺得沙米的笑聲像是飛翔鶴鳥的鳴叫。

庫內諾肯定迷上了沙米，不過沙米尚未接受他，她希望佩赫杜先解開謎題。

她常常坐在駕駛室跟佩赫杜玩「有/是、沒有/不是、不知道」的遊戲。

「薩納里有小孩嗎？」

「沒有。」

「老公？」

「沒有。」

「兩個？」

她像一整群鶴笑起來。

「她寫過第二本書嗎？」

「沒有……」沙米拖長聲調說：「可惜沒有。」

「她在快樂時寫出《南方之光》嗎？」

漫長的沉默。

佩赫杜讓風景飄過，沙米沉思她的回答。

奧宏吉之後，馬上就過了教皇新堡，他們來得及到亞維儂吃晚餐。佩赫杜可以在古老的教皇城租車，一個小時內就能抵達呂貝宏的奔牛村。

太快了，他心想，我該不該——套用麥克斯的話——去按呂克的門鈴說：「哈囉，巴塞，老釀酒達人，我以前是你老婆的情夫。」

「介於是與不是之間。」沙米回答：「很難的問題，我們通常不會無所事事好幾天，像泡在肉汁裡的烤牛肉耽溺於自己的幸福中，是嗎？幸福非常短暫，你曾經一次發自內心感到快樂多久？」

佩赫杜想了一想。

「大約四個小時。我從巴黎開車到馬桑，想去見心上人，我們約在一個叫『世紀』的小旅館碰面，旅館就在教堂的對面。我當時好開心，一路上都在唱歌，想像著她整個身體，唱給她的身體聽。」

「四個小時？實在太浪漫了。」

「沒錯，那四個小時比接下來的四天還開心。不過，回想起來，那四天也過得很開心。」佩赫杜的聲音開始顫抖。「我們在回憶時才決定我們當時是快樂的？快樂時怎麼沒注意到？要過了很久，我們才會發現當時是快樂的？」

沙米嘆了口氣，「的確很蠢。」

佩赫杜一面思忖慢半拍才發掘的幸福，一面快速安全地沿著隆河行駛。這一段河道很像重要的航海路線，沒有人站在岸邊，揮手要他們過去賣書。船閘是全自動的，一次可讓數十艘船通過。他們懶散的運河歲月徹底結束了。

越是靠近瑪儂的故鄉，曾與瑪儂共處的時間、曾觸碰瑪儂的感受，越是占據佩赫杜的思想。

沙米彷彿看穿他的心思，思索後大聲說：「肉體之愛真讓人驚詫，對吧？比起大腦記住某人說過的話，我們的身體更容易回想起觸摸那人的感受。」她吹著小手臂上的細毛。「我對我爸爸的記憶主要在於他的身體，他的味道，他走路的樣子，頭靠在他的肩膀或手放在他的手裡的感覺。他的聲音我幾乎只記得一件事，就是他經常喊著：『我的小沙沙。』我想念他身體的溫暖，我還是很氣一件事，就是他再也不會來接電話了，雖然我有重要的事要告訴他。天啊，這讓我很生氣！但我最想念他的身體，他以前老是坐著的那張扶手椅上，現在只剩下空氣，討厭、空洞的空氣。」

佩赫杜點點頭。「問題是，很多很多人——大多數是女人——以為自己必須要有完美的身體才能夠讓人愛，其實這只在於愛人的能力……與被愛的能力罷了。」他補充說道。

「啊，尚，請把那告訴全世界。」沙米哈哈笑，把船上的擴音器遞給他。「愛人就是被愛——另一個我們好像老是忘記的真理。你有沒有發現多數人情願被愛，願意為此付出任何代價？節食，拚命賺錢，穿猩紅色內衣。他們用同樣的活力愛人就好了，哈里路亞，這世界將十分美好，沒有縮小腹緊身褲了。」

佩赫杜跟著她一塊笑了。他想起凱薩琳，他們一起時，兩人都太脆弱、太容易受傷，他們更渴望被愛，而非擁有愛人的力量和勇氣。愛人需要極大的勇氣、極小的期待，他是否有一天能夠再次好好愛人呢？

凱薩琳到底有沒有讀我寄的卡片呢？

沙米是個好聽眾，聽進每一件事，然後又重播給他聽。沙米告訴他，她在瑞士邁希瑙教過書，在蘇黎世研究睡眠，在大西洋替風力發電廠畫技術圖。她還跑去法國沃克呂茲養羊、做乳酪。

她有一個天生缺點：不會說謊。要不都不說，要不拒絕回答，但不能故意說謊。

「想想看在今日的世界那是怎樣的情形。」她說：「小時候，不會說謊給我帶來許多麻煩，每個人都認為我是個難搞的小淘氣，特別喜歡粗暴無禮。高級餐廳的服務生問：『菜合妳的胃口嗎？』我會回答：『我一點也不喜歡。』去參加生日派對之後，同學的媽媽問：『啊，小沙米，妳玩得開心嗎？』我真的想要逼自己說開心，但只能擠出：『不開心，很討厭，妳喝好多紅酒，口氣好臭！』」

佩赫杜輕輕笑了起來，他心想，多麼驚人，小的時候，我們跟自我真性那麼貼近，而越努力想要被愛，就漂得離它越遠。

「十三歲時，我從樹上摔下來，接受某種在管子裡的檢查，他們發現一樣東西，原來我的大腦裡沒有謊言製造機，我寫不出幻想的寓言故事——當然，除非我遇上一隻獨角獸。我只能談親身經歷，我是得跟著馬鈴薯下鍋才能發表對薯條看法的那種人。」

就在這時，庫內諾給他們買了手工薰衣草冰淇淋，味道濃醇，帶點花香。沒有說謊天賦的女人看著拿坡里人走遠。

「他又矮又胖，平心而論，不是一看就讓人覺得是個帥哥。但他聰明、強壯，一生的愛需要什麼，他應該都做得到。我覺得他會是我吻過最俊俏的男人。」沙米說：「很奇怪，像他那樣心腸好的好人不會獲得更多的愛，是他們的外表把性格偽裝得太好了，沒有人注意到他們的靈魂、他們的本性、他們的原則對愛與仁慈毫無隱藏？」

她悠悠地吸了一口氣，「很奇怪，我也沒有人愛，我以前以為是因為我的長相，然後我心裡想：為什麼我老是最後到了每個我遇見的男人都有老婆的地方？沃克呂茲的乳酪農……哎呀，一群超級可惡的老狐狸！他們把女人看成會洗衣服的兩條腿山羊，他們要是打招呼，你還要覺得自己走運了。」

沙米恍恍惚惚地舔著冰淇淋。

「我想……如果我的全球姐妹陣營觀念讓我講到太興奮，請糾正我——第一種是我們穿著內褲時想到的愛，這種愛我很清楚，大約會有趣十五分鐘。第二種是合乎邏輯的愛，我們在腦中創造出來的那種，我也經歷過，去尋找客觀而言適合自己的條件或不會過度攪亂人生計畫的男人，但感受不到任何魔力。第三種，出自胸膛、心窩或兩者之間的愛，那是我想要的愛，這種愛必須要有點亮我生命力的魔力，徹底燃燒到最小的一滴血。你覺得呢？」她對著他伸出因為吃冰淇淋而變成紫色的舌頭。

尚・佩赫杜覺得他現在知道他必須要提出的問題是什麼。

「沙米？」他問。

「什麼事？阿尚。」

她說話的方式不一樣，但總是如此，作者寫作的語氣是她的心與靈魂的真正聲音。

「《南方之光》是妳寫的，對不對？」

33

絕非巧合，太陽就在那一刻決定穿破兩道雲峰，彷彿從天空往下比的手指，在沙米的眼眸灑下一道光，陽光照亮她的眼睛，好像兩根耀眼的蠟燭。

沙米的表情生動起來。

「對。」她靜悄悄地承認，接著更大聲地說：「對。」

「對！」她大喊一聲，笑中帶淚，舉起雙臂。「這本書應該為我帶來我的男人，阿尚！某個從他胸膛和肚臍之間愛我的人，我希望他會找到我，因為他一直在追尋我，因為他夢到我，因為他喜歡我的一切，我沒有的東西他都不需要。但是，尚・佩赫杜，你知道嗎？」

她禁不住又哭又笑。

「你找到了我——而你不是那個人。」

她撇過身去。

「那個穿花布圍裙，結實的肌肉一塊一塊隆起，留著讓我發癢的鬍鬚的傢伙，他才是那個人。你把他帶到我的身邊，你和《南方之光》一塊，靠著純粹的魔法，把他帶來了。」

她的喜悅感染了佩赫杜。她說得沒錯，語氣充滿了嚮往：他讀了《南方之光》，他在瑟普瓦暫停，遇見阿薩，從那裡……嘿！他們突然間已經來到這裡了。

沙米擦掉臉上鹹鹹的淚水。「我必須寫出我的書，你必須讀我的書，你必須承受痛苦，最後才能上船啟航。就讓我們相信事情就是這樣的，好嗎？」

「當然，沙米，我相信就是這樣。有的書只為一個人而寫，《南方之光》是為我而寫的。」他鼓起勇氣。「我能撐到現在，全是因為妳的書。」他坦承說：「我懂得妳的每一個想法，好像在認識自己之前，妳已經認識了我。」

薩納里——沙米迅速掩住了嘴。

「太神奇了，尚，那是我聽過最動聽的話。」

她敞開手臂抱住他。

她左邊親一下，右邊親一下，接著親他的臉頰、額頭和鼻子。親完之後，她說：「我告訴你，我再不會用寫作來召喚愛情，你知道我等候了多久嗎？超過二十年，該死！現在，對不起，我要走了：我要去親我的男人——我要好好地吻他。那是實驗的最後一部分，如果沒有效果，我今晚心情大概不會好到哪裡去。」

她緊緊再抱了佩赫杜一次。

「哎呀，我好怕！真恐怖！但太美妙了，我活著。你呢？你此時也感覺到了嗎？」

她消失在下方的船艙中。

佩赫杜聽到了一聲：「唷，阿薩……」

尚・佩赫杜驚覺自己剛才——感覺真好。

瑪儂的旅行日記

巴黎
一九九二年，八月

你睡了。

我看著你，我不再因為沒有男人對我而言可以代表一切，而羞愧得只想把自己埋到含鹽的沙裡。我停止為了這五年鈷藍色夏天所做的事而自責。我們共度的日子加起來相當少：全部加起來，尚，就有如渡鴉羽毛，我算出我們只有半年的時間呼吸相同的空氣——一百六十九天，只夠串起一條雙絞珍珠項鍊，每天一顆珍珠。

不過，離開你的日日夜夜——像飛機在高空留下的尾跡拉煙那樣遙遠——當我想起你、期盼見到你的那些日子也算數的話，歡欣和內疚增加兩倍、三倍。那樣想的話，其實感覺像是十五年，時間可以嘗試好幾種人生。我想出好多不同的情節。

我經常納悶，我表現錯了嗎？我做出錯誤的選擇嗎？只跟呂克一個人，或者完全跟著另一個人，是「適當的」人生嗎？或者我拿到機會好牌，但打得非常差呢？

但人生沒有錯、沒有對，況且現在也沒有理由問自己：為什麼一個男人永遠對我來說是不夠的。

答案太多太多了。

譬如對生活的渴望！

還有慾望，如此赤熱、浮躁、濕黏的慾望。

譬如在我長出皺紋白髮，變成道路盡頭一棟沒什麼人住的屋子之前，讓我好好活一場。

譬如巴黎。

譬如你偶然遇見我，像是一艘船撞上一座島。（哈哈，那是我『不是我的錯，是命運』的說法。）

譬如呂克對我的愛真的能夠忍受這種事？

譬如我沒用，我很壞，所以我做什麼都沒關係。

哦，當然，我要跟第二個交往，才能跟第一個在一起。你們兩個，呂克與尚，丈夫與情人，南與北，愛與性，大地與天空，肉體與靈魂，鄉村與都市。你們是我保持完整所需要的兩樣東西。

吸氣，呼氣，吸氣與呼氣之間：終於體驗到人生。

所以，三面球體確實存在。

但所有的答案現在都是多餘的，現在主要的問題完全不同了：

何時？

何時我會告訴你我到底怎麼了？

永遠不說。

絕對絕對不說。或者當我碰觸你從裹著身體的棉被露出的肩膀時。我如果碰你，你會立刻醒來問：「怎麼回事？怎麼了，小貓女？」

我希望你醒來搭救我。

醒來！

你為何要醒來？我把你騙得這麼好。

我何時離開你？

很快。

不是今晚——我沒辦法。感覺好像我需要努力一千次掙脫開你，一百八十度轉身，永遠不再回頭，才能夠真正勉強成功辦到一次。

我要分階段離開，我一面數數，一面告訴自己：再吻一千次……再吻四百一十八次……再十次……再四次。我留下最後三次，像留下三顆糖衣杏仁祈求好運。

每一件事都在倒數，一起睡，一起笑，我們最後幾支舞快要到來。

順便說一句，人真的可以用心尖叫，但會痛得不得了。

講到痛，痛讓世界變小。現在我只看到你、和我、和呂克，以及在我們三人之間長出的東西。我們各自扮演各自的角色。現在，我會努力救起可以被救起的，我不想苦苦想著懲罰；不幸公平地對待每一個人。

我何時會放棄？

希望後來才放棄。

我還是想看看我的營救會不會成功。

醫生給我開了鎮痛藥與鴉片劑，他們說只會影響大腦，阻擾穿過我腋下、肺部和腦部之間淋巴腺的電子訊號。

有時候，藥物影響讓我無法再想像畫面，有時候我察覺讓我想起過去的香氣——遙遠的過去，當我穿著長統襪的時候。或者東西的味道變得很不一樣：糞便有花香，葡萄酒像是輪胎燃燒的味道。吻像死亡。

但我想徹底保護孩子，所以不吃藥也行。有時痛得受不了，我說不出話來，無法聯繫你。我就騙你，我寫下我想對你說的句子大聲讀出來。痛來的時候，我抓不到腦中的字母，字母變得糊糊爛爛，像是煮過頭了的字母湯。

偶爾，我會難過你讓自己被騙；偶爾，我非常氣憤你走進我的人生。但這永遠不足以讓我恨你。

尚，我不知道該怎麼辦才好，我不知道該不該喚醒你，求你幫助我，該不該撕掉這些日記——或者影印寄給你。那時不知道，永遠不知道。我寫日記，因為日記讓我的腦筋更清楚。

無論如何，我逐漸失去談論任何其他事情的能力。

我比以前更加仰賴身體跟你談話。這個疲憊患病的南方木頭，抽出最後一根綠色嫩芽，至少可以說出最基本的渴望。

愛我。

抱我。

撫摸我。

爸爸常常說恐慌性開花。大樹在死亡以前會最後開一次花，將所有的元氣傾注給沒有罹癌的僅存嫩芽。

不久前你說我好美。

我在我恐慌性開花的巔峰。

前不久，有一天晚上，維賈亞從紐約打電話來。你當時還在船上賣最新版的《南方之光》，你希望人人都讀一讀這本奇麗的小說，你說過這本書不說謊，沒有世故，沒有潤飾，只有真理。

維賈亞換了新的老闆，是兩個古怪的細胞科學家。他們認為，決定一個人靈魂和性情的不是大腦，而是身體。他們說還有無數另一種細胞，發生在細胞上的事情會發生在靈魂上。

他拿痛做比方。痛逆轉細胞的極性，只要三天就會開始：性慾細胞變成疼痛細胞，感官細胞變成恐懼細胞，協調細胞變成針線包。最後，溫柔只會引發疼痛；每一陣微風，每一段音樂共鳴，每一個走近的暗影，都會引發疼痛。疼痛狼吞虎嚥每一個動作，每一塊肌肉長出無數新的疼痛接受器，五臟六腑徹底改變替換，但從外表看不出來。

維賈亞說，你最後會不希望有人再碰你。你會覺得孤單。

痛，是靈魂的癌症，你的老朋友說。他的口氣像科學家，他沒有考慮到這樣的話引起非科學家想吐。他正在預言將會發生在我身上的一切。

痛讓身體變得遲鈍，心智跟著麻木，你的維賈亞很清楚這一點。你會忘記事情，再不能理性思考，只會驚慌。所有的正常思想掉進痛楚在大腦鑿出的溝壑裡，所有的希望也是。到最後，你也掉進去迷失了，整個自我讓痛與驚慌吞滅。

我什麼時候會死？

光就統計學的說法，我百分之百會死。

我想吃傳統的十三道耶誕點心。媽媽要負責餅乾與慕斯，爸爸將貢獻四款好吃的水果點心，呂克會準備精緻的堅果。三條桌巾，三座大燭臺，三大塊掰餅：一塊給圍桌而坐的生者，一塊給未來的幸福，一塊給窮者及死者分享。我很怕到時要跟窮人爭食碎屑。

呂克懇求我接受治療。

不管機會跟賭馬一樣低，反正一部分的我一定會死，怎樣都得訂製墓碑，做彌撒，燙手帕。

我會感受到墓碑的重量嗎？

爸爸明白，我告訴他我不願意接受化療的原因之後，他躲到穀倉哭。我當時以為他一定是要去砍下一隻手臂。

媽媽則嚇呆了，她看起來像石化的橄欖樹，下巴堅硬變形，眼睛像樹皮碎片。她不明白自己哪裡做錯了，為什麼不能把第一個死亡預兆變成噩夢，或者變成操心過度的母愛。

「我知道死亡在巴黎那座沉悶的城市等候著。」但她無法責備我，最後她責備自己。對自己苛刻讓她能夠堅持下去，並按照我的希望，準備我的最後一個房間。

此刻，你躺在那裡，像正在踮起腳尖旋轉的舞者，一腳伸出，另一腳收上來，一隻手臂在頭的上方，另一隻手幾乎貼著身側。

你總是用彷彿我是獨一無二的眼神看我，這五年來，不曾以憤怒或冷漠的眼神看我一眼，你是怎麼做到的？

卡斯特目不轉睛地看著我，在貓的眼中，我們兩腿動物一定顯得非常奇怪。

我感覺等待著我的來世壓倒我。

有時——但這個想法確實邪惡——只是有時我希望我愛的人比我早走，讓我知道我也做得到。

有時，我認為你必須比我早走，這樣我也做得到，而且確信你正在等待著我……

別了，尚・佩赫杜。

我嫉妒你還有那麼多年可活。

我將走入我最後的房間，從房間步入花園。是的，就是這樣。我將大步穿過迷人高大的落地窗，直接走入夕陽中。然後……然後我變成光，那麼我就會在每一個地方。

那是我的本來面目，我會永遠在那裡，每一個夜晚。

34

旅人共度一個令人陶醉的夜晚，阿薩接連送上一大碗一大碗的貽貝，麥克斯彈琴，大家輪流到甲板上與沙米跳舞。

其後四人享受亞維儂的風光，欣賞民謠傳唱千古的聖貝內澤橋。七月時節，韶光正盛，雖然太陽已經西沉，也是溫暖的二十八度。

快到午夜，佩赫杜舉起杯子。

「謝謝你們。」他說：「敬友情，敬真理，敬這一頓美味的佳餚。」

眾人舉杯，碰杯聲叮叮噹噹，像是通報共同旅程結束的鐘聲。

但雙頰通紅的沙米說：「順便說一下，我現在好快樂。」半個小時後說：「我還是好快樂。」兩個小時後又說一次……唔，她用無須語言的方式又說了好多次，但麥克斯和佩赫杜都沒有聽見，他們決定不妨礙沙米和阿薩，留下這一對在露露號——但願這是數千個日子的頭一晚——兩人緩步通過最近的城門。

街道狹窄，擠滿漫遊的漂泊者，暑氣蒸騰，自然到了深夜還有活動。麥克斯與佩赫杜在雄偉的市政廳前廣場買冰淇淋，看街頭藝人拿火玩雜耍，表演雜技舞蹈，以粗俗滑稽的喜劇娛樂咖啡館和小餐館的觀眾。這座城並不吸引佩赫杜，他覺得這裡像是一個偽善的娼妓，靠著舊日教宗的榮耀來度日。

麥克斯的舌頭接住快速融化的冰淇淋，他半張著嘴，刻意以平靜的口吻說：「我想寫童書，我有兩、三個點子。」

佩赫杜用眼角瞄他一眼。

那麼，這就是麥克斯的時刻，他心想。就從這一刻起，他要開始變成總有一天要成為的男人。

獲允分享這一刻，他又驚訝又感動。他回過神來問：「我可以聽聽看嗎？」

「呦，我以為你絕對不會問呢。」

麥克斯從後面口袋抽出筆記本，大聲讀出來：「年老的魔術大師在草莓底下躺了一個半世紀，他很想知道何時會有一個勇敢的女孩終於出現，從花園將他挖出來……」

麥克斯做夢似地看著佩赫杜。

「或者馬的故事？」

「馬？」

「嗯，『馬的！』裡那隻老是承擔過錯的馬，在大家開始習慣說：『馬的！你到底想幹什麼？作家？』之前，我想那隻馬也曾經是隻小馬吧。」麥克斯咧著嘴嘻嘻笑，「還有一個關於克萊爾的故事，這個小女孩跟她的小貓交換身體，接著……」

聽著麥克斯精采的故事情節，佩赫杜料想他日後會成為兒童就寢時間的英雄。

「……還有一個是小布魯諾向天國的守護神抱怨他的家人們把他……」

麥克斯繼續說著，佩赫杜享受著好像內心綻放出嬌嫩花朵的感受，他好喜歡這個年輕人！他的怪僻，他的眼睛，他的笑聲。

「……當影子回頭把主人的童年稍微改正一點……」

太棒了，佩赫杜心想，我要把**我的**影子送回從前，改正**我的**人生。多麼吸引人，但這是不可能的，多麼遺憾。

夜深人靜，他們回到駁船上。一個小時後，曙光不知不覺在天空亮起。麥克斯回到他的角落，記下幾個想法，然後就睡了。尚・佩赫杜則在書船上慢慢踱步，船隨著水流輕輕搖蕩，貓咪吧嗒吧嗒地跟在身邊，眼睛緊緊盯著高大的男人——牠們意識到即將到來的別離。

佩赫杜的手滑過一行行的書籍，輕輕撫摸書脊，指頭再三接觸到稀薄的空氣。他清楚每一本書賣出前的位置，就像我們熟悉從小到大住的那條街上的房舍田地——在改建成高速公路或購物中心很久以後，依然看得見它們。

他總是覺得書在他的四周創造出一個力場，他在駁船上發現了完整的世界——每一個情緒、地點和時代。他永遠不必旅行，有他與書的對話就夠了……到了最後，他重視書勝於珍視人，書比較少威脅。

他在低臺的扶手椅上坐下，透過寬長的窗戶凝視外面的水，兩隻貓咪跳到他的膝上。

「你現在不能站起來。」牠們益發沉重溫暖的身體說：「你現在必須留下。」

因此，這就是他的生活，十八英尺乘上十五英尺。他在麥克斯這樣的年紀開始打造這一切：駁船，「靈魂藥局」的藏書，名聲，以及這一條錨鍊。日復一日，他一環接著一環地鍛造它、淬鍊它——用它自縛。

但不知為何感覺不再對了，他的生活如果是一本相本，隨機拍出的照片統統一模一樣：總是拍到他在這一艘船上捧著書，只是頭髮越來越白、越來越少。相本的最後一張照片，將是他布滿皺紋的老臉，露出追尋哀求的表情。

不，他不想那樣結束，不知道一切是否結束了。只有一個解決的方法，一個徹底掙脫鍊鎖的方法。

他必須離開駁船，永遠離開不再回來。

這個念頭讓他覺得想吐……但深呼吸幾下，他想像少了露露號的生活，反而覺得輕鬆。罪惡感立刻甦醒，把文學藥房像麻煩的戀人般拋開？

「她不煩人。」佩赫杜咕噥說。

在他的輕撫下，貓咪發出舒服的喵喵叫。

「我要怎麼處理你們三個呢？」他悲傷地說。

不遠處的沙米在夢中唱歌，他的腦海浮現一幅畫面，或許他不必讓駁船變成孤兒，也不用到處尋找買家。

「庫內諾在這裡會自在嗎？」他問腿上的貓咪，貓咪則用鼻子摩擦他的手。

據說喵喵喵的貓咪叫聲可以接合一桶斷骨，讓變成化石的靈魂恢復生機；然而，工作完成後，貓咪會頭也不回地走自己的路。牠們不願勉強，沒有附加條件——也沒有承諾。

佩赫杜想起了赫塞的〈階段〉（Stages），大多數人自然熟悉第一句：「每一次的開始都蘊藏著魔力……」卻少有人知道結尾：「引導我們，幫助我們活下去。」明白赫塞不是在描述嶄新的開始的人寥寥無幾。

他指的是告別的意願。

再會，老習慣。

再會，幻想。

再會，一個早已過期的人生。在這個人生中，人只是讓偶爾的嘆息颯颯吹動的穀皮。

35

佩赫杜和麥克斯很晚才吃早餐，除了三十四度的高溫，新的一天還以沙米送上的驚喜迎接他們——她跟庫內諾出門購物，替大家買了預付卡手機。

她把手機放在桌上推過去，佩赫杜懷疑地研究可頌和咖啡杯之間的手機，他需要老花眼鏡才能看清楚數字。

「這些東西已經問世二十年了，你可以信賴他們。」麥克斯嘲笑他。

「我替你儲存好我們的號碼。」沙米告訴佩赫杜：「我希望你打電話給我們，就算說你平安無事，或是不知道怎麼煮水波蛋也好。或者說你無聊，想跳出窗外，再度感受到真實。」

沙米的誠摯打動了佩赫杜。「謝謝。」他笨拙地說。

沙米坦然無畏的真摯情感懾服了他，這就是為什麼人們這麼喜歡友誼嗎？嬌小的沙米幾乎消失在他的擁抱中。

「我，嗯……想給你一樣東西。」佩赫杜欣喜萬分，靦腆地將駁船鑰匙推到庫內諾的面前。

「我所愛戴、世界上第一差勁的騙子，義大利以西最棒的廚師，從現在起，我不能再坐船旅行了。因此，我把露露號交到你的手中，永遠為貓咪和尋找故事的作家保留一個自由的角落。你願意接受嗎？你不一定要接受，但你若是願意接受，我知道你會照顧我的船會讓我很開心。可以這麼說吧，我永遠借給你，這樣……」

「不！這是你的工作，你的辦公室，你的靈魂診療室，你的避難所，你的家。你**就是**書船，你這個傻書呆子，不管人家多麼願意收下，也不能把東西這樣給陌生人！」沙米喊著說。

大家都一臉迷惘地望著莎曼珊。

「抱歉。」她嘟囔著說：「我……呃……我是說真的，這樣不行，用手機交換書船？絕不可能！太慘了啦！」她忍不住吃吃笑了起來。

「這麼不會說謊看來是天賦。」麥克斯說：「對了，沒人問，我自己先說吧。船我不要，但我會感激你用車送我一程，尚。」

庫內諾的眼睛泛起淚水。

他只能不斷「哎呀、哎呀」地叫。他說：「哎呀，船長。哎呀，這一切，我，我……實在是……還有其他每一件事。」

他們詳細討論利弊，庫內諾和沙米越是猶豫，佩赫杜越是努力說服他們。麥克斯不表示意見，只問了一句：「這是叫切腹自殺還是什麼？」

佩赫杜沒理他，他覺得必須這麼做，卻花了半個早上的工夫才說服沙米和庫內諾。義大利人顯然是動心了，最後嚴肅地說：「好，船長，在你要回之前，我們照顧你的船。什麼時候要拿回去都可以，後天也好，一年後也好，三十年後也沒關係。還有，這裡永遠歡迎貓咪和作家。」

他們激動地互擁，算是敲定了約定。沙米最後放開佩赫杜，溫柔地注視著他。

「我最喜歡的讀者……」她含著笑說：「我想不出更棒的讀者。」

麥克斯與佩赫杜把行李裝進麥克斯的旅行袋和幾個大購物袋裡，然後上岸。除了衣物，尚只帶了他的書——《微妙情緒大百科》——的頭幾頁草稿。

庫內諾發動引擎，純熟地將露露號駛入河流中間，佩赫杜卻一點感覺也沒有。他聽得到也看得到身邊的麥克斯，但麥克斯好像也跟著書船漂遠了。麥克斯舉起雙臂揮手，用義大利話和法語高喊「再見」，佩赫杜則相反，連舉手的力氣也沒有。

他望著書船遠去，繞過河灣，消失了。船已遠去，他還在望著，等待麻木感消失，等待恢復知覺。當他總算轉身時，發現麥克斯靜靜坐在長椅上等著他。

「走吧。」佩赫杜說道，他的聲音粗糙沙啞。

經過五星期後，他們頭一次在亞維儂從自己的銀行分行提領現金，只是要先打幾十通電話，傳真簽名比對，還被仔細檢查護照。接下來他們在火車站租了一輛米白色小車，出發前往呂貝宏。

他們選擇了一條小路，從亞維儂往東南開，到奔牛村只有三十英里路。麥克斯搖下車窗，專心看著窗外。在左右兩側有太陽花田，如蒼翠地毯似的葡萄園，成排的薰衣草叢，把大地畫上彩色鑲嵌畫，黃色、墨綠、紫色。軟綿綿的白雲分布在湛藍長空上。

在遠處的地平面，可分辨出大呂貝宏山與小呂貝宏山——前者是一座長桌狀的連綿山嶺，右側則有一把相配的椅凳。

豔陽照在大地，烈日曝曬泥土，刺入皮膚，跋扈的灼光朝田地小鎮傾洩而下。

「我們需要草帽。」麥克斯懶洋洋地抱怨：「還有亞麻褲。」

「我們需要體香劑和防曬乳。」佩赫杜不悅地回嘴。

麥克斯顯然如魚得水，他像拼至正確位置的拼圖般融入環境，佩赫杜則相反，眼前的每一樣事物對他而言似乎是莫名地遙遠陌生。他依然感覺麻木。

皇冠似的村落盤踞在翠綠丘頂，米黃色砂岩和淺色屋瓦隔絕酷熱，雄偉的猛禽在空中盤旋飛翔，狹窄的道路空曠無人。

瑪儂見過這些山脈、丘陵與繽紛的田地，感受過這裡溫和的空氣，熟悉這裡的百年大樹。蟬蜷伏在如傘的茂樹上，佩赫杜覺得不絕於耳的蟬鳴聽起來像是：「什麼？什麼？什麼？」

你在這裡做什麼？你在這裡找什麼？你在這裡感受到什麼？

什麼都沒有。

對這一片鄉土，佩赫杜無動於衷。

過了咖哩色岩塊遍布的梅納布，他們就要抵達卡拉文河谷，以及坐落在葡萄園和農莊之間的奔牛村。

「奔牛村聳立在大呂貝宏山與小呂貝宏山中間的孤岩上，像一塊五層樓高的蛋糕。」瑪儂曾經這樣對佩赫杜描述：「在最高處，有老教堂、百年杉木與呂貝宏景色最美的墓園。釀酒師、果農及度假屋在最下層。中間三層是住家和餐廳，全靠陡峭小徑和階梯相連，所以村子裡的每個女孩都有一雙健美的小腿。」她讓佩赫杜看她的小腿，佩赫杜則親吻她的小腿。

「我覺得這一帶真美。」麥克斯說。

他們嘎噔嘎噔開在泥路上，繞過向日葵田，穿過一片葡萄園——接著不得不承認他們迷路了。佩赫杜把車停在路邊。

「應該就在這附近，聖讓小旅館。」麥克斯盯著地圖喃喃說。

唧唧蟬聲如今聽起來更像是：「嘿嘿嘿嘿嘿。」除了蟬鳴以外，四周靜悄悄，只有正在冷卻的引擎發出輕柔的滴答聲，攪亂幽深的鄉間靜謐。

接著，一陣噠噠噠噠的震動聲響起，一架牽引機快速開過來，從一座葡萄園突然冒出來。他們不曾見過這種牽引機——車身極窄，車胎又扁又高，可在成排的葡萄樹之間快速移動。

坐在駕駛座上的是一個年輕男子，戴著棒球帽和墨鏡，穿著褪色的白T恤。他點頭致意，隆隆隆地把車開過去。麥克斯趕緊揮手，牽引機走了一小段路後停在小徑上。麥克斯連忙跑過去。

「不好意思，先生！」佩赫杜聽見麥克斯在引擎的噪音中喊著：「哪裡可以找到一棟叫『聖讓小旅館』的房子？屋主是布莉姬・波奈。」

男人關掉引擎，摘下棒球帽和墨鏡，用小手臂抹臉。這時，一頭栗色的長髮披散在肩上。

「啊，抱歉，抱歉，小姐，我以為妳是……呃……男的。」佩赫杜聽見麥克斯用沙啞的聲音焦急地說。

「我相信你以為女人都縛牢在緊身洋裝裡，不會開牽引機。」陌生人冷冷地說，把頭髮盤回帽底。

「不然就是懷孕，打赤腳，被拴在爐灶上。」麥克斯加了一句。

陌生人先是遲疑——接著爆出串串的笑聲。

佩赫杜拉長脖子想看清楚他們，年輕女子已經戴回大墨鏡，正在向麥克斯解釋路怎麼走：波奈夫婦的屋子在葡萄園另一側，從右邊開過去就行了。

「謝謝，小姐。」

麥克斯剩餘的話被轟轟的油門聲淹沒，佩赫杜現在只看得見她的下半張臉——她的嘴唇動了，露出一個開心的微笑。接著，她把油門往下踩，嗒嗒嗒嗒走了，身後揚起一小團塵埃。

「這裡真漂亮。」麥克斯一面說，一面回到車上。佩赫杜覺得他渾身散發出光彩。

「什麼事？」他問。

「跟那女人。」麥克斯笑了一聲說道，他笑得有點太大聲，有點太高亢。「唔，簡單地說，往前直走就對了，所以……好啦，她長得很漂亮。」佩赫杜覺得麥克斯像毛茸茸的兔子玩偶一樣快樂。「髒兮兮，滿身是汗，但實在好可愛，像冰箱上層的巧克力。除此之外，沒事……沒其他的事。很不賴的牽引機。幹嘛問我？」麥克斯露出糊塗的樣子。

「沒什麼。」佩赫杜說謊。

幾分鐘後，他們找到聖讓小旅館，它是一幢十八世紀初的農舍，像是畫冊中的房子：水灰色的石頭，狹長的窗戶，繁花如畫的庭院。麥克斯在網咖無意間連結到www.luberonweb.com，透過網站尋找附近的空房，波奈太太還有一間房間。她把鴿舍改造後出租，房間附早餐。

布莉姬・波奈身材嬌小，留著平頭，年近六十歲。她帶著親切的笑容，提著滿滿一籃剛摘下來的杏果，等待著他們。她穿著男子背心與淺綠色百慕達短褲，戴著一頂鬆軟的帽子，人曬得跟堅果一樣黑，眼眸發出水漾的藍光。

杏果覆著甜軟的絨毛，鴿舍改建的房間有十二英尺平方大，附浴盆與櫥櫃大小的廁所，幾個掛鉤權作衣櫥，還有一張窄得不舒服的床。

「第二張床在哪裡？」佩赫杜問。

「啊，先生，只有一張，你們不是一對嗎？」

「我睡外頭。」麥克斯當下建議。

鴿舍小而舒適，從高窗最遠可以看到瓦朗索爾高原。建築坐落在一大片果園和薰衣草園的中央，旁邊有碎石露臺，一堵矮厚的石牆看起來像是城堡殘垣。鴿舍旁的熱情小噴泉汩汩流動，你可以放一瓶酒到水裡冰鎮，坐在牆上盪著腿，欣賞眺望谷底的果園、菜田與葡萄園。山谷底下看起來沒有道路，也沒有其他農莊。挑中這個地點的人，對風景真是有眼光。

麥克斯跳上厚牆眺望平原，一手放在眼睛上遮擋陽光。專心的話，可以聽見牽引機的引擎，看到一小團灰塵從左至右平穩移動，接著又從右回到左邊。

鴿舍露臺四周也種了薰衣草、玫瑰和果樹，一把大陽傘底下擺了兩把椅子、舒適鮮豔的靠墊和一張馬賽克桌。波奈太太在這裡招待兩個男人一人一瓶法奇那[27]果汁，裝在圓胖瓶子裡的氣泡果汁十分冰涼。為了表達歡迎，她還送上一支冰鎮的「好酒」（bon vin），她的普羅旺斯鄉音把bon vin發成bong veng——那是一款微微發亮的淺黃色酒。

「是這裡出產的好酒，呂克・巴塞釀的。」她嘰嘰喳喳說：「酒莊在十七世紀成立，位於D36公路的另一側，走路十五分鐘就到，他們的瑪儂十七今年贏得金牌。」

「對不起，他們的什麼？瑪儂？」佩赫杜震驚地問。

麥克斯鎮定地出手幫忙，向不安的女主人一再致謝。後來布莉姬・波奈慢慢走開，沿路上不時停下來摘採某樣東西，這時麥克斯才開始研究酒標。「瑪儂」二字上方畫了一張臉——文雅的鬈髮，若有似無的笑容，直視觀眾的認真大眼。

「是你的瑪儂？」麥克斯驚愕地問。

佩赫杜起初點點頭，接著搖頭。不，這個當然不是瑪儂，跟**他的**瑪儂差遠了。他的瑪儂可愛，但死了，只繼續活在他的夢裡。此刻，她卻毫無預警地從酒瓶目不轉睛望著他。

他從麥克斯的手中把瓶子拿來，輕輕撫摸瑪儂的頭像，她的頭髮，她的臉頰，她的下巴、嘴唇、脖子。他曾經觸碰她這些地方，但……

直到此刻，他才開始發抖。顫動從膝蓋開始往上爬，他的肚子胸膛格格震動，接著手臂指頭也開始哆嗦，嘴唇和眼皮也逃不過顫慄的掌控。他的循環系統即將瓦解。

他用消沉的語氣說：「她喜愛杏果摘下時的聲音，你要用大拇指和兩根指頭輕輕摘，稍微一扭，就會發出『磕』一聲。她的貓叫『喵嗚』，冬天時，喵嗚像帽子一樣睡在瑪儂的頭上。瑪儂說她遺傳到她爸爸的腳趾——腳趾有勻稱的腰身。瑪儂非常非常愛她的爸爸，她愛吃夾了許多邦翁乳酪和薰衣草蜂蜜的鬆餅。她偶爾睡覺做夢會發笑，麥克斯。她嫁給呂克，我只是她的情夫，她嫁給了葡萄農呂克・巴塞。」

佩赫杜抬起眼，顫抖的雙手將酒瓶放到馬賽克桌上。要不是荒謬地害怕會粉碎瑪儂的臉龐，他更想將酒瓶用力往牆上擲去。

他受不了，他受不了**自己**。他來到世界上風景絕美的地方，跟成了兒子和知己的朋友在一塊。他斬斷了退路，在河水和淚水中往南而行。

不料，竟發現自己尚未做好準備。

他想像自己就站在公寓的走廊，被困在書櫃的後方。

他以為來這裡就能神奇化解一切嗎？以為可以把痛苦拋留在河道上，用未流下的眼淚，交換一個死去女人的寬恕嗎？以為走得夠遠，自己就能得到救贖嗎？

沒錯，他是這麼以為。

27. Orangina，飲料品牌。

但沒有那樣容易。

絕對沒有那樣容易。

他突然憤怒地伸手轉動酒瓶，他不要瑪儂再對他露出那個眼神，不要，他不要這樣面對她。他的心在漂流，尚未停泊，唯恐再一次愛上一個人又失去她。他不要以這樣逃避人性的樣子面對她。

麥克斯把手放到他的手上，他握住麥克斯的手，牢牢握住。

36

溫和的南方空氣吹入車裡，佩赫杜已經搖下了破舊的雷諾五號所有車窗。他在阿普特把租來的車還了，跟布莉姬的丈夫傑哈・波奈借了這輛車。

右車門是藍色，左車門是紅色，老爺車的其他部分是鏽褐色。他只帶了一個小旅行包就出發，從奔牛村開到洛瑪琳，接著經由佩爾蒂伊來到艾克斯。從艾克斯，他走最近的路往南到海邊。馬賽雄偉壯麗，在南方的海灣鋪展開來——這座偉大的城市是歐亞非接吻交戰的地方。快到維特羅萊時，他開上高速公路離開山區，在夏日暮色中，流光輝映的海港像是會呼吸的生物。

右側是都市房舍的白，左邊是海天的藍，景色美得令他嘆為觀止。

海。

水光蕩漾。

「哈囉，大海。」尚・佩赫杜低聲說。風景牽扯著他，好像海水用捕鯨叉刺穿他的心，然後收繞魚線，以強壯的繩索慢慢將他拉過去。

海水，天空。在上方的藍，白霧霏霏，在底下的藍，白浪滔滔。

哦，是的，他要走向這無邊無際的藍，沿著峭壁不停不停前進，直到他擺脫依然折磨著他的顫抖。是因為離棄露露號嗎？是因為離棄他脫離悲傷的希望嗎？

尚・佩赫杜想一直開下去，開到他確定為止。他想找一個地方，一個能讓受傷動物躲藏起來的地方。

療傷，我必須療傷。離開巴黎時，他並不知道這一點。

趁著還沒想到他未知的每一件事，他轉開收音機。

「說說看讓你變成現在的你的轉捩點，打電話給我，告訴我和瓦爾地區在收聽的每一個人。」

女主持人的聲音親切，像巧克力慕斯。她說了一個電話號碼，然後播放音樂，一首緩慢的曲子，彷彿一波一波湧上的滾浪，電子吉他偶爾發出感傷的嘆息，低喃的鼓音像打在岸邊的浪花。是佛利伍麥克搖滾樂團（Fleetwood Mac）唱的〈信天翁〉（Albatross），讓尚・佩赫杜想到在落日中盤旋的海鳥，想起在天涯海角的沙灘上搖曳的漂流木火堆。

佩赫杜開在高速公路上，穿過馬賽上空的溫暖夏日空氣，不知道哪件事是他轉捩點。「歐巴涅的瑪歌」告訴聽眾她開始成為自己的那一刻。

「是我第一個孩子出生時，我的女兒。她叫芙樂爾，陣痛三十六個小時，誰想得到那樣的痛會帶來這樣的喜悅？這樣的平靜？我感覺到難以置信的輕鬆。突然間，每一件事都有了意義，我再也不怕死亡，我給予生命，痛是通往喜悅的道路。」

在一瞬間，佩赫杜懂得這個歐巴涅的瑪歌。不過，他是男人，仍舊無法體會與另一個人共享身體九個月的感受，他永遠無法了解，如何把自己的一部分傳給一個孩子，然後永遠離開他。

他進入了馬賽大教堂底下的長隧道，但還聽得到廣播。

下一個打電話的人是馬賽的吉爾，他的口音粗啞嚴厲，聽起來是勞工階層。

「我兒子死掉，我成為我自己。」他結結巴巴地說：「因為悲傷讓我明白人生什麼是重要的，悲傷讓人明白這一點。起初，它永遠都在，醒來時它就在，整天跟著你，你走到哪，它就跟到哪。天黑後跟著你，在夜裡也不離開。它抓著你的喉嚨搖晃你，但它讓你保持溫暖。它有一天可能會離開，但不是永遠離開，偶爾還會再來，接著，最後……我突然明白什麼是重要的——悲傷讓我明白了，愛才是重要的，美食、抬頭挺胸、該說不時不說好。」

又是音樂。佩赫杜開過馬賽。

我以為只有我在悲傷嗎？只有我因為悲傷而迷惘嗎？哦，瑪儂，我沒有人可以談妳的事。

他回想讓他開船離開巴黎的瑣事：看見赫塞的〈階段〉被做成新穎的書擋，那首滲透人性、非常個人的詩……被用來當作行銷手法。

他隱約明白自己沒有能力在他的哀悼中跳過一個階段，但他抵達了哪個階段了？他還在最後階段嗎？他到達一個新的開始了嗎？或者他腳步沒站穩，就快要跌倒了？他關掉收音機，不久後看到通往卡西斯的出口，於是切入交流道。

他離開高速公路時依然陷在沉思中，不一會兒卡西斯到了，他轟轟開上陡峭的道路。這裡有好多度假的遊客和充氣塑膠動物玩偶，還有穿戴晚禮服與鑽石耳環的淑女，一間看起來昂貴的海邊餐廳前貼著大海報，宣傳「峇里島自助餐」。

我不屬於這裡。

佩赫杜想起艾利克・朗森，巴黎行政區的那個治療師，喜歡閱讀奇幻小說，用文學精神分析節目娛樂佩赫杜。他可以把他的悲傷恐懼告訴朗森啊！治療師有一次從峇里島寄明信片給他，在峇里島，死亡是生命的頂點，人們用舞蹈、民族樂器合奏和海鮮大餐來慶祝。佩赫杜不知不覺很想知道麥克斯對那種慶典有什麼想法，那絕對是一個稍嫌失禮的舉動，一件詼諧的事。

道別時，麥克斯對尚說了兩件事。第一，我們必須凝視死者，將他們燒成灰埋了——才能開始訴說他們的故事。

「完全不談死去的人，他們永遠不會讓你安寧。」

第二，他認為奔牛村四周極為美麗，他要留在鴿舍寫作。尚・佩赫杜猜想某架紅色牽引機也影響了這個決定。

但那是什麼意思——必須說出死去的人的故事？

佩赫杜清清喉嚨，對著空車表示：「她的話非常自然，瑪儂永遠表現出她的感受。她熱愛探戈，她像喝香檳一樣飲用人生，以同樣的精神面對人生：她知道人生是特別的。」

他感覺深切的哀痛從內心湧起。

過去兩週，他掉下的眼淚比過去二十年還多，但全是為瑪儂而流下，每一滴都是。為此他已不再感到慚愧。

佩赫杜加速駛上卡西斯陡峭的街道，開過左側的卡內爾斷崖和壯觀的紅色峭壁，繼續沿著古老風大的海岸路，穿過丘陵，從馬賽駛向坎城。村落一個接著一個，一排排的房舍模糊了村鎮的界線，棕櫚與松樹交替，花朵和岩石更迭。拉西歐塔到了，接著是萊屈埃。

佩赫杜發現通往海灘的小路邊有個停車場，不由自主地轉出順暢的車陣。他餓了。

小鎮的海濱廣闊，有經歷風吹日曬的老舊別墅，也有務實的新旅館群，有許多家庭，熱鬧非常，他們在海邊和濱海大道上散步，到大窗一拉就可以觀賞海景的餐廳小館吃東西。幾個曬得黝黑的小夥子正在海浪中玩飛盤，黃色標示浮筒和燈塔拉起的線之外，有幾艘白色個人訓練小船在上下擺動。

佩赫杜在厄瓜多爾海灘酒吧的櫃檯找了位置坐下。酒吧離沙灘不到兩公尺，離溫和的碎浪大約九公尺。跟普羅旺斯各地在旺季的情形一樣，餐廳用餐者人滿為患，閃亮的桌子排得密密麻麻，桌子上方的藍色大陽傘在風中鼓動。佩赫杜從吧檯享受美麗絕倫的景色。

他吃著黑色深盆裡用豐富香草和奶油醬汁烹調的貽貝，配著礦泉水，以及一杯不甜的邦多白酒，同時目不轉睛看著大海。在餘暉中，海水是淺藍色的。

到了日落，它選擇變成青綠色，沙從淺金色變成亞麻色，然後變成石板灰。走過的女人變得更興奮，裙子短了，笑聲中多了期盼。防波堤舉辦起露天迪斯可舞會，女孩三五成群朝那裡走去，穿著暴露的洋裝或牛仔短褲，男人穿著襯衫，黝黑光亮的肩膀從襯衫突出。

佩赫杜的目光尾隨著年輕男女，在他們焦急匆忙的步伐中，他看到年輕人渴望獲得新經驗的放縱慾望，他們奮勇向前，渾身發出冒險的氣息，情慾的冒險！歡笑，自由，跳舞到凌晨，赤腳走在冰涼的沙上，下身藏著熱度。還有接吻，永遠刻在記憶的吻。

太陽下山後，聖西爾和萊屈埃變身成社交聚會的大廣場。在南方的夏季，午後炎熱，血管中的血液疲憊濃濁，而今正是自午後保留下來的時光。

左側陡峭的狹長陸地散布著房舍松木，閃爍著金鏽色光輝，地平線以橘藍色勾勒，海的味道又甜又鹹。

有幾分鐘時間，他伸到貽貝的盆底，在殘餘的鹹味奶油醬汁中，漫不經心地檢查貽貝藍黑色的閃亮外殼碎片。這時，海天大地展現同調的藍色：一種清涼的藍微微染上了空氣、酒杯、白牆和濱海大道，短暫把人變成嘰嘰喳喳的石雕。

一位金髮衝浪小子收走佩赫杜的盆子和一盤的殼，俐落地放下一碗溫水讓佩赫杜洗手。

「想吃甜點嗎？」語氣友善，但暗示著「不吃就請走吧，因為我們可以讓另外兩位進來坐」。

不過，感覺還是很舒服。他吃到海味，也用眼睛享用了海。他一直很想這麼做，他內心的顫抖稍微平息。

佩赫杜留下剩餘的酒，在放著帳單的盤子上拋了一張鈔票，朝著他東補西補的雷諾五號走去。他繼續沿著海岸開，唇上沾著帶有奶油的鹹味。

看不到大海時，他在下一個右轉駛離主幹道，馬上又看到了海水。他沿著無人的小路駕車，穿過一處美麗的住宅區，路過鮮豔奢華的別墅。松柏、強風吹襲的長青植物、房舍、旅館和別墅之間，一條緞帶在月光下閃閃發亮。他不知道這裡是哪裡，但知道這就是他明天早上想醒來游泳的地方。現在該找間小旅館，或者一塊可以生營火、在星空下睡覺的沙地。

當佩赫杜沿著弗雷德里克米斯特拉大道往下走，雷諾開始發出嗚嗚咿咿的呼嘯聲，然後在一聲嘶嘶的巨響後，嘯音結束了，引擎也在一陣噗噗聲中壞了。靠著下行的最後推動力，佩赫杜把車開到路邊，雷諾吐出最後一口氣息。佩赫杜轉動鑰匙，聽不到發動的喀嚓聲。車子顯然也想留在這裡。

佩赫杜先生下車，四處張望。

他發現底下有一個小小的海水浴場，上方有別墅與公寓大樓，在離他所站位置的半英里處，看樣子有一個小鎮。這片景色閃著舒適的桃色光輝，他從車子拿下小袋子，快步走開。

空氣中有舒緩的平靜，沒有露天迪斯可舞會，沒有車輛。沒錯，這裡連海浪都比較安靜。

走了十分鐘後，他來到一座奇怪的方塔前，超過一百年前，有人在塔的周圍蓋了一間旅館——他恍然大悟這裡是哪裡。

居然誤打誤撞到了這裡！太適合了。

他滿懷崇敬之情走上泊岸，閉上眼，好好地聞一聞味道。鹽，開闊的空間，清新的空氣。

他再度張開眼睛，看見了老舊的漁港，數十艘鮮豔的小船在光潔的藍色水上搖晃，更遠處有閃閃發亮的白色遊艇。房子不超過四層樓高，正面漆成柔和的顏色。

這個迷人的老村莊聚集著出海人：白晝讓顏色煥發光彩，夜裡有蒼茫的星空照亮村子，傍晚則靠著老式燈籠的柔和玫瑰光點亮。在那裡，黃紅色雨棚的市場就在茂密的懸鈴木底下。在樹的四周，在老酒館和新咖啡廳數不清的桌子旁，人們恍惚地斜靠在椅子上，接受太陽和大海的撫慰。

在他之前，這個小鎮見過也庇護過許多逃亡者。

濱海薩納里。

37

給：凱薩琳（惡名昭彰的P先生前妻）
75011巴黎蒙塔納路二十七號
濱海薩納里，八月

遙遠的凱薩琳：

到目前爲止，大海閃耀過二十七種顏色，今天是藍綠交混的顏色，店裡的那些女人說這叫「碧」色，她們應該是懂的，但我認爲那是潮濕的土耳其藍。

大海會對人大喊，凱薩琳。它會用貓一般的揮擊抓人，它會偎依在人的身邊輕撫人，它能在此刻像鏡子般光滑，下一刻勃然大怒，將衝浪客引誘到排空而至的巨浪中。它每天都不一樣，在暴風雨的日子，海鷗像幼兒嘎嘎叫，在陽光燦爛的日子，牠們是預告光輝到來的使者。「很好！很好！很好！」牠們喊著。薩納里的美讓人傾倒，讓人不想離開。

過了七月十四日，我在「美麗藍」——我在安德烈經營的博瑟爵旅店的藍色房間——的單身日子馬上就要結束。我不必再把衣服塞進床單，露出哀求女婿的表情去找寶琳太太。或者把那捆衣服扛去西富爾斯勒普拉熱購物中心後方的洗衣店——我有洗衣機了。書店發工資了，MM——蜜奴．孟費爾，書店老闆、鎮上書商老前輩——很滿意我的表現，她說我不會礙手礙腳。說得好。我生平第一個老闆讓我負責童書、百科和經典著作，交代我進逃離納粹住在這裡的逃亡作家的作品。她怎麼吩咐，我怎麼辦，不用承擔任何責任，感覺莫名地舒服。

我也找到一個家——洗衣機和我的家。在港口上方的小山上，就在慈悲聖母小教堂的後面，但可以俯瞰度假者一個接一個躺在毛巾上的波蒂索海水浴場。有的巴黎老公寓比這間屋子還大——但沒有那麼舒適。它的顏色從火鶴紅變化到咖哩粉黃，從其中一間臥室，只能看見一株棕櫚葉、一株松樹、許多花以及小教堂的後面，更遠的木槿後方則是大海。高更（Gauguin）會非常喜愛這些顏色組合：粉紅與深綠，玫瑰色與潮濕的土耳其藍。凱薩琳，我開始學習在這裡靠自己的兩隻腳站立。

我以工代宿，沒付租金，在搬進來後，開始修復這間火鶴咖哩屋。屋子也是安德烈和他的妻子寶琳的，他們沒有時間自己來，也沒兒女可以騙來幫忙整修。他們的博瑟爵旅店有九間房間，整個夏天都被訂光了。

我想念二樓三號的藍色房間，安德烈洪亮的嗓門，他做的早餐，他有綠葉屋頂的安靜花園。安德烈有一點像我的爸爸，他替一泊二食的客人做菜，寶琳愛玩單人紙牌，偶爾有老婦人請她算塔羅牌，她盡心盡力讓旅館永遠維持愉快的氣氛。我經常見她把牌放在塑膠桌上，一面抽菸，一面發出嘖嘖聲。她表示願意替我算命，我該接受嗎？

他們的清潔員——愛妹，金髮，胖胖的，說話非常大聲，非常好笑；蘇倫，瘦瘦小小的，個性嚴厲，像是萎縮的橄欖，沒牙齒的嘴巴發出的笑聲很難聽，而她把清潔水桶掛在手臂上，就像巴黎女人拎著路易威登和香奈兒皮包的樣子。我不時在港口旁的教堂看到愛妹，她經常唱歌，唱的時候眼中帶淚。這裡的儀式非常人性，輔祭年紀很小，穿著白色襯衫式長睡衣，露出迷人的笑容。薩納里沒有什麼南部許多觀光景點普遍有的虛假痕跡。

每個人唱歌都該像愛妹：快樂地流淚。我又開始在洗澡時引吭高歌，假裝隨著有問題的蓮蓬頭噴嘴的節奏跳來跳去。不過，有時還是覺得好像縫在自己的皮膚上，好像我住在一個讓我留在裡面、讓其他人待在外面的隱形箱中。在這樣的時刻，即使是自己的聲音，我都覺得是多餘的。

我正在蓋露臺的遮陽頂。這裡的太陽非常值得信賴，露臺像是貴族的客廳：溫暖安全，受寵奢華。但曬太久的話，就讓人覺得壓迫不適，感到窒息。在午後兩點到五點之間，有時直到七點，薩納里沒有人敢出門，他們寧可躲在屋子最涼爽的地方，光著身體躺在地窖的瓷磚地，等待外面的美景和火爐終於可憐他們。我把濕毛巾貼在頭上和背上。

從我正在蓋的廚房平臺，可以看見港口船桅之間的鮮豔房舍正面，但最顯眼的還是閃著微光的白色遊艇，以及防波堤盡頭的燈塔。在國慶日，消防局從燈塔往天空發射轟隆隆的煙火，可以看見對岸連綿的山嶺，以及後面的土倫和耶荷。崎嶇的岩石露頭上有許多白色小屋。

要是踮腳站著，可以看到聖納澤爾古城的廣場瞭望臺，蓋在瞭望臺旁的土爾旅館，方方正正，外觀簡單，在恐怖的戰爭期間，好幾位逃亡的德國作家在那裡逃過一劫，如曼氏夫妻（The Manns）、福伊希特萬格夫妻（The Feuchtwanger）、布萊希特（Brecht）、邦迪夫婦（The Bondys）、托勒爾（Toller）。一個茨威格（Zweig），另一個茨威格也來了。沃爾夫（Wolff）、西格斯（Seghers）和菲麗琪・馬薩里（Fritzi Massary）。菲麗琪——多美的女人名字。

（抱歉，凱薩琳，這封信寫得有點像在講課！紙有耐心，作者絕對沒有。）

在七月底，我的滾球技術終於進步了，不再是一個不受歡迎的菜鳥。有一天，一個矮胖的拿坡里人在舊港口的威爾森碼頭轉角出現，戴著巴拿馬草帽，鬍鬚像弄到奶油的貓一樣顫動，攬著一個女人，女人的熱情從她的表情發出光芒，正是庫內諾和沙米！他們待了一個星期，把駁船留給居瑟里議會照顧，愛書的露露號如魚得水——眞是同類相聚。

從哪來？爲什麼來？怎麼來？熱情洋溢的問候。

「大白癡，你手機怎麼從不開機？」沙米大聲地說道。嘿，沒用手機，他們不也找到我了。當然，他們先去找麥克斯，接著聯絡蘿莎蕾特女士。蘿莎蕾特女士當然跟以前一樣無私地分享她所刺探出來的情報，她分析我寄給妳的信上的郵戳，老早推斷我人在薩納里。這世上若是少了公寓管理員，朋友、戀人怎麼過得下去？誰知道呢？也許每個人在人生這部鉅著中都有特殊的角色，有的人特別會愛人，有的人特別會照顧情人。

當然，我知道我爲何完全忘了手機這件事——我在紙的世界活得太久，還正在摸索這些小玩意兒。

庫內諾幫我砌了四天的石頭，教我把做菜看成像是做愛。他的課上得非常好——根本是大師班——從逛菜市場開始教起。賣菜婦人身邊的蔬果堆到頭那麼高，番茄、青豆、甜瓜、水果、大蒜、三種小蘿蔔、覆盆子、馬鈴薯和洋蔥。在孩童旋轉木馬旁的冰淇淋店，我們吃了鹹味焦糖冰淇淋，有點鹹，有點焦，香甜、滑順又冰涼。我從沒吃過這麼好吃的冰淇淋，現在天天吃（偶爾連晚上也吃）。

庫內諾教我用雙手判斷，告訴我如何分辨需要立刻處理的食材。他教我聞味道，區分哪些材料可以搭配，靠香氣知道可以做出什麼料理。他在我的冰箱放了一杯咖啡粉，吸收不屬於冰箱的臭味。光是料理魚，我們就有燉、蒸、煎、烤等方法。

妳如果請我再爲妳做菜，我會用學到的所有戲法讓妳陶醉。

嬌小的好朋友沙米留給我最後一則智慧。她難得沒有大聲說話——她經常大聲說話。當時，我坐著看海，數著顏色的變化，她給我一個擁抱，很小聲地對我說：「知道嗎？尚・佩赫杜，每一個結束和每一個新的開始之間有一個中途世界，叫做傷痛期，它是一個沼澤，你的夢想、擔憂和遺忘的計畫都集中在這裡。在這段期間，你的腳步會比較沉重。不要低估道別與新起點之間的轉折，阿尚。需要多久，就給自己多久的時間，有些門檻很寬，一步跨不過去。」

之後，我常常思索沙米所說的傷痛期與中途世界，思索道別和新起點之間必須跨過的門檻。我納悶我的大門是否就從這裡開始……或者從二十年前就開始了。

妳也經歷過傷痛期嗎？失戀的感覺像哀悼嗎？妳介意我問這些問題嗎？

薩納里一定是法國少數我推薦德國作家時，當地人會面露笑容的地方，他們自豪在幾段獨裁統治期間給知名的德國作家提供安全的避風港。可惜，沒有幾個流亡作家的住所保存下來，只有六、七間還在，湯瑪斯・曼氏夫妻的屋子已經重建。雖然在這裡避難的作家有幾十個，書店卻很少有他們的作品，我正在增加我們店裡這方面的選書，MM交由我自由作主。

她也把我推薦給城裡的要員——不可思議。市長伯恩哈德先生，身材高大，穿著考究，像是一尾銀狐，喜歡在國慶日率領消防車遊行隊伍。凱薩琳，車隊展示所有的裝備：油槽車、吉普車，甚至一輛腳踏車和載船的拖車，非常壯觀，少年在後面得意從容地行進。不過，市長的藏書是可憐的藥櫃，有卡繆（Camus）、波特萊爾（Baudelaire）、巴爾札克等名氣響亮的作家，都是皮革精裝本，所以客人心想：「哇！孟德斯鳩（Montesquieu）！還有普魯斯特（Proust）！好無聊。」

我建議市長讀他想讀的書，而不是他認爲會令人刮目相看的書，也建議他不要再根據書皮顏色、字母順序或文類排列書了，而該根據主題分類。與義大利相關的放在一角，譬如食譜、唐娜・利昂（Donna Leon）的犯罪小說、小說、繪本、研究達文西的論文、聖方濟各亞西西（Assisi）的宗教專書，應該通通統統放在一起。關於海洋的放在另一角——海明威的書、鯊魚、描述魚的詩歌和烹調魚的食譜。

他認爲我深藏不露。

MM的書店有一個地方我非常喜愛，就是在百科全書旁，那裡很安靜，偶爾有小女孩會偷看裡面，鬼鬼祟祟地找書，因爲她的爸媽想要她走，哄著說：「妳太小了，看不懂，大一點，我解釋給妳聽。」我個人不信有什麼太大的問題，你只是必須按照對象修正你的答案。

在這個角落，我坐在梯凳上，裝出聰明的表情，坐在那裡呼吸——如此而已。從躲藏的地方，我看得見天空，遠處一抹海洋映照在開啓的玻璃門上。這個視角讓每一樣東西變得更加可愛柔和，儘管這裡的事物已經夠美了，簡直無法想像可以更美。薩納里是馬賽和土倫之間海岸線上的最後一個地方，沿岸的小鎮都是白色方形小屋，即使少了遊客，依舊生氣盎然。當然，從六月到八月，一切都爲了迎接遊客而做準備，晚餐沒預約，根本不可能有位置。遊客返家後，他們沒有拋棄通風良好的空曠房舍和無人的超市停車場，繼續在這裡過生活。小巷狹隘，小屋繽紛，居民團結，破曉時漁夫在船上賣大條的魚。這樣的小鎮在呂貝宏也有，獨特莊嚴，鄰里和睦。但呂貝宏已成了巴黎的第二十一區，薩納里則是一個令人懷舊的地方。

我每晚玩滾球，不是在滾球場，而是在威爾森碼頭，那裡的泛光燈到午夜十一點才關，嚴肅（有人會說是老邁）的男人在那裡玩球，不大交談。

這是薩納里最美麗的地方，看得到大海、小鎮、燈火、滾球和船隻。身在最稠密的地方，但感到很平靜，沒有掌聲，只有偶爾低沉的「啊哦！」滾球相撞的聲音，投球的人（也是我新的牙醫）打中時，會喊一聲「砰！」我爸一定會喜歡。

我最近經常想像跟我爸爸一起玩滾球，談天說笑。啊，凱薩琳，我們還有好多可以說說笑笑的事。

過去二十年去了哪裡呢？

凱薩琳，南方的藍是鮮豔的。

這裡少了妳的顏色，有妳的顏色，每一樣東西會更加明亮。

尚

38

每天早晨開始變熱前，每天晚上即將日落時，佩赫杜都去游泳。他發現游泳是唯一能夠從體內沖出傷痛的方法，讓痛一點一滴流走。

當然，他也嘗試去教堂禱告，也唱歌。他到薩納里的偏僻丘陵健行。他大聲說出瑪儂的故事，在廚房，在破曉的散步時，他對著海鷗和鷺鳥呼喚她的名字。但只是偶爾有幫助。

傷痛期。

悲傷往往在快入眠時來襲，就在他即將輕鬆迷迷糊糊睡去時——它就來了。他躺在黑暗中痛哭，在那一刻，世界感覺縮小了，只剩臥房那麼大，缺乏慰藉的寂寞。在那樣的時刻，他害怕自己再也無法微笑，害怕他的痛沒有停止的一天。在那樣悽愴的時間，一千個不同的「當初假如……呢？」在腦中心上打轉。他怕父親在玩滾球時離開人世，怕母親開始跟電視機吵架，在悲傷中日益消瘦。他怕凱薩琳正在對她的女性友人朗讀他的來信，大家一塊嘲笑他。他怕自己注定要再三哀悼他所愛的人。

他該如何在餘生中忍受那些呢？有誰能受得了呢？

他希望能把恐懼的自我像掃把一樣靠在角落，一走了之。

海是他找到大到足以吸收他悲傷的第一樣東西。

認真練習游泳後，佩赫杜會仰著漂浮，雙腳朝著海灘。在浪潮上，水從張開的手指間溢出。從記憶深處，他汲取與瑪儂共度的每一個小時，他檢查每一段記憶，直到他不再遺憾那已成往事，然後放手任它去。

佩赫杜任由海浪搖晃他，抬起他，不停通過他。慢慢地，極其緩慢地，他開始相信。不是相信海，才不可能——沒有人應該犯下那樣的錯誤！尚・佩赫杜又相信起自己，他不會沉沒，他不會淹沒於自己的情緒中。

每一回醉心於大海，就又有一小滴的恐懼汩汩流出。這是他的祈禱方式。

整個七月，整個八月。

一個清晨，大海溫柔而平靜。佩赫杜比往常游得更遠。終於，在離岸遙遠的地方，他屈服於精疲力盡之後得以放鬆的舒暢中，內心感到溫暖安詳。

也許他睡著了，也許他正在做白日夢。他往下沉時，海水退開了，大海變成溫暖的空氣、柔軟的青草，他聞到清新和風、櫻桃與五月天氣的芳香。麻雀在一張帆布躺椅的扶手上跳來跳去。

她坐在那裡，瑪儂，她對佩赫杜露出溫柔的微笑。

「你在這裡做什麼？」

佩赫杜沒有回答她，而是朝她走去，跪地擁抱她。他把頭靠在瑪儂的肩上，彷彿亟欲鑽入她的身體裡。

瑪儂撥亂他的頭髮。她沒有老，一天也沒有老，跟他二十一年前八月的那個晚上見到的瑪儂一樣年輕，一樣光彩照人。她聞起來溫暖，而且充滿生氣。

「對不起，我拋下妳，我非常愚蠢。」

「當然，尚。」她輕聲細語地說。

有一件事改變了，他彷彿透過瑪儂的眼睛看到了自己，彷彿他在自己的身體上方盤旋，可以隔著時光看回到自己奇異一生的每段插曲。他數一數，兩個、三個、五個自己——各自在不同年紀。

那裡——太尷尬了！有一個佩赫杜俯身對著地圖拼圖，一拼好就拆散，接著再拼一次。

下一個佩赫杜獨自在簡樸的廚房裡，盯著荒涼的牆壁，一球赤裸的燈泡懸吊在頭上方。他咀嚼包在保鮮膜裡的乳酪，吃著塑膠袋裡的麵包切片。他不許自己吃喜歡的食物，以免觸發任何情緒。

下一個佩赫杜不理女人，不理她們的笑容、她們的問題。「你今晚有什麼計畫？」或「你會打電話給我嗎？」她們察覺他的內心有一個悲傷的大洞（只有女人才擁有這類事情的天線），對他感到憐憫。佩赫杜也不理她們的敏感，不管她們無法諒解他無法將性和愛分開。

又一個改變影響了他。

佩赫杜現在認為他可以感覺到自己像棵要鑽入天空的樹，他同時像蝴蝶一樣墜落，彷彿一隻禿鷲從山頂俯衝而下。他感覺風穿過胸膛的羽毛——他在飛！強健的划水動作讓他潛入海床：他可以在水中呼吸。

一股神祕而龐大的活力突然穿過他，他終於明白他的內心怎麼了……

他醒來時，海浪幾乎已經把他推回了岸上。

那天早上，出於某種無解的理由，游泳和做白日夢後，他沒有感到悲傷，反而生氣。盛怒！

對，他見到了她。對，她讓他明白他選擇了一個非常醜陋的人生，他忍受了非常痛苦的寂寞，因為他沒有勇氣再信賴某個人。完全信賴一個人，因為這是相愛的不二法門。

他比在奔牛村時當瑪儂的臉孔從當地酒的瓶身酒標盯著他時還要憤怒，他從來沒有如此氣憤過。

「呸！」他對著海浪咆哮：「妳這個愚蠢、愚蠢、愚蠢的女人——為什麼妳一定得在一生最美好的時候死掉！」

兩名跑步的女人從海灘柏油小路呆呆看著他，他覺得不好意思，但只有尷尬了一下。

「看什麼看？」他大聲吼著，滿腔熊烈的怒火。

「為什麼就不能像正常人一樣打電話給我？不告訴我妳生病了，有什麼用？瑪儂，妳怎麼能呢？妳怎麼能在那些夜晚睡在我的身邊，卻什麼都沒有說呢？呸，妳笨死了……妳……天啊！」

他的怒氣無處宣洩，他想要用力捶打什麼，他跪下來，連續捶打沙地，用雙手把沙子挖起來甩到身後。他挖啊挖的，暴跳如雷，繼續挖啊挖。但，不夠。他站起來，衝向海裡，用雙拳痛打海浪，兩手同時打，一下又一下。鹽水潑進眼睛，他感到刺痛。他一下一下用力打。

「妳為什麼這麼做？為什麼？」他在問誰不重要——問自己，問瑪儂，問死亡，問誰都一樣。他大發脾氣。「我以為我們相知，我以為妳站在我這邊，我以為……」

他的憤怒變硬，沉入兩道浪之間的海裡，變成了漂流的雜物，將被沖到其他地方，讓另一個人憤怒——憤怒死亡隨時可能闖入，毀掉一個人的人生。

佩赫杜感覺到腳底下的石頭，察覺自己正在發抖。

「我希望妳當時告訴了我，瑪儂。」他說。他平靜下來，喘著氣，心灰意冷。非常失望。海濤滾滾而來，從容自若。

淚水不再流了，他仍舊想到與瑪儂共處的特定時刻，繼續做水中禱告。不過，他後來只是坐著，讓朝陽曬乾皮膚，享受顫抖的滋味。是的，他喜歡赤腳沿著水緣走回去，喜歡買這一天第一杯濃縮咖啡喝下去，頭髮依然是濕的，同時觀察大海和它的顏色。

佩赫杜做菜，游泳，淺酌，睡眠時間固定，每天和其他人碰面玩滾球。他繼續寫信。他寫寫改改《微妙情緒大百科》。晚上他在書店工作，賣書給穿海灘褲的人。

他改變替讀者尋找適當書籍的策略。他應該常問：「你睡覺時，希望感覺到什麼？」大部分客人希望感覺到輕鬆安全。

他請別人跟他說他們最喜歡的東西。廚師喜愛他們的刀，房產仲介喜歡成串鑰匙發出的叮鈴噹啷聲，牙醫喜歡病患眼中閃爍的恐懼——佩赫杜早就料到。

他最常問的是：「書應該是什麼味道？冰淇淋的味道？辣的？像肉一樣？還是像冰鎮的玫瑰酒？」食物和書本關係密切——他在薩納里明白了這一點，於是贏得了一個綽號：「書饕」。

八月下半月，小屋子翻修完畢。他跟一隻孤僻的流浪斑紋公貓同住，這隻貓從不喵喵叫，也不嗚嗚叫，只有在晚上才造訪。他可以放心讓貓咪在他床邊伸四肢，沉著臉看著門，這隻貓從這個位置守護著睡著的佩赫杜。

他本來想替牠取名為歐爾森，但這隻貓一聽到這個名字就露出尖牙，他改變決定叫牠

「喂喂」。

尚・佩赫杜不想再次讓一個女人揣測他的感情——雖然他自己對自己的感情也只能用猜的，他仍處於中間地帶，任何新的開始都依然籠罩在迷霧中。他無法肯定明年此時自己在哪裡，只知道這條路必須繼續走下去，直到發現終點。所以，他寫信給凱薩琳，在河道上就開始寫，去了薩納里之後開始寫——其實，他每三天就寫一封。

沙米建議過他：「好歹打一次手機看看，很奇妙的小玩意，真的。」

因此，有一天晚上，他拿起手機撥了一個巴黎的號碼。凱薩琳必須知道他是誰：一個困於黑暗與光明之間的男人。當你所愛的人離世，你會變成另一個人。

「二十七號，喂？你哪位？說話啊！」

「蘿莎蕾特女士……妳最近有染髮嗎？」他遲疑地問。

「哦！佩赫杜先生，怎麼……」

「妳知道凱薩琳夫人的電話號碼嗎？」

「我當然知道，我知道這棟樓每一個人的電話號碼，每一個人喔。來，樓上格理弗女士……」

「可以告訴我嗎？」

「格理弗女士的？到底要做什麼用？」

「不，親愛的女士，我要凱薩琳的號碼。」

「哦，好、好，你常常寫信給她對吧？我知道，因為凱薩琳夫人隨身帶著信，有一次信從她的袋子掉出來，我忍不住注意看了一下，那天高登柏格先生……」

他決定不催她告訴他號碼，反而讓蘿莎蕾特女士的小道閒語沖刷他。關於格理弗女士的閒話，格理弗女士新買的珊瑚紅拖鞋在樓梯上發出討厭招搖的啰嗒啰嗒聲。關於考菲，他決定研讀政治學。關於鮑姆太太，她動了眼睛手術很成功，閱讀不再需要放大鏡。而韋蕾特小姐的陽臺音樂會：太棒了！有人拍了一段——那叫什麼？——影片放上那個什麼網路的，很多人按來看還是什麼的，現在韋蕾特小姐紅了。

「點來看？」

「對，我就是那個意思。」

哦，還有，博納太太改造閣樓，想讓某個男藝術家搬進來，還有那個人的未婚夫，未婚夫喔！他搞藝術創作時，做隻海馬怎麼樣？

佩赫杜把手機拿離耳朵，這樣她才不會聽見他的笑聲。蘿莎蕾特女士閒聊個沒完沒了，佩赫杜只有一個念頭：凱薩琳留著他的信，而且隨身帶著。就像公寓管理員會說：難・以・置・信。

過了像是幾個小時後，她終於把凱薩琳的號碼唸給他聽。

「我們都想念你，先生。」蘿莎蕾特女士說：「希望你已經沒有那麼傷心了？」

他握緊電話。

「沒有了，謝謝妳。」他說。

「不客氣。」蘿莎蕾特女士輕聲說，然後掛了電話。

他按下凱薩琳的號碼，閉上眼睛，把手機拿到耳邊。電話響了一聲，兩聲……

「喂？」

「嗯……是我。」

是我？啊呀，拜託，她怎麼會知道「是我」是誰？

「尚？」

「對。」

「哦，天啊。」

他聽到凱薩琳倒抽一口氣，並把電話放下。她擤擤鼻子，然後回到線上。

「我沒料到你會打電話。」

「我該掛斷嗎？」

「你敢！」

他露出笑容，從她的沉默，他猜想她一定也在笑。

「怎麼……」

「什麼……」

他們同時開口，他們又笑了。

「妳現在正在讀什麼書？」他柔聲問。

「你給我的書，讀第五遍了吧。我也還沒洗我們共度那晚我穿的裙子，上頭還有一點你的鬍後水的味道，你知道的。書裡的每一個句子，每次都告訴我新的事。晚上，我把裙子放在臉頰下，這樣可以聞到你。」

接著她什麼都沒有說，他也沒有，突然襲來的幸福讓他感到意外。

他們默默聆聽彼此，他覺得與凱薩琳非常靠近，好像巴黎就在他的耳朵邊，他只需要張開眼，他就會坐在她的綠色大門前，傾聽她的呼吸。

「尚？」

「什麼事?凱薩琳。」
「越來越好了,是不是?」
「對,越來越好了。」
「對了,失戀的確就像哀悼,因為你死了,因為你的未來死了,你跟著它……有一段傷痛期持續了很久。」
「但會越來越好,我現在知道了。」
她的沉默讓人很舒服。
「我不禁一直想到我們沒有親吻。」她倉促地低聲說。
他忐忐忑忑,什麼也沒說。
「明天再跟你聊。」語畢,她掛上電話。
那必然表示他可以再打電話給她?
他坐在幽暗的廚房裡,唇上露出歪歪的笑容。

39

八月底，他發現身體變得強健，皮帶必須往內扣幾格，襯衫也被二頭肌繃緊了。他穿衣時照著鏡子端詳自己，在倒影中看見一個與他過去在巴黎截然不同的男人，曬黑了，結實了，挺拔高大，夾著銀絲的黑髮長長地隨意往後梳。海盜長鬍鬚；沒扣好的褪色亞麻襯衫。他五十歲。

快五十一歲。

佩赫杜走近鏡子，由於日曬，臉上多了皺紋，也多了笑紋。他猜有些雀斑不是雀斑，而是老人斑。但無所謂——他活著，這點勝過一切。

太陽把他的身體變成健康發亮的棕色，讓他的綠眼睛格外晶亮有神。他的老闆MM認為留了三天的鬍子的他像貴族流氓，只是他的老花眼鏡有損這個印象。

一個週六晚，MM把他帶到一邊。生意冷清，新的一波度假屋房客剛剛抵達，夏末愉快的樂事讓他們讚嘆，他們腦子想著其他事，不會參觀書店。一、兩週後，他們會在回家前來買必買的明信片。

「你呢？」MM問：「你最喜歡的書是什麼味道？在這個邪惡的世界，哪本書是你的靈魂救贖？」她一面說，一面竊笑：她的女性朋友覺得這位書饕很有魅力，想多知道他的事。

他在薩納里從來不曾睡不著，他最喜歡的書必須嚐起來像是撒上迷迭香的新鮮馬鈴薯——他與凱薩琳共進的第一餐。

但什麼是我的靈魂救贖呢？想出答案時，他差一點突然笑起來。

「書可以做許多事，但不能做每一件事，重要的是必須身體力行，而非靠閱讀，我必須……體驗我的書。」

MM對他露出燦爛的笑容。

「可惜，你的心對像我這樣的女人視而不見。」

「對其他人也是，夫人。」

「對，算是安慰。」她說：「一點點安慰。」

每到下午，暑氣升到危險的等級，佩赫杜會一動也不動地躺在床上，只穿著短褲，拿濕毛巾蓋在額頭、胸口和腳上。露臺門開著，窗簾隨著微風倦怠地搖擺。他讓暖暖的風在他打盹時撫摸身體。

回到自己的身體真好，感覺肉體恢復敏銳，活了過來。沒有麻木、瘸跛，沒有閒置不用——身體不是自己的敵手。佩赫杜以前用身體思考，好像他可以在靈魂中溜達，窺視每一個房間。

沒錯，悲傷繼續活在他的胸口，來襲時，他的肺部收縮，呼吸中斷，宇宙逐漸消失成一條狹縫。但他已經不怕了，當悲傷來襲，他讓悲傷流過全身。

恐懼也占據他的喉頭，不過他如果慢慢冷靜吐氣，恐懼所占據的空間會縮小。每呼吸一次，他能讓恐懼變小，把恐懼揉成一團，想像將它扔給喂喂，讓貓咪玩這顆焦慮球，把球逐出屋子。

喜悅在心窩跳舞，他由它跳舞去。他想到沙米和庫內諾，想到麥克斯好笑的來信，信上有個名字越來越常出現：小薇。牽引機女孩。他的腦中出現麥克斯在呂貝宏追著一輛酒紅色牽引機的畫面，他忍不住笑了起來。

愛確實停在佩赫杜的舌頭上，嘗起來有凱薩琳喉凹處的味道。

佩赫杜必須微笑。在這裡，在南方的光與溫暖下，另一樣東西也回來了。活力，感覺，慾望。

有些日子，他坐著往外看海，或者在海港旁的牆上看書，只是日曬的暖意就足以讓他充滿舒適、迫切、浮躁的焦慮。也在那裡，他的身體逐漸擺脫悲傷。

他二十年不曾與女人上床，現在感到一陣強烈的渴望。

佩赫杜任由思緒飄到凱薩琳的身上。他依然可以感覺到在他雙手底下——撫摸她的髮、肌膚和肌肉的熟悉觸覺。他想像她大腿的觸感，她的胸部。她會如何喘著氣看著他。他們的肌膚和自我會如何相會，腹部貼著腹部，喜悅靠著喜悅。他想像每一個細節。

「我回來了。」他輕輕地說。

他過他的日子，吃飯，游泳，賣書，在新的洗衣機轉動髒衣物。接著，突然間，他內心有樣東西往前走了一步。

沒有想到，就在假期即將結束的時候，就在八月二十八日那一天。

他正在吃午餐沙拉，納悶該不該去慈悲聖母小教堂替瑪儂點個蠟燭，還是跟平常一樣從波蒂索海水浴場游出去。但他突然察覺內心不再騷亂，灼熱感也沒了，其餘讓眼睛泛起灰心失落的淚水的一切也終止了。

他站起來，急切地走到露臺上。可能嗎？真的可能嗎？或者是悲傷讓他迷惑，準備好要再次衝過前門？

他已經觸碰到靈魂酸澀悲傷的底部，他挖啊挖啊挖啊，突然間——一道光從裂縫射入。

他衝進屋裡到餐具櫃前，那裡永遠放著紙筆。他匆忙寫下：

凱薩琳：

我不知道會不會成功，不知道我們能否避免彼此傷害。也許不能，因爲我們是凡人。

我渴望的這一刻已經到達了，我現在很清楚一件事，那就是這輩子與妳在一塊，我會比較容易入眠、醒來與付出關愛。

我想在飢餓讓妳心情變差時替妳做菜，任何種類的飢餓：對人生的飢餓，對愛情的飢餓，還有對光、對海、對旅行、對閱讀和睡眠的飢餓。

我想在妳摸了太多粗石後爲妳的雙手塗上乳液。在我的夢中，妳是石頭的拯救者，可以看穿一層層的石頭，探測出底下流動的心境之河。

我想看著妳走在沙徑上，轉身等待我。

我也想要所有瑣碎的小事、重要的大事。我想跟妳鬥嘴，鬥到一半笑起來；我想在冷的日子裡把可可倒進妳最愛的馬克杯中；跟好朋友歡聚後，我想拉開車門，妳開開心心地鑽進車裡。

我想在晚上抱著妳，感覺妳的小屁股靠著我溫暖的肚子。

我想跟妳做無數大大小小的事，跟我們——妳和我一起，妳是我的一部分，我是妳的一部分。

凱薩琳，拜託，來吧！快來吧！

到我的身邊來！

愛的眞面目比它的名聲更美麗。

尚

P.S.：深信不疑！

40

九月四日，為了準時抵達書店，佩赫杜很早出門，跟平常一樣，沿著科麗路散步，然後繞過漁港。

秋天即將到來，遊客喜歡蓋書堡勝過蓋沙堡。秋，一向是他一年最喜歡的時節，新的出版品帶來新的友情，新的見解，新的冒險。

隨著秋的來臨，炫目的仲夏豔陽變得柔和——變得柔潤。秋季像一面屏風遮擋薩納里，以免田園焦枯。

他輪流在港灣的里昂小館、水之家和海洋屋吃早餐，布萊希特（Brecht）曾經在這裡以歌嘲諷納粹，現在小鎮自然已起了改變，但他仍舊可以察覺些許流亡的氣息。在他與喂喂的獨身生活中，咖啡館是令人愉快的娛樂小島，有點像是替代了家人，讓人聯想到巴黎。那裡是告解室，是新聞編輯社，可以得知薩納里正在進行的祕密活動：雖然浮游生物突然大量增生，漁獲依然豐富；滾球員正在為秋天錦標賽加強練習。威爾森碼頭的球員邀他做候補「瞄準手」，他很榮幸受邀參與錦標賽。在咖啡館中，佩赫杜能夠置身於小鎮生活，同時也不會有人在乎他不說話，不積極參與。

有時，他坐在後面角落，跟父親華金講電話。那日早晨，他就在跟父親講電話。當華金聽說了在拉西歐塔的錦標賽，急著擦亮他的滾球，動身出發。

「拜託，不要來。」佩赫杜懇求他。

「不要，嗯？哦，她叫什麼名字？」

「難道一定要有個女人嗎？」

「之前那一個？」

佩赫杜笑了。兩位佩赫杜都笑了。

「你小時候喜歡牽引機嗎？」佩赫杜接著問。

「阿尚，兒子，我愛牽引機！為什麼問？」

「麥克斯認識一個人，一個開牽引機的女孩。」

「開牽引機的女孩？太棒了，我們什麼時候可以再見到麥克斯？你很喜歡他不是嗎？」

「等等，我們是誰？你不愛做菜的那個新女友？」

「哦，亂講！你媽啦，貝尼爾夫人和我，所以呢？現在不說，永遠就別講。我總可以跟前妻碰個面吧？欸，其實呢，從七月十四日後……我們做的比見面還多一點。當然，她的看法不一樣，她說我們只是一夜風流，我最好不要抱著希望。」華金的菸嗓笑聲變得低沉，他快活地呵呵笑了幾聲。

「那又怎樣呢？」他說：「莉拉貝兒是我最好的朋友，我喜歡她的味道，她從來沒想過要改變我。她也是個很棒的廚師──在她那裡，我總是更加滿意人生。而且，你知道的，阿尚，年紀越大，會越想跟一個可以一塊說笑的人在一起。」

根據庫內諾的世界觀，讓人真正「快樂」的有三件事，他的父親知道了大概會毫不遲疑地身體力行。

一、吃得好。不吃垃圾食物，因為它只會讓你不快樂、懶惰和發胖。

二、一覺到天亮（因為多運動、少喝酒和樂觀的思想）。

三、與設法用他們獨特的方式了解你的友善的人為伍。

四、多做愛——但這一點是沙米補充的。佩赫杜找不出告訴父親這一點的好理由。

從咖啡館到書店的路中，他常常跟母親說話，而且總是拿著電話對著風，讓母親聽到海浪和海鷗的聲音。那個九月早晨，海水平靜，佩赫杜問她：「聽說爸最近常去妳那裡吃東西。」

「唔，對啊，那男人不會做菜，所以我能怎麼辦呢？」

「但吃晚餐和早餐？還過夜？這可憐的男人沒有自己的床可以睡嗎？」

「你說得好像我們想做什麼淫穢的事。」

「我從來沒告訴過妳我愛妳，媽。」

「哦，寶貝，我的寶貝孩子……」

佩赫杜聽見她打開一個盒子又關上，他熟悉這個聲音，也知道那個盒子，盒子裡裝的是面紙。即使在十分傷感的時候，貝尼爾夫人還是講究風格。

「我也愛你，尚。我好像從來沒有對你說過這句話，只是在心裡想想，是真的嗎？」

是真的，但他說：「我一直都注意到，妳不必每隔幾年就告訴我。」

她笑了，罵他是厚臉皮的小鬼。

真好，快五十一歲，還是個孩子。

莉拉貝兒又埋怨前夫幾句，但語氣充滿感情。她抱怨秋天新上市的書，但只是出於習慣。

一切一如往昔——卻又非常不同。

佩赫杜穿過碼頭區朝書店走去，ＭＭ已經把明信片架推到店外。

「今天天氣很棒喔！」老闆對他喊著說。他交給孟費爾夫人一袋可頌。

「我也這麼覺得。」

太陽快下山時，他退到店裡他最喜歡的角落，他從這一角可以觀察到大門、反射的天空和一小片海洋。

接著，在思緒當中，他見到了她。他看到她的倒影，她看起來彷彿直接從雲、從水走出來。奔放的歡喜湧入他的血管。

尚‧佩赫杜站起來，他的脈搏加快，現在他更加準備好了。

現在！他心想。現在，時間匯合了，他終於離開了麻木期、停滯期、傷心期。現在。

凱薩琳穿著一件稍帶藍色的灰色連身裙，襯托出她的眼睛。她挺直身體，步伐輕快而有節奏，腳步比之前更堅定……

之前？

她也成功從結束走到開始。

她在櫃檯停了一下，好像在確認方位。

MM問：「夫人，妳在找某個特殊的東西嗎？」

「沒錯，我找了很久，但現在找到了，那樣特殊的東西在這裡。」說著，凱薩琳滿臉笑容看著店面另一頭的佩赫杜，筆直朝他走去。佩赫杜上前迎接，一顆心怦怦跳得好厲害。

「你無法想像，我等了你多久，終於等到你請我來找你。」

「真的？」

「哦，真的。而且，我餓極了。」凱薩琳說。

尚‧佩赫杜完全明白她的意思。

那一晚，他們第一次接吻──在那之前，他們吃晚餐，在海邊愉快地走了一大段路，在涼臺旁的芙蓉花園，一面輕鬆閒聊，一面喝了點小酒和大量的水。最重要的是，他們享受彼此的陪伴。

「這裡溫暖的空氣真舒服。」凱薩琳後來說。

沒錯，薩納里的太陽吸出他心中的寒意，曬乾他所有的淚水。

「還給人膽量。」他低聲說：「給人信賴的膽量。」

在微微的晚風中，他們在對生活的大膽信念中迷惘陶醉，然後接了吻。尚覺得像是初吻。

凱薩琳的嘴唇柔軟，與他的嘴唇一塊移動，配合得天衣無縫。吃她，吮她，感覺她，最後愛撫她，如此美妙醉人……教人如此興奮。

他抱住這個女人，溫柔地親吻啃咬她的嘴，用唇勾勒她的嘴角。他往上親吻她的臉頰、她芳香嬌嫩的太陽穴。他把凱薩琳拉過來，柔情滿溢，輕鬆無比。只要這個女人在身邊，他再也不會睡得不好——再也不會。寂寞永遠不再令他心生怨恨，他得救了。他們相擁而立。

「喂？」她最後喊了一聲。

「什麼事？」

「我查了，我最後一次跟前夫上床，是二〇〇三年的事，當時我三十八歲。我想是個意外。」

「太好了，那麼，我們兩個之中，妳比較有經驗。」

他們笑了。

多麼奇怪，佩赫杜心想，一個笑可以抹去這麼多的痛苦和折磨。單單一個笑，而這些年匯流……然後流走。

「我倒真的知道一件事。」他說：「在海灘上做愛其實沒有那麼浪漫。」
「沙子都跑進不該去的地方。」
「最糟糕的是蚊子。」
「海灘上沒有什麼蚊子吧？」
「咦，凱薩琳，我不知道。」
「那麼我證明給你看。」她輕聲地說，拉著佩赫杜到空著的房間，露出年輕而魯莽的表情。
佩赫杜見到一個四足影子從月光下急忙走開，喂喂在露臺坐下，禮貌地轉身，以薑黃褐及白色相間的條紋背部朝向他們。
希望她會喜歡我的身體，希望我沒有失去舊日的活力，希望她會喜歡我撫摸她的方式，希望……
「尚・佩赫杜，停止思考！」凱薩琳溫柔地下令。
「妳知道？」
「親愛的，你很容易分析。」她低聲說：「我的愛人，哦，我很想很想要你……而你……」
他們呢喃細語，但句子沒有開始，沒有結束。
佩赫杜慢慢褪去凱薩琳的洋裝，底下一絲不掛，只有純白的底褲。
凱薩琳解開尚的襯衫鈕子，將臉埋入他的喉嚨和胸膛，享受他的氣味。她的呼吸讓佩赫杜發癢。不，佩赫杜不必擔心他的活力，因為看見黑暗裡閃現三角形的白色棉布，感覺凱薩琳的身體在手中移動，他的活力就來了。

他們在濱海薩納里享受整個九月，佩赫杜終於喝夠了南方之光。他曾經迷惘，他找回自己，傷痛期結束了。

現在，他可以去奔牛村，完成這個階段。

41

凱薩琳與佩赫杜離開薩納里時，漁村已成了他們的第二個家，小得可以貼進心裡，大得可以保護他們，美得可以永遠作為兩人相知的試金石。薩納里代表幸福、祥和及寧靜；它代表與依然陌生的某人，與你喜愛卻無法說出原因的某人，初次萌發的共鳴。你是誰，你好嗎，你感覺如何，你這一個小時、這一天、這幾週的心情弧度是多少？在心那麼大的家，他們從容不迫地探索這些事。在安靜的時刻，佩赫杜和凱薩琳會越靠越近，因此他們喜歡避開吵嚷忙碌的地方，譬如集市、市場、戲院和讀書會。

九月，他們沉浸在平靜而熱切的日子裡，在從黃色到淡紫色、金色到深紫色的光譜色調中，慢慢愛上彼此。九重葛、洶湧的大海、港邊散發自豪與歷史的繽紛房子、滾球區嘎吱嘎吱響的金黃色砂礫：這是他們的愛慕、友誼與相知得以茁壯成長的土地。

而他們對待彼此總是不慌不忙。

越重要的事就該越慢完成——他們開始彼此愛撫時，佩赫杜經常這麼想。他們吮吻纏綿，徐徐脫衣，給自己時間伸展，更多時間合流。這種謹慎而集中的互相關注，從他們的身體勾起一種格外熱烈的肉體、靈魂與情緒的激情，一種渾身被撫摸的感受。

每當與凱薩琳共枕，尚．佩赫杜便又貼近生命之河。在那條河的彼岸，他待了二十年的光陰，迴避色彩和愛撫，逃離芳香與音樂——變成了化石，傲然離群。

而今……他又游泳了。

由於愛情，佩赫杜恢復生氣。他知道這個女人一百個新鮮的瑣事，比方說，凱薩琳早上醒來時，還有幾分困在夢境中。偶爾，她會迷失在憂傷的迷霧裡，在夜間暗影中看見的東西讓她連續暴躁、羞愧、厭煩或沮喪幾個小時。她每天都會掙扎走過夢境和現實之間的世界。佩赫杜發現，替凱薩琳煮一杯熱咖啡帶到海邊喝，可以趕走她夢裡的鬼魂。

「因為你的愛，我正在學著也愛自己。」一天早上，海依然是睏倦的灰藍色，凱薩琳說：「我一向接受生活給我的東西……但從不曾提供自己任何東西，我一點也不擅長照顧自己。」佩赫杜溫柔地將她攬到身邊，覺得自己也有相同的感受：由於凱薩琳對他的愛，他才能夠愛自己。

接著，一個晚上，當第二波盛怒的大浪朝他襲來，凱薩琳緊緊抱住他。這一次，是對自己的憤怒，他絕望地用粗語不停辱罵自己。他的憤慨來自一個清晰而驚心動魄的領悟：他無法挽回地浪費了部分的人生，剩餘的時光太過短暫了。凱薩琳沒有阻攔他，沒有撫慰他，沒有轉過臉去。

然後，他感到滿心的平靜。因為，短暫的時光依然是足夠的，因為短短幾日就相當於一輩子。

現在，到奔牛村吧，他悠遠往事的遺址，一段依然深埋於佩赫杜的內心的過去。不過，那裡不再是他情感的家的唯一房間，至少他有一個與之抗衡的禮物。

因此，當凱薩琳與佩赫杜從洛瑪琳——就佩赫杜的看法，這個小鎮像水蛭，吸吮遊客的血——走狹隘崎嶇的山路回奔牛村時，佩赫杜覺得心情比較輕鬆。他們一面開車，一面超越單車客，在崎嶇的山區聽見獵人砰砰的槍聲。偶爾，一株幾乎無葉的樹投下斑駁的影子；除此之外，陽光照得每一個顏色都變淡了。經歷大海不間斷的動盪之後，呂貝宏動也不動的山岳讓佩赫杜覺得嚴峻冷漠。他期待見到麥克斯，非常期待。麥克斯替他們跟波奈太太訂了一間大房間，那幢爬滿葛藤的屋子曾經是地下抵抗組織的藏身處。

凱薩琳與佩赫杜把行李放到房間，麥克斯過來帶他們去他的鴿舍。他在噴泉旁的厚矮牆上備妥提神的野餐，包括了酒、水果、火腿和長棍麵包。時值松露和文學創作的時節，鄉間瀰漫著野生香草的芬芳，煥發著秋日的鏽紅酒黃光輝。

麥克斯變黑了，佩赫杜心想，變黑，而且看起來更像男人。

在呂貝宏獨自待了兩個半月，他似乎如魚得水，好像他一直就是個道地的南方人。不過佩赫杜也覺得他似乎很疲倦。

佩赫杜提出這一點，麥克斯神神祕祕地咕噥說：「大地跳舞時，有誰會睡覺呢？」

麥克斯告訴佩赫杜，在他「不適」期間，夫人非常乾脆，雇他當「一般雜工」。她和丈夫傑哈年逾六旬，農莊共有三間度假小屋和公寓，對他們來說，要靠自己在這裡養老，農莊面積太大了。他們種蔬果及少許葡萄，麥克斯以工作交換食宿。他的鴿舍有堆積如山的筆記、故事和草稿，他夜裡寫稿，白天也寫到中午。從傍晚開始，他在富饒的莊園幫忙，做傑哈交辦的事：剪葡萄藤，鋤草，摘水果，修屋頂，播種，收割，把貨搬上貨車，跟傑哈開車到市場，尋找雜色香菇，清潔松露，搖晃無花果樹，把柏樹修剪成立石的形狀，清潔水池，替住宿的旅客拿麵包。

「我也學會開牽引機，我會分辨池塘每一隻癩蛤蟆的叫聲。」他露出謙虛的笑容對佩赫杜宣布。

太陽，風，跪在普羅旺斯的大地上移動——將麥克斯年輕的都會臉龐變成一張男人的臉。

麥克斯說完後，往他們的杯子裡倒旺度山白酒。「不適？」佩赫杜問：「什麼病？你信裡沒有提到。」

麥克斯曬黑的臉龐紅了起來，他有一點不安。

「男人深深愛上一個人時會感染的病。」他坦白地說：「睡不好，做噩夢，思緒不清。不能讀書、寫字、吃東西。布莉姬和傑哈顯然無法袖手旁觀，所以他們規定我去做一些活動，免得我的腦袋完蛋了。因此，我現在替他們工作，工作對我有益。我們沒談到錢，正合我意。」

「紅色牽引機上的女人？」佩赫杜問。

麥克斯點頭，接著深呼吸，好像正準備要宣布什麼。

「沒錯，紅色牽引機上的女人，很好的提白，因為她有一件事我必須告……」

「南法常吹的乾冷北風來了！」波奈太太焦慮地對他們大喊，打斷了麥克斯的告白。照樣穿著短褲和男人襯衫，還提著一籃水果，這個嬌小結實的女人朝他們走來，指著插在薰衣草花床旁的土裡轉動的風車。此刻只有微風吹動花莖，但天空明亮，呈現深藍墨水的顏色，雲也被吹散了，地平線彷彿包圍上來，旺度山與賽文山非常醒目，嶙峋可見——這正是西北方吹來的強風蓄勢待發的典型徵兆。

他們互相打招呼，布莉姬問：「你們知道乾冷北風會帶來什麼影響嗎？」

凱薩琳、佩赫杜與麥克斯面面相覷，一臉迷惑。

「我們稱這種風叫maestrale，也就是統治者，或者vent du fada，會把人逼瘋的風。我們的房子蓋得很低調……」她比了比房舍的布局與較矮的迎風側牆。「……才不會讓風注意到。颳風時，不只會變冷，所有的聲響會變更大聲，每一個動作更加辛苦。風會把大家逼瘋幾天，所以最好不要討論太重要的事——否則只會吵架。」

「什麼？」麥克斯小聲說。

波奈太太看著他，淺棕色的臉龐露出和藹的笑容。

「真的，這風會吹得人覺得瘋狂、愚蠢、不安，就像你不確定自己的愛情會得到回饋的時候。不過呢，風走了之後，蜘蛛網都被吹走了——鄉下的蜘蛛網，腦中的蜘蛛網，所有的事又都乾乾淨淨的，我們可以再次清清爽爽過日子。」

她一面告別，一面說：「我要捲起遮陽傘，捆住椅子。」佩赫杜轉身面向麥克斯問：「你之前本來要說什麼？」

「嗯……我忘了。」麥克斯立刻說：「你餓了嗎？」

晚上，他們去了奔牛村的一間小餐廳，這間名叫「廚房小角落」的館子可以看見山谷美景，金紅色的落日變成了無雲的夜空，滿天星斗像冰一樣閃爍。開朗的侍者湯姆用木板送上普羅旺斯披薩與燉羊肉。石頭拱頂的屋子舒適，紅色餐桌搖搖晃晃，在佩赫杜和麥克斯之間的化學鍵，凱薩琳加入正面的元素，她的存在散播了和諧與溫暖。凱薩琳有辦法看著一個人，好像她重視對方所說的每一個字，麥克斯對她道出自己的事，童年往事、單戀女孩子、怎麼會開始逃避噪音，這一件事他從沒告訴過佩赫杜——可能也沒告訴過任何人。

他們專心交談時，尚得以偷溜到自己的思緒中。墓園在不到一百公尺高的山坡上，就在教堂隔壁；他們只隔著幾百萬公噸的石頭與膽怯。

他們開始往下走進山谷，迎著明顯增強的風，這時佩赫杜才納悶麥克斯說了這麼多童年的事，是否為了掩藏他不希望再談那個牽引機女孩的事實。

麥克斯陪他們走到他們的房間。

屋角吹過來。

「妳先去。」佩赫杜對凱薩琳說。

麥克斯和他一同站在主屋和穀倉之間的陰暗處，輕柔的風颯颯嗚嗚吹著，但不時繞過屋角吹過來。

「說吧，麥克斯，你想告訴我什麼？」佩赫杜小心地問。

喬登沉默不語。

「我們不想等到風停下來嗎？」他最後這麼說。

「那麼糟？」

「糟到足以讓我等到你到了這裡才告訴你，但不是……不至於致命，希望如此。」

「告訴我，麥克斯，告訴我，否則我的想像力會戰勝。拜託。」

比方說，我會想像瑪儂依然活著，只是在對我惡作劇。

麥克斯點點頭，北風颯颯吹著。

「瑪儂的丈夫呂克・巴塞在瑪儂走後三年再婚，娶了一個本地著名的廚師，她叫蜜拉。」麥克斯開口說：「瑪儂的父親給他一片葡萄園當作結婚禮物，他們釀造白酒和紅酒，他們……非常受歡迎，蜜拉的餐廳也是。」

尚・佩赫杜感到一陣刺心的嫉妒。

呂克和蜜拉共同擁有一片葡萄園、一座莊園和一間熱門的餐廳，也許還有花園。他們擁有陽光明媚、百花爭妍的普羅旺斯，以及可以吐露所有憂慮的對象，呂克真是好運連連。他的運氣也許也沒那麼好，但在那一刻，佩赫杜不願提出一個更平衡的意見。

「太棒了。」他低聲地說，但不是有意用這麼尖酸的語氣。

麥克斯哼了一聲。「你要怎麼樣？要呂克鞭打自己，再也不瞧別的女人一眼，只吃乾麵包、皺巴巴的橄欖和大蒜，等待死去的人歸來？」

「什麼意思？」

「你說呢？」麥克斯氣呼呼地回答：「每個人有自己哀悼的方式，這個釀酒的傢伙選擇了『新妻子』這個選項，那又怎樣？我們要怪他嗎？他應該……跟你一樣嗎？」

憤慨的烈火穿過佩赫杜的心底。

「麥克斯，我可以馬上給你一拳。」

「我知道。」麥克斯回答：「但我也知道，之後我們還是可以一起變老，你這個討厭的傻瓜。」

「是北風的關係。」波奈太太說。她聽到了他們的爭執，一臉嚴肅，嘎吱嘎吱從他們的身邊走過，踩著砂礫朝主屋走去。

「對不起。」佩赫杜喃喃說。

「我也對不起，討人厭的風。」

他們又沉默不語，風恐怕只是一個方便的藉口。

「你還是要去見呂克？」

「當然。」

「你來這裡之後，我有一件事一直想跟你說。」

麥克斯吐露了這幾週讓他難受的事後，佩赫杜以為他是在淅淅颯颯的奚落風聲中聽錯了。是，一定聽錯了，因為他所聽到的話太美妙，也太嚇人，簡直不可能是真的。

42

早餐時，布莉姬・波奈為他們做了香噴噴的松露炒蛋，麥克斯替自己盛了第二份。按照普羅旺斯傳統，她在密封罐中放了九顆新鮮沒破的雞蛋，連同初冬的松露，讓雞蛋吸收松露的香氣。三天後，才小心翼翼把蛋炒熟，上面加點極薄的松露片做點綴。味道濃郁狂野，挑逗感官，幾乎帶有肉香，鮮味十足。

佩赫杜想到一件事：對一個獲判死刑的男人來說，這是多麼奢華的最後一餐。今天恐怕是他這一生最艱難、最漫長的一日。

他用餐像在禱告一樣，不說話，靜靜專心享受一切，以便接下來的幾個小時有仰賴的儲存能量。

除了炒蛋，還有兩種多汁的普羅旺斯蜜瓜：白肉與橘肉；口感豐富的咖啡搭配熱騰騰的加糖牛奶，裝在花卉圖案的大馬克杯中；自製李子和薰衣草果醬，剛烤出來的長棍麵包和奶油味濃郁的可頌——一如往常是麥克斯騎著呼哧呼哧響的小綿羊機車從奔牛村去拿回來的。

佩赫杜從盤子間抬起頭，上方是奔牛村的羅馬式教堂，炙熱的陽光灑在一旁的墓園圍牆上，石頭十字架朝著天空聳起，他想起他違背的承諾。

我要你比我早死。

她的身體擁抱著他，喘著氣說：「答應！答應我！」

他應諾了。

現在他很肯定，瑪儂早知道他無法信守誓言。

我不要你必須獨自走到我的墳墓前。

如今他終究必須獨自一人走上那條路。

早餐之後，他們三人出發前往聖地，穿過柏樹林與小果園，經過菜園與葡萄園。十五分鐘後，巴塞酒莊——一棟長形三層樓淺黃色莊園住宅，兩側種著掩蔽天日的高大栗樹、山毛櫸和橡木——透過一排排的葡萄映入眼簾，閃閃發亮。

佩赫杜不安地凝視這幢豪華建築，風正在戲弄樹叢林木。

一樣東西在內心萌發，不是羨慕，不是妒意，不是昨夜的憤慨，而是……**事情結果往往與你的恐懼截然不同。**

暖意。沒錯，他感覺到一股超脫的暖意——對這個地方，對把他們的酒命名為瑪儂且致力重建自己幸福的這群人。

那天早上，麥克斯很聰明，保持安靜。

佩赫杜伸手握住凱薩琳的手。

「謝謝。」他說。她懂他的意思。

酒莊右邊有個新機棚——停放拖車、大小牽引機，也停放葡萄園專用牽引機，就是有著高高扁扁車輪的那一輛。

一架牽引機底，伸出兩條穿著連身工作褲的腿，幾聲富於想像的咒罵和工具叮噹聲從機器底下傳出。

「嗨，薇多利亞！」麥克斯大聲呼喊，他的口吻既開朗又鬱悶。

「哦，餐巾紙男先生。」他們聽見一個年輕女性聲音說道。

不一會兒，牽引機女孩從車子底下滾出來，她一隻尷尬的手抹了抹表情豐富的臉龐，反而把污垢和油漬弄得模糊，讓臉變得更髒。

佩赫杜已經橫下心，但依然非常痛苦。

一個二十歲的瑪儂站在他的面前，沒有化妝，頭髮更長，身軀更為中性。

當然，她不是真的酷似瑪儂。佩赫杜仔細端詳這個迷人健美而又有自信的女孩，眼前畫面變得模糊起來，有九次看不到，但第十次就看到自這張陌生年輕臉龐往外看的瑪儂。

薇多利亞的全副注意力集中在麥克斯的身上，她的眼神將他從頭到腳打量一番，仔細查看他的工作鞋、破爛的褲子和洗到褪色的襯衫。她的目光中有些微的認可。她讚賞地點點頭。

「妳叫他『餐巾紙男』？」凱薩琳忍著笑問。

「對啊。」小薇說：「他以前就是那種男人，用餐巾紙，不走路，搭地鐵，只看過裝在特殊提袋裡的狗等等。」

「你們必須寬恕這位年輕小姐，在這個窮鄉僻壤，他們只有在籌備婚禮時才學禮儀。」麥克斯愛憐地嘲笑她。

「如每個人所知道，婚禮是任何一個巴黎女人人生中的關鍵事件。」她反擊他。

「最好不只一場。」麥克斯笑嘻嘻地說。

小薇馬上給他一個會心微笑。

兩個年輕人沉浸在彼此的目光中。佩赫杜心想，當你開始愛的時候，旅程就結束了。

「你們想找爸爸？」小薇說道，陡然打破了咒語。

麥克斯點點頭，眼神木然，佩赫杜不安地點頭，凱薩琳卻含笑說：「可以這麼說吧。」

「我帶你們去主屋。」

她走路也不像瑪儂——佩赫杜突然意識到這一點——他們跟著她走在參天的懸鈴木底下，蟋蟀在樹上唧唧叫。

年輕女子轉頭看著他們。

「對了，我是紅酒：薇多利亞，白酒是我媽，她叫瑪儂。葡萄園以前是她的。」

佩赫杜摸尋凱薩琳的手，凱薩琳握了一下他的手。

麥克斯目不轉睛地盯著薇多利亞，她一次跳過兩級前方的臺階。麥克斯突然停下來，抓著佩赫杜的手臂將他往後一拉。

「昨晚有件事我沒說，這就是我要娶的女人。」麥克斯冷靜而誠懇地說：「即使她原來是你的女兒。」

哦，天啊，我的？

薇多利亞示意他們進屋，指著品酒間。她不小心聽到了嗎？她的笑容有些不安：娶我？像你這樣的餐巾男？你是認真的再說吧。

她大聲說：「那邊走到底，左手邊就是舊地窖，我們把薇多利亞酒存在那裡。瑪儂酒在杏果園底下的酒窖成熟。我去叫我爸來，他會帶你們參觀酒莊，在品酒間等一等，請問……你們怎麼稱呼？」小薇介紹完畢，愉悅地做了個誇張的動作，對著麥克斯笑了一下，一個彷彿從整個身體煥發出的笑容。

「尚・佩赫杜，從巴黎來的書店老闆。」尚・佩赫杜說。

「尚・佩赫杜，巴黎的書店老闆。」薇多利亞滿意地重複一次，接著消失不見。

凱薩琳、佩赫杜和麥克斯聽見她蹦蹦跳跳走上吱吱作響的臺階，穿過一道長廊，跟某個人說話。說了好一會兒，問題，回答，問題，回答。她的腳步下來了，同樣輕盈無憂。

「他馬上就來。」薇多利亞一面說，一面把頭往房間一伸，她露出笑容，瞬間變成了瑪儂，接著再次消失不見。

佩赫杜聽到呂克走下階梯，打開一個櫃子或抽屜。

佩赫杜站在那裡，北風加快吹來，撕扯著建築的百葉窗，呼呼穿過參天栗樹的葉子，在葡萄樹之間吹出一壟一壟的乾土。

他站在那裡，直到麥克斯悄悄跟著薇多利亞後頭溜走，直到凱薩琳揉揉他的肩膀，小聲說：「我在小餐館等你，不管發生什麼事，我都愛你。」便走去參觀蜜拉在農莊的疆土。

佩赫杜等待著。呂克走過吱吱叫的木地板，下了嘎嘎響的樓梯，在酒莊的瓷磚地板移動。直到聽到呂克的腳步聲逐漸靠近，佩赫杜才轉身面向門，他隨時要與瑪儂的丈夫面對面了，他是愛上他的妻子的男人。

佩赫杜一秒也沒想過要跟呂克說什麼。

43

呂克跟他身高相同，杏色頭髮被陽光照得失去光澤，短短的，但需要修一修。聰明的淺褐色眼睛四周有許多小皺紋。他像一棵穿著牛仔褲的細瘦大樹，身穿褪色的藍色襯衫，具有與土壤、果實和石頭往來所打造的體格。

佩赫杜立刻看出是什麼吸引了瑪儂。

呂克・巴塞顯然非常可靠、貼心又有男性魅力。他的陽剛氣無法以金錢、成就和風趣來丈量，而是用力氣、耐力及照顧家人、住屋和一塊土地的能力來衡量。這樣的男人束縛在祖先的土地上，要他租售土地，甚至分給新女婿一小塊，等同於移除一個器官。

「禁得起風吹雨淋」，莉拉貝兒會對呂克下這樣的評語。「小時候，如果你不是吹中央暖氣，而是靠火堆取暖，如果不是戴安全帽在人行道上騎腳踏車，而是爬樹，如果你不是坐在電視機前，而是在外頭玩耍，那麼你會是不一樣的人。」因此，在布列塔尼半島的親戚家，她經常叫佩赫杜去外頭淋雨，在火上用水壺加熱他的洗澡水。他從來沒有覺得熱水那麼舒服。

看著呂克時，是什麼讓佩赫杜想起那個燒滾的水壺？是因為瑪儂的丈夫跟水壺完全一樣熱情、有活力且真實。呂克有強健的肩膀，有經過淬鍊而強壯的手臂，他整個人的風度說著：「我不會屈服。」這個男人用他深色的眼睛看著佩赫杜，研究他的臉，檢視他的身體手指。他們沒有握手。

「什麼事？」呂克反而在門口就問，語氣深沉謹慎。

「我叫尚・佩赫杜，你的妻子瑪儂在巴黎時跟我住在一塊，直到……那是二十一年前的事，住了五年。」

「我知道。」呂克鎮定地說：「她知道自己快死的時候跟我說了這件事。」

兩個男人互相凝視，在一個瘋狂的瞬間，佩赫杜以為他們就要擁抱，只要他們懂得彼此的痛。

「我來祈求原諒。」

釀酒師的臉龐閃過一個笑容。

「向誰祈求？」

「瑪儂，只向瑪儂祈求。你是她的丈夫……不可能原諒我愛上你的妻子，或做了第三者。」

呂克瞇起眼睛，熱烈地注視著佩赫杜。

他在好奇瑪儂是否喜歡摸索這雙手嗎？他在好奇佩赫杜是否能夠像他一樣好好疼愛他的妻子嗎？

「為什麼到現在才來？」呂克緩緩地問。

「我當時沒有讀那封信。」

「天啊。」呂克驚訝地說：「為什麼？」

這是最難的部分。

「我以為信裡只有女人厭倦愛人時寫的那種陳腔濫調。」佩赫杜說：「不讀是唯一保有自尊的方法。」

這些話太難太難說出口。

好了，現在起碼對我發洩怨氣吧，拜託。

呂克不慌不忙，他在品酒間來回踱步，最後再次開口，這一次對著佩赫杜的背部說。

「一定很痛苦──你終於讀了信，發現自己從頭到尾錯了，信上寫的不是陳腔濫調，『就做朋友吧』一類的廢話，那是你以為的，對吧？與『不是你的錯，是我不好……希望你找到一個配得上你的人……』結果截然不同。」

佩赫杜沒有指望如此多的同情，他開始明白瑪儂為什麼會嫁給呂克，而沒有嫁給自己。

「像在地獄中一樣痛苦。」他承認。他想再說些話，很多很多話，但哽在喉嚨裡說不出。

想到瑪儂目不轉睛望著一道從未開啟的門，他沒有轉頭看呂克，羞愧的眼淚刺痛他的眼。

就在這時，他感覺呂克將手放在他的肩膀上。

呂克讓佩赫杜轉身面對他，直視他的眼睛，尋找他的眼睛，對佩赫杜表露自己的傷心。

他們站著，只相隔一步的距離，眼睛道出說不出口的話。佩赫杜看到悲傷、溫柔、憤怒、體諒，他認為呂克正在納悶他們現在該做什麼，但他也察覺自己準備好承受任何可能發生的事。

但願我早一點認識呂克。

他們可以一塊悲傷──在痛恨和嫉妒之後。

「我現在必須問一件事。」佩赫杜說：「自從見到她之後，我就無法拋開這個問題，她……薇多利亞是……？」

「她是我們的女兒，瑪儂回到巴黎時，已經懷孕三個月，薇多利亞是在春天受孕的。瑪儂當時已經知道自己病了，但沒有告訴任何人，醫生向她保證孩子有機會活下來，她為了孩子做了不接受癌症治療的決定。」

呂克的聲音現在也在顫抖。

「瑪儂自己選擇了死亡，直到來不及才告訴我……來不及放棄嬰兒救治她。她直到寫信給你才告訴我她罹癌的祕密，尚。她說，她覺得非常羞愧，這是她的報應，因為她一輩子愛了兩回，天啊！好像愛是犯罪……她為什麼要對自己這麼嚴厲呢？為什麼？」

兩個男人站在那裡，雖然沒人哭，但他們皆看著另一個男人勉強呼吸，用力吞嚥，咬緊了牙關，努力不要無影無蹤地沉下去。

「你想知道其餘的故事？」過了一會兒，呂克這麼問。

佩赫杜點點頭。「我想知道，請告訴我。」他說：「請告訴我——我想知道每一件事，還有，呂克……抱歉，我從未想過要偷走另一個人的愛人，抱歉我沒有抵抗……」

「沒關係！」呂克狂暴地說：「我沒有因此而怨恨你。當然，當她在巴黎，我就覺得自己被人遺忘。當她在我身邊，我是她的情人、你的情敵，我又有了活力，突然你才是那個遭到背叛的人。不過這都是人生……也許某些人會覺得奇怪，但這種事不是不可原諒的。」

呂克一拳打在另一手的手掌上，他心緒激昂，面色潮紅，佩赫杜害怕另一個男人隨時會把他用力推到牆上。

「我非常難過瑪儂一定要把自己逼得那麼緊，我的愛對她和你都是足夠的，我發誓，就像她的愛可以給你和我。她從來沒有剝奪我什麼，為什麼就不能原諒自己呢？你我她和不管是誰之間，不是簡單的，但人生向來不容易，要過日子有上千種的方法，她不必恐懼——我們已經找到了方法，每座山都有上山的路，每個人都能上山。」

呂克當真那麼相信嗎？能有人感情這樣澎湃，充滿對他人的愛？

「來吧！」呂克呼喚他。

他帶領佩赫杜穿過長廊，右轉，然後左轉，又是一道長廊，接著……一道淺褐色的門。瑪儂的丈夫先鎮定下來，才把鑰匙推進門鎖一轉，可靠的大手將黃銅門把往下壓。

「這是瑪儂過世的房間。」他用粗啞的聲音說。

房間不太大，但沐浴在陽光中，看似還有人在使用。一個高大的木櫃，一張梳妝臺，一把披掛著瑪儂的襯衫的椅子。在扶手椅旁的小桌上攤著一本書。這間房常常有人使用，不像他留在巴黎的房間——冷清淒涼，疲倦哀傷，他把他們的記憶和愛情鎖在裡面。

住在這間房的人好像只是到外頭一下，一扇寬敞的門通向屋外的石砌露臺與花園，滿園的七葉樹、九重葛、杏仁樹和杏桃樹，一隻白貓在林間穿梭。

尚望著床鋪，上面鋪著一條鮮豔的拼布被，婚禮前，瑪儂在他的巴黎住所縫了那條被子，還有繡著書鳥的旗幟。

呂克順著佩赫杜的目光看過去。

「她在那張床上走的，一九九二年的耶誕夜，她問我她能不能熬過那一晚，我說可以。」

呂克轉向佩赫杜，他的眼睛變得非常暗淡，臉龐如被痛撕裂，所有的自制力都拋棄他。他以粗啞哽咽的嗓音痛苦地脫口說：「我說可以，這是我對我的妻子唯一說的謊。」

在明白自己正在做什麼前，佩赫杜已經伸出手把呂克拉過去，另一個男人沒有抵抗，他嘆息喊著：「哦，天啊！」回應佩赫杜的擁抱。

「不論你們彼此的意義是什麼，都不會被我對她的意義破壞。她從不曾希望沒有你，從來不曾。」

「我從沒對瑪儂說過謊。」呂克喃喃地說，彷彿沒有聽見佩赫杜所說的話。「從來沒有，從來沒有。」

尚・佩赫杜抱住全身抽搐的呂克，呂克沒有流淚，呂克沒有說話，他只是在佩赫杜的懷中不停地顫抖。

佩赫杜懷著愧疚從記憶中挖出一九九二年的耶誕夜。那一晚，他酩酊大醉，踉踉蹌蹌走在巴黎，對著塞納河罵髒話。在他惦著瑣碎的芝麻小事之際，瑪儂正在努力掙扎，掙扎到苦澀的終點。她走了。

我沒有感覺到她死了，沒有痛苦，沒有地震，沒有閃電劃過。什麼都沒有。

呂克在佩赫杜的懷抱中恢復鎮定。

「瑪儂的日記。她告訴我，如果你真的來了，把日記交給你。」他用刺耳的聲音說：「那是她的心願，她死後還繼續抱著希望。」

他們猶豫地放開彼此，呂克在沙發坐下，手朝床頭櫃伸過去，拉開抽屜。

佩赫杜立刻認出那本筆記本。他們在前往巴黎的火車上初識，當時瑪儂正在寫那本筆記本，為了離開她深愛的南方落淚。夜晚睡不著時，在他們做愛後，她也經常在上面記東西。

呂克站起來把本子交給佩赫杜，佩赫杜接下來，但健壯的釀酒師卻抓住本子不放。

「而我需要把這個給你。」他冷靜地說。

佩赫杜已經料到——也知道他萬萬不能閃避，因此他只是閉上眼睛。

呂克的拳頭落在他的嘴唇和下巴中間，出手不是太重，但足以讓佩赫杜喘不過氣，視線模糊，蹣跚地撞上牆壁。

呂克抱歉的聲音從某處傳來。「請別以為這是因為你跟她上床。我娶瑪儂時，就知道一個男人絕不可能是瑪儂的一切。」呂克對佩赫杜伸出手。「而是你該到她身邊時沒有來。」

瞬間，每一件事融合為一。

他在蒙塔納路嚴禁使用的房間死氣沉沉。

瑪儂去世時身處的房間溫暖明亮。

呂克握著他的手。

突然，記憶出現了。

瑪儂死時，尚**確實**有所感受。

快到耶誕節時，他經常喝醉，處於半夢半醒。在迷迷糊糊的狀態下，他聽見瑪儂說話，說著他無法理解的零碎語言：「裸體窗」、「彩色蠟筆」、「南方之光」、「渡鴉」。

站在瑪儂的房間，捧著她的日記，他有預感他將在日記中找到這些文字。他的內心突然感到宏大的平靜，應受的那一拳帶來令人感激的痛楚，也刺痛了他的臉龐。

「你那樣能吃東西嗎？」呂克指著佩赫杜的下巴，靦腆地問：「蜜拉做了檸檬雞。」

佩赫杜點點頭。

他不再需要問呂克為何將一款酒獻給瑪儂，他明白了。

瑪儂的旅行日記

奔牛村

一九九二年，十二月二十四日

媽媽做了十三種甜點：不同種類的堅果，不同種類的水果，葡萄乾，兩種不同顏色的牛軋糖，橄欖油蛋糕，肉桂牛奶奶油蛋糕。

薇多利亞躺在搖籃裡，臉頰紅嘟嘟的，好奇的眼睛閃閃發亮。她長得像她爸爸。

我要走了，薇多利亞會留下來，呂克不再為了為什麼不是反過來而責備我。

她將成為一道熠熠生輝的南方之光。

我請呂克把本子交給尚看，如果他真的在某個階段來了，不論何時來。

我沒有力氣寫一封道別信說明一切。

我的小南方之光，我跟薇薇只相處了四十八天，但我夢見許多的時光，看見許許多多等待我的女兒的生命。

媽媽正在替我寫下最後這些話，因為我連提筆的力氣都沒有了。我熬到現在，為的是自己吃十三種甜點，而非吃亡靈麵包。

我思考需要花很久的時間。

話語越來越少，統統都搬走了。

搬進廣大的世界，鉛筆之中有許多彩色蠟筆，黑暗裡有許多燈火。

人人彼此相愛，包括我在內。每個人都勇敢，都深愛著寶寶。

（我的女兒想抱她的女兒，瑪儂和薇多利亞躺在一塊，壁爐裡的細枝劈啪作響。呂克進來，抱住他的妻女。瑪儂表示希望我再寫幾行字，我握筆的手冷得像冰，丈夫替我拿來熱白蘭地，但我的手指感覺不到暖意。）

親愛的薇多利亞，我的女兒，我的小美人，為妳犧牲自己非常容易，這就是人生：笑看人生，妳會得到他人的愛，永遠。

至於其他，女兒，有關我在巴黎的人生，讀一讀這本日記，謹慎做出自己的判斷。

（瑪儂不時發呆，我只記下她現在低聲說的話。只要有門打開，她就會皺一下眉，她還在等待著他，巴黎的那個男人。她還抱著希望。）

尚為什麼沒來？

太痛？

對，太痛了。

痛使男人變笨，而笨男人更容易害怕。

生命之癌，那就是我的渡鴉得的病。

（我眼睜睜看著女兒病情惡化。我寫字，努力不流下眼淚。她問她能否熬過今晚，我對她說謊，我說可以。她說我跟呂克一樣在說謊。

她睡了一會兒，呂克抱走嬰兒，瑪儂醒來。）

他收到了信，好心的蘿莎蕾特女士說，她會照顧他，盡她所能，他願意讓她照顧多少，就照顧多少。我告訴她：自尊！愚蠢！痛！

她又說，他砸了家具，變得麻木。對一切麻木。他差不多死了，她說。跟我一樣。

（女兒說到這裡笑了。）

媽媽偷偷寫了她不該寫的話。

不給我看。

我們還在爭地位，即使到了最後一刻。

那又怎樣？否則我們該做什麼？穿著盛裝，靜靜等待死神的到來？

（她又笑了，咳了幾聲。外頭的雪把雪松變成裹屍布的顏色。親愛的上帝，祢是我憎恨的一切，因為祢將提早帶走我的女兒，留下我和她的孩子一塊悲傷。祢認為事情該是如此嗎？以小貓取代死貓，以孫女取代死去的女兒？）

我們難道不該繼續以同樣的方式過活，直到最後一刻，因為那是最折磨死亡的——看我們到最後一口氣喝乾生命？

（這時，女兒開始咳嗽，過了二十分鐘，才又說話。她絞盡腦汁尋找字眼。糖，她說，但那不是她要說的話。她生氣了。

探戈，她低聲說。

裸體窗，她大喊。

我知道她要說什麼：落地窗。）

尚，呂克，兩個，你們兩個。

最後，我只是去隔壁。

去長廊的盡頭，走進我最愛的房間。

從那裡，到外面的花園。我在那裡將成為光，到任何我想去的地方。

晚上偶爾我會坐在外面，看著我們同居的屋子。

我看到你，呂克，我摯愛的丈夫，在某個房間走來走去。我看見你，尚，在其他的房間。

你正在尋找我。

當然，我已經不在封閉的房間。

看看我！在這裡。

抬起你的眼，我在這裡！

想著我，呼喚我的名字！
這一切的真實不會因為我走了而打了折扣。
別在意死亡。
它改變不了人生。
我們之間的相互關係永遠不變。

瑪儂的簽名模糊無力。超過二十年後，尚・佩赫杜朝著潦草的字母俯身，親吻她的簽名。

44

在第三天，乾冷的北風毫無預警地停止吹動。它一向是那樣走的。風吹動窗簾，把散落的塑膠袋排成新的圖案，吹得狗吠叫，吹得人流淚。

如今，風走了，帶走了沙塵、衰竭的暑氣和疲憊，鄉間也驅逐走太心急激動而無法無天地侵犯當地小鎮的遊客。呂貝宏恢復慣常的節奏，完全由自然循環取決的節奏。開花，播種，交配，等待，保持耐心，收割——在對的時間做對的事，毫不猶疑。

天氣又轉暖了，但那種暖意是秋天溫柔宜人的暖意。晚間的陣雨和晨間的涼意讓人想到就滿心欣喜，在炎熱的夏季，無雨也無涼意，大地焦渴。

尚•佩赫杜沿著陡峭的砂岩小路往上走，小路轍痕交錯，爬得越高，四周變得越安靜。蟋蟀、蟬、微弱的風之輓歌，是他攀爬奔牛村教堂坐落的山崗的僅有伴侶。他帶著瑪儂的日記，還有一瓶呂克釀的酒，酒已經開了，但用瓶塞稍加塞住。

攀爬陡峭不平的小徑需要他這樣的步態：如懺悔者弓著背，邁出小步伐。痠痛悄悄爬上他的小腿，沿著大腿、背部和頭往上延伸。過了階梯隱約像是石梯的教堂和松木林，他爬到了山頂。

景色令他感到暈眩。腳下的風景延展到遠方，北風吹乾天空的顏色，晝光皚皚，佩赫杜猜測亞維儂所在的地平線幾乎是白色。就像一幅古老的油畫，他看到如骰子般散布在綠、紅、黃等色田地之上的沙色房舍，如士兵排成長列的成熟多汁的葡萄，廣闊褪色的薰衣草方田，綠色、褐色、暗黃色的農田，長在田地之中搖曳擺動的綠樹。鄉間如此動人，景色這般壯麗，只要有靈魂，不可能不被征服。

這片髑髏地上，有厚牆、堅固的墓碑與石頭十字架，彷彿是上達天國的最底臺階。上帝必然悄悄坐在這裡，從燦爛的峰頂眺望，只有他與死者獲准享受這片肅穆壯闊的美景。

佩赫杜低著頭，心劇烈跳著，穿過粗糙的礫石，前往鐵門。

柵欄裡，長而窄的土地上有兩座平臺，上下平臺各有兩行墓，赭色靈位和灰黑相雜的大理石墓碑經過風吹雨淋褪了色。墓碑跟門一樣高，跟床一般寬，許多頂部立著傲然的十字架。大多數是家族墓地，深邃的死者之家擁有哀悼千年的空間。

細長的柏木修剪過，立在墓地之間，沒有影子。這裡的每一樣東西都赤裸無遮蔽，完全沒有隱蔽的地方。

仍然喘著氣的佩赫杜，一步步慢慢走過第一排墓，查看上頭的名字。大型墓穴上有瓷花和書本造型的石雕，平滑的石雕用照片或短詩裝飾。有的墓上裝飾著小塑像，描繪死者的嗜好。有一個叫布魯諾的男人，穿著獵裝，一旁有條愛爾蘭獵犬。另一個墓上有隻正在打牌的手，下一個勾勒一座島嶼的輪廓，是戈梅拉島，顯然是死去的人最喜歡的地方。石矮櫃上有照片、卡片和牢牢固定的小玩意，奔牛村的生者用大量的音信送死者上路。

這些裝飾讓佩赫杜想起了克拉拉．韋蕾特，她經常在百雅牌三角鋼琴上擺滿小飾品，在陽臺演奏會前，他必須把那些東西清走。

佩赫杜突然發現他想念蒙塔納路二十七號的住戶，可不可能他這些年被朋友包圍，但他從來沒有真正領悟到這一點？

在第二排中央看得見山谷的位置，佩赫杜找到了瑪儂。她在她父親阿努爾．莫耶羅旁邊安息。

起碼，她在那裡不是一個人。

他跪到地上，臉頰貼在石頭上，抱住兩側，好像他想要擁抱石棺。陽光下，大理石閃著光芒，但卻冰冰涼涼的。

蟋蟀唧唧叫。

風發出嗚嗚的呻吟。

佩赫杜等待感受到什麼，感受到她。但他所有的感覺只能辨識出背部流下的汗水，耳裡痛苦跳動的血液，膝蓋底下尖銳的砂礫。

他再次張開眼，凝視她的名字——瑪儂・巴塞（原姓莫耶羅）——生於一九六七年，死於一九九二年——凝視她裝框的黑白照片。

但，什麼都沒發生。

她不在這裡。

一陣強風吹亂了一株柏樹。

她不在這裡！

他站起來，又迷惘又失望。

「妳在哪裡？」他對著風低聲問。

家族墓園高聳著瓷花、小貓像與一件狀似攤開的書本的雕塑。有些雕像有照片，有許多佩赫杜以前不曾見過的瑪儂的照片。

她結婚的照片，底下寫著：「深愛無悔，呂克。」

另一張是抱著貓的瑪儂，寫著：「通往露臺門永遠開啟——媽媽。」

第三張：「我來了，因為妳走了——薇多利亞。」

尚伸出手，小心翼翼撫摸狀似攤開書本的雕塑，讀上頭的碑文。「別在意死亡，我們之間的相互關係永遠不變。」

佩赫杜重讀這句話，這次讀出聲音來。這是他們在漆黑山區尋找他們的星星時，瑪儂在畢武村說過的話。

他撫摸墳墓。

但她不在這裡。

瑪儂不在這裡，她並沒有被關在石頭裡，包圍在泥土和淒涼的孤單之中。她一刻也不曾進入地穴，留在那遭受遺棄的身軀裡。

「妳在哪裡？」他又問一次。

他走到低矮的石頭護牆邊，往外看著底下寬闊豐饒的卡拉文河谷，每一件東西都十分渺小，好像他是一隻盤旋的禿鷲。他用力嗅著空氣，吸入每一個分子，然後吐出來。他感到暖意，聽見風在小亞細亞雪松林間嬉戲。他甚至分辨出瑪儂的葡萄園。

在一棵柏木旁，靠近澆花水管，有一段寬闊的臺階通往上層露臺。佩赫杜在臺階坐下，抽出瑪儂十五白酒的瓶塞，倒了些酒到他帶來的杯子裡。他躊躇地喝了一小口，聞了聞酒的氣味，酒香令人振奮。瑪儂酒有蜂蜜和清淡水果的味道，有陷入夢鄉前溫柔嘆息的味道，是一款充滿活力而矛盾的酒，一款洋溢著愛的酒。

了不起，呂克。

他把杯子放到身旁的石階上，翻開瑪儂的日記。前幾天，麥克斯、凱薩琳和薇多利亞在葡萄園工作時，他日日夜夜反覆翻閱日記，有幾頁已經會背了，有幾頁帶給他意外。有些事傷了他的心，許多內容讓他滿心感激。他不知道他對瑪儂意義有多深，直到現在他與自己和解，再次戀愛，他才明白真相。明白讓舊傷癒合。

不過，現在他尋找她等待期間寫的日記。

我已經活得夠久了，瑪儂在深秋時寫著，在一個像今天的秋日。我活過且愛過，我擁有過這個世界上最好的事物，何必爲了結束而落淚？何必依戀殘存的事物？垂死的好處就是不再害怕死亡，心也會感受到平靜。

他往前翻頁。接下來是讓他不捨心碎的日記，瑪儂談到身體裡一波波襲來的恐懼，夜裡她在無聲的黑暗中醒來，聽見死亡偷偷靠近。有一晚，她挺著大肚子，跑進呂克的房間，呂克抱著她一直到天亮，忍住不哭出來。

後來呂克哭了，在淋浴時哭了，以為瑪儂聽不到。

她當然聽到了。

一次又一次，瑪儂對呂克的堅強表示懷疑。他餵她吃飯，幫她洗澡，看著她日漸消瘦，除了懷孕的肚子以外。

佩赫杜又喝了一杯酒，然後繼續往下讀。

孩子依靠我餵食，吃我健康的肉。我的肚子豐滿紅潤，充滿生氣。裡面一定有窩小貓咪，氣氛是那樣的歡鬧。其餘的我老了一千年：泛灰，腐臭，脆弱，就像北部人向來吃的那種脆餅。我的女兒會吃帶有奶油、閃閃發亮的金色可頌。她將勝出——勝過死亡。我們會藐視死亡，這個孩子和我。我要將她取名爲薇多利亞。

瑪儂多麼愛她未出世的孩子！她用體內異常燦爛燃燒的愛來滋養她。**難怪**薇多利亞**如此強壯**，他心想，瑪儂**將自己完全給了她**。

他翻到瑪儂決定離開他的那個八月夜晚。

此刻，你躺在那裡，像正在踮起腳尖旋轉的舞者，一腳伸出，另一腳收上來，一隻手臂在頭的上方，另一隻手幾乎貼著身側。

你總是用彷彿我是獨一無二的眼神看我，這五年來，不曾以憤怒或冷漠的眼神看我一眼，你是怎麼做到的？

卡斯特目不轉睛地看著我，在貓的眼中，我們兩腿動物一定顯得非常奇怪。

我感覺等待著我的來世壓倒我。

有時——但這個想法確實邪惡——只是有時我希望我愛的人比我早走，讓我知道我也做得到。

有時，我認爲你必須比我早走，這樣我也做得到，而且確信你正在等待著我……別了，尚．佩赫杜。

我嫉妒你還有那麼多年可活。

我將走入我最後的房間，從房間步入花園。是的，就是這樣。我將大步穿過迷人高大的落地窗，直接走入夕陽中。然後……然後我變成光，那麼我就會在每一個地方。那是我的本來面目，我會永遠在那裡，每一個夜晚。

尚．佩赫杜替自己又倒了杯酒。

太陽緩緩沉下，淺粉色的光線落在大地上，給房舍漆上金色，照得他的酒杯和底下的農舍窗戶如鑽石般閃閃發亮。

接著，發生了：空氣開始發光。

宛若無以計數正在消散的小水珠，閃閃爍爍，晃晃悠悠，面紗似的光籠罩山谷、山岳與他；光似乎笑著。這一輩子，尚・佩赫杜從來不曾目睹這樣的日落。

他又喝了一小口酒，雲在七彩中現身，從櫻桃、紅莓，到桃子、蜜瓜。於是，尚・佩赫杜總算懂了。

她在這裡。

在那！

瑪儂的靈魂，瑪儂的活力，瑪儂脫離肉體的完好本質占滿了大地，填滿了風；沒錯，她在每一個地方，在每一樣東西裡；她散發火光，以她所化形的每一樣東西，向他展現自己……

……因為每一樣東西都蘊含在自身之內，沒有一樣東西漸漸消失。

尚・佩赫杜笑了，但心痛極了，所以安靜下來，把注意力轉往笑聲繼續搖曳的內心。

妳是對的，瑪儂。

一切依然存在，我們共度的時光是不朽的，是永恆的，生命從未停止。

摯愛的死，只是結束與新的開始之間的門檻。

佩赫杜深深吸了一口氣，然後緩緩又吐了出來。

他要邀請凱薩琳與他一塊探索這下一個階段，這下一段人生——二十一年前展開的漫漫黑夜之後，另一段嶄新燦爛的日子。

「別了，瑪儂・莫耶羅，別了。」尚・佩赫杜悄聲說：「認識妳真是太好了。」

太陽沉落到沃克呂茲的丘陵後方，天空發出熔火的紅光。

直到顏色淡去，世界回到暗影，佩赫杜才把他那杯瑪儂酒喝乾。

尾聲

這是他們第二次在耶誕夜共用十三道甜點，多留了三個位置給死者——呂克・巴塞家的長桌總是留著三張空椅——祝福生者，祈求來年的好運。

他們聆聽〈骨灰祭〉（Ritual of the Ashes）——歐西丹語的死者禱詞——薇多利亞在廚房的火爐旁為他們朗讀。她要求在這個紀念日朗讀，為了她的母親，也為了她自己：這是死去女人給摯愛的口信。

「『是將你帶到我身邊的樹皮。』」小薇用清晰的聲音說：「『是你麻木嘴唇上的鹽，是每一樣食物的香氣和精髓……是受驚的拂曉和絮叨的日落，是無畏的島嶼，逃離大海。是你尋獲並緩緩釋放我的東西。是你獨處的明確界線。』」

朗讀到最後，小薇哭了。佩赫杜和凱薩琳牽著手也流下眼淚，華金・亞伯特・佩赫杜及偶爾有人喊她佩赫杜夫人的莉拉貝兒・貝尼爾也哭了。華金與莉拉貝兒在奔牛村嘗試和好，再做戀人和伴侶。嚴肅的北方人平時可難得感動落淚——言語肯定難以感動他們。

他們非常喜愛麥克斯，他們稱他是「養孫」。也很喜歡巴塞一家人，死亡、悲傷和愛將他們的生活與這一家人聯繫在一塊，耶誕節前後幾天，奇特的複雜情緒讓佩赫杜的雙親復合——共枕，一塊用餐，甚至一道開車去旅行。這一年剩餘的日子，佩赫杜的母親繼續在電話中用自己對於前夫的牢騷招待他——「那個社交障礙者」——而父親對這位教授的抱怨則讓他覺得好笑。

凱薩琳猜想，兩位老人互打冷槍，應該是在準備於國慶日、耶誕節或甚至更早的佩赫杜的生日投入彼此熱情的懷抱中。

佩赫杜老夫婦、尚和凱薩琳在奔牛村從十二月二十三日待到第十二夜[28]，在跨年的這段日子，他們吃吃喝喝，說說笑笑，有時去散散步，參加品酒會，女人閒聊不休，男人保持沉默。一個嶄新的年代就要來臨——又將來臨。

即將到來的春天以花卉裝飾隆河沿岸的果樹，在普羅旺斯，桃樹在冬末綻放的花朵則是新開始的徵兆。麥克斯和小薇選擇紅花白卉遍地的這個季節舉辦婚禮，小薇讓他追了十二個月，才准許他第一次親吻她——但從此以後感情發展迅速。

不久，麥克斯發行了他的第一本童書：《花園裡的魔術師——給兒童讀的英雄故事》（*The Magician in the Garden—A Heroic Book for Children*）。

書中激憤的權威人物讓小讀者覺得非常有趣，孩童與青少年為之著迷，但這本書讓書評家傻眼，讓家長不安，因為它鼓勵年輕人質疑成人會以「絕對不可以那樣做！」作為反應的每一件事。

凱薩琳與佩赫杜跑遍了普羅旺斯，直到找到了理想的工作室為止。主要障礙不是房屋本身，而是因為凱薩琳希望四周的鄉村如實反映她與尚的內在風景。最後，在索村和馬桑之間，他們找到一棟穀倉，隔壁是一間可愛但略微荒蕪的普羅旺斯式農舍，右邊是薰衣草田，左邊有座山，看得見前方葡萄園和旺度山的連綿景色。後面是給他們兩隻貓——羅丹和內米洛夫斯基——巡邏的果園。

「好像回家一樣。」凱薩琳非常滿足地對尚說。對於從律師口中，她得知她離婚後分

28. 主顯節（一月六日）前夕。

到大部分財產的變賣收入，也是同樣心滿意足。

她的雕塑幾乎是人的兩倍尺寸，凱薩琳好像能夠探測到困於石中的生命，好像她能夠看穿未經雕琢的石塊的靈魂，聽見它們的吶喊，感受它們的心跳。凱薩琳接著用鑿子釋放它們。

她的創作也有不討喜的。

憎恨，痛苦，忍耐，靈魂顧問。

撐下去！

確實是。從香蕉箱大小的材料，凱薩琳釋放了兩隻構成一個形狀的手，這些尋尋覓覓的手指閱讀、擁抱或碰觸文字嗎？它們屬於誰的呢？它們正在拉出一樣東西？還是往裡面伸呢？

如果把臉貼在石頭上，可以感覺一堵磚砌暗牆正在你的心中打開，通往……一個房間？

「每個身體都有一間惡魔潛伏的內在房間，唯有打開它，面對它，我們才會自由。」凱薩琳說。

尚．佩赫杜在普羅旺斯和巴黎照顧她，在巴黎時，兩人住在他蒙塔納路的舊公寓。他確認凱薩琳吃好睡飽，出門和朋友相聚，早上拋棄她的夢境蜘蛛網。

他們經常做愛，跟以前一樣專注而緩慢。他熟悉她的每一寸，每一個完美與不完美的地方，他輕揉愛撫每一個缺陷，直到她的身體相信他對她而言是最美麗的在世女人。

沒去邦翁的書店兼差時，佩赫杜就去打獵。當凱薩琳在巴黎，或獨自在農莊做雕刻、授課、賣藝術品，或是填補、磨平、修改作品的時候，他就去勘查世界最有趣的書——放在學校圖書館裡，藏在乖戾年邁教師與嚕嗦果農的贈書中，置於遭人遺忘的阿拉丁洞穴內，收在源自冷戰時期四壁蕭條的自建地堡下。

佩赫杜成交的第一筆珍本買賣，是輾轉落入他手中的薩納里手寫草稿摹本，沙米堅持把她的化名繼續當作祕密。

在克勞汀・格理弗——蒙塔納路二十七號的拍賣行登記官——的協助下，佩赫杜很快替這件奇特的作品找到一位富豪收藏家，不過他要求此人先接受情緒測驗，才肯將書賣給他。這個舉動為他樹立起愛書怪人的名聲，即使開出可觀的金額，也不能誘使他把書賣給錯的人。偶爾，一票收藏家跑來爭相購買某本書，佩赫杜會選擇賣給他覺得像是那本書的理想朋友、戀人或病人的買家，錢倒是其次。

從伊斯坦堡到斯德哥爾摩，從里斯本到香港，佩赫杜挖掘最珍貴、最聰穎、最危險的書——以及適合睡前閱讀的特殊作品。

如同此刻，尚・佩赫杜常常坐在農舍的室外夏季廚房，閉上眼睛，摘下迷迭香和薰衣草，吸入深幽的普羅旺斯香氣，書寫他的《微妙情緒大百科：給書商、戀人及其他文學藥劑師的指南》（*Great Encyclopedia of Small Emotions: A Guide for Booksellers, Lovers and Other Literary Pharmacists*）。

他正在寫一條K字部的條目[29]：「廚房慰藉——灶上煨著一頓餐，窗戶蒙上霧氣，愛人隨時會坐下來和你共進晚餐，一面吃著，一面幸福地凝視你的雙眼。（亦稱『活著』）」

29. K 指廚房 Kitchen。

食譜

普羅旺斯的景致多彩多姿，當地菜也同樣變化無窮：海邊有魚肉，鄉下有蔬菜，山區除了羊肉，還有多種蘊含生命力的招牌菜。這一區的烹飪手法受到橄欖油影響，另一區以葡萄酒為底，義大利邊境地帶則常見義大利麵食。東西風格在馬賽輕輕交會，這裡有薄荷、番紅花和茴香的微香，沃克呂茲是松露與糖果愛好者的天堂。

不過，許多材料結合了隆河河谷和蔚藍海岸的烹飪傳統：濃稠芳香的橄欖油；大蒜；多種品種的番茄，有的曬乾了，可以做沙拉、湯、醬汁、果餡餅、披薩、餡料等等；邦翁產的羊乳乳酪；新鮮的香草。在烤肉和其他菜餚中，普羅旺斯廚師絕對不會加入超過三種上述的材料，但他們會使用大量的鼠尾草、薰衣草、百里香、迷迭香、茴香或冬香薄荷。

以下的食譜為此地特有，它們的香氣和色彩具有歷史的特徵。

波希米亞蔬菜鍋

與普羅旺斯燉菜有關，但增加了茄子，以羅勒和番茄醬汁提味，一般使用同一種顏色的蔬菜碎丁烹調。這道普羅旺斯蔬食的風味，仰賴於食材的品質和味道濃度，蔬菜必須「受過太陽的親吻」，水分過多、味道過淡的大顆番茄會讓這道菜變得無滋無味。新鮮香草的香氣同樣重要。

・六人份・

材料

蔬菜鍋部分

三顆紅椒、三至六顆香甜的番茄（或一罐番茄丁）、兩條結實的茄子、橄欖油、兩顆大洋蔥、兩條可口的小櫛瓜、鹽和胡椒、切碎的大蒜、新鮮的百里香、迷迭香（可不加）、月桂葉（可不加）

番茄醬部分

五百公克成熟香甜的番茄、三大匙淡味橄欖油、大量撒放用的百里香和羅勒

做法

一、製作蔬菜鍋：準備蔬菜（去除紅椒的籽，馬鈴薯用削皮器去皮，番茄浸泡熱水後去皮），切成小丁。將未去皮的茄子切丁，在大鍋用熱油炒十到十五分鐘，不時翻動。陸續加入其他蔬菜，蔬菜軟了後，以鹽和胡椒調味，接著加入蒜蓉與百里香。喜歡的話，可加迷迭香和月桂葉。最後將蔬菜壓入模子。

二、製作番茄醬汁：番茄去皮去籽，取湯鍋，以中火熱油，輕輕炒動番茄和香草，收汁熬成濃稠的醬汁。加入適量的鹽和胡椒調味，然後攪拌均勻。

三、灑上少許橄欖油讓蔬菜變得油亮，搭配番茄醬汁上桌。這道菜與新鮮的長棍麵包、法式鮮奶油非常搭。

香草雜菜湯

這是讓沙米的手腳溫暖起來的普羅旺斯湯，可以提振任何人的精神，但非一頓浪漫晚餐最好的選擇。往下讀，你就會明白原因。

普羅旺斯的每個人幾乎都有自己做香草雜菜湯的方法，主要材料有豆子（青豆、白豆或紅豆）、小胡瓜、番茄、羅勒和大蒜，但每個人都加上花園採來或市場買來的時蔬，給湯來點特別的變化，譬如南瓜、蕪菁和芹菜。有人喜歡像煮義大利蔬菜通心粉濃湯那樣煮香草雜菜湯，也有人喜歡加入短短胖胖的義大利麵，譬如彎管麵、通心麵、筆管麵[30]。尼斯一帶的人喜歡加上少許培根肉。不過，這道菜的魔法材料是蔬菜蒜味青醬pistou醬（pistou，在普羅旺斯方言為「搗碎」的意思），那是一種綠色的醬汁，味道強烈，類似義大利羅勒青醬醬，但裡面沒有加松子。

材料

・四人份・

蔬菜湯部分

兩百公克紅蘿蔔、兩百五十公克小胡瓜、一條韭蔥（或新鮮的蔥）、五百公克馬鈴薯、一顆洋蔥、兩百克青豆、四顆味道濃烈的甜味番茄（或半罐剝皮番茄）、橄欖油、百里香、冬香薄荷與迷迭香各三至四小枝、鹽、一罐（約兩百五十公克）義大利白豆、胡椒

青醬部分

二至三瓣大蒜、二分之一小匙海鹽、三至四小把新鮮羅勒、四分之一杯新鮮帕馬森乾酪（按照個人口味，也可使用羊奶乳酪），另外留多一些做裝飾（可不加）、五大匙頂級淡味橄欖油

做法

一、製作蔬菜湯：將紅蘿蔔、小胡瓜、韭蔥、馬鈴薯、洋蔥和青豆洗淨後切塊、切片或切丁。如果使用番茄，先用熱水燙過，去皮切丁（喜歡的話，可以使用品質好的番茄罐頭）。取大鍋，開中火熱油，放入蔬菜、香草、番茄泥（如果有使用的話），在文火上持續攪拌十分鐘。加入適量的鹽調味。

二、用冷水洗淨義大利白豆後，以紙巾拍乾，加入有其他蔬菜的鍋中。倒一公升半至兩公升的水，加蓋燉煮三十至四十五分鐘（或煮到白豆變軟）。以鹽和胡椒調味。

三、製作青醬：大蒜去皮剁碎，混成細膩的糊狀。取中碗，將蒜糊與鹽、羅勒葉和帕馬森乾酪混合。加入橄欖油混合均勻。

四、將香草雜菜湯舀入四只湯碗，倒入熱蔬菜湯，即可上桌。有人喜歡再把青醬攪入湯裡。喜歡的話，可撒上帕馬森乾酪。

30. 義大利麵食名稱，gobetti 是彎管麵、macaroni 是通心麵、rigate 是筆管麵。

羊排佐蒜蓉軟餅

一道羊肉是否成功，主要關鍵是肉的品質和醃肉醬料。如果買不到醃好的肉，下面有幾個自行調配美味醬料的點子。最好讓肉醃上一晚。

・二到三人份・

材料

醃肉醬料部分

二到三瓣大蒜、少許番茄汁、一大匙新鮮迷迭香、一大匙乾燥百里香、二到三大匙軟黏的蜂蜜、胡椒、優質橄欖油（比方用迷迭香、大蒜、薰衣草或檸檬調味！）

自由選擇：第戎芥末醬、甜辣醬、甜雪莉酒、紅酒醋或少許紅酒。你喜歡的都可以！

羊排部分

六塊羊排、四大匙橄欖油

蒜蓉軟餅部分

橄欖油、一百公克大蒜、二分之一杯牛奶或鮮奶油、鹽和胡椒、三顆蛋打散、豆蔻

做法

一、製作醃肉醬料：大蒜去皮剁細，與番茄汁、香草、蜂蜜、胡椒、橄欖油及自選材料混合。將醬料和羊排裝入三公升的密封袋，封好袋口，放在盆子裡，送入冰箱，醃幾個小時或過夜。

二、準備羊排：用高溫加熱烤盤上的油，放上羊排，每面烤一分鐘。烤盤離火，放在一旁冷卻五分鐘。羊排裡面應該是粉紅色的。（如果有興趣知道的話，作者喜歡用哈克雷特烤乳酪專用烤盤——非常好用！）

三、製作蒜蓉軟餅：取小鍋，用低溫熱油，加入剛剝皮的大蒜（請見說明）和牛奶，加熱到大蒜軟化為止。用篩子壓成泥，以鹽和胡椒調味。加入蛋汁，按照口味加入一撮豆蔻。將混合物倒入抹了油的舒芙蕾烤模，隔水加熱二十分鐘讓它變稠。冷卻十分鐘後扣入盤子。

四、佐羊排的馬鈴薯刷上橄欖油，放進烤箱烤酥，撒上迷迭香和海鹽即可。

說明：如果選用乾燥大蒜，最好在滾水中煮五分鐘讓顏色變淡，然後用叉子壓扁再加入牛奶中。

薰衣草冰淇淋

胡西永[31]的冰淇淋店所賣的薰衣草冰淇淋，確實跟花一樣是濃濃的紫色，通常是使用了幾滴藍莓果汁染色。不加藍莓的當地自產冰淇淋，則是帶有紫色小點的白色。

・四人份・

材料

一到兩小匙乾燥薰衣草，或二至四小匙薰衣草花（現採或有機），另外還要些許薰衣草花做裝飾、一杯砂糖、八大匙新鮮牛奶、八顆蛋黃（可以的話，使用有機蛋）、一杯鮮奶油（如果希望清爽一點，可以換成優格）、一把藍莓染色用（可不加）

做法

一、取小碗，將薰衣草與砂糖混合，接著利用篩面將上述材料磨成細粉。將薰衣草粉融化到牛奶中，直到結晶不再「脆脆的」為止（也許需要稍微加熱，但不可煮沸）。在另一只碗中，將蛋黃與鮮奶油（或優格）攪打到平滑為止，將薰衣草牛奶拌入蛋奶中，徹底混勻。喜歡的話，將藍莓打成泥，加進去讓混合液上色。

二、把混合液置入冰淇淋機，或者放到冷凍櫃，偶爾攪拌一下。

三、以薰衣草花做裝飾。

另一種食譜：

加薰衣草糖漿或薰衣草蜂蜜的薰衣草冰淇淋

‧四人份‧

材料

五大匙薰衣草糖漿，額外準備少許裝飾用、兩杯希臘優格、八大匙新鮮牛奶、一杯鮮奶油、一把藍莓染色用（可不加）、薰衣草蜂蜜或薰衣草花，裝飾用

做法

一、取中碗，將薰衣草糖漿攪入優格裡，接著加入牛奶及鮮奶油，攪拌至滑順。

二、喜歡的話，將藍莓壓成泥，慢慢加進混合液中染色。

三、把混合液置入冰淇淋機，或者放到冷凍櫃。食用前，以糖漿、花或薰衣草蜂蜜裝飾。

31. Roussillon，南法的小城鎮，有法國最美村莊之稱。

十三道甜點

這些甜點統統源自普羅旺斯，在耶誕節吃這些點心的傳統有將近百年歷史。他們代表「最後晚餐」（耶穌與十二使徒）的十三位座上客，在午夜彌撒之後或「豐盛夜消」（le gros souper，只有七道簡單素菜）結束時食用。

普羅旺斯方言稱作「lei tretze dessèrts」，一般會有：

●葡萄乾（自家烘乾）。
●無花果乾（自家栽種）。
●必有的堅果：杏仁、榛果和胡桃。
●棗，代表耶穌生與死的地區。
●四種不同種類的鮮果，可能有李子（一般使用布里尼奧勒生產的）、冬梨、蜜瓜、蘋果、柳橙、葡萄和柑橘。
●蜜餞。
●淺色和深色土耳其蜂蜜，白色和黑色牛軋糖。淺色牛軋糖是用榛果、松子、開心果做的，象徵美德和純真，深色或黑色牛軋糖代表邪惡與不潔。
●葉子麵包（Fougasse或fouace），一種薄薄脆脆的橄欖油麵包。（必須用剝的，不能用切的！）

● 檸檬油酥餅（Oreillette）：輕薄的鬆餅，以檸檬皮調味。
● 肉桂捲（Roulé）：肉桂口味的奶油麵包捲。
● 水果酒（Ratafia）：果汁混白蘭地，或混甜味加度葡萄酒。
● 艾克斯杏仁糖（Callison d'Aix）：類似杏仁餅的糖果，用杏仁膏與甜瓜蜜餞製作。
● 脆餅（Biscotin）。
● 醃羊奶乳酪。

尚・佩赫杜的文學急診藥房

從亞當斯到阿爾尼姆

藥效快，適合心靈受到輕度或中度情緒波動影響者。

若無特別指示，一次服用容易消化的劑量（五到五十頁之間），最好在雙腳暖和及／或腿上有隻貓的時候服用。

道格拉斯・亞當斯《銀河便車指南》（**Adams, Douglas**／***The Hitchhiker's Guide to the Galaxy: A Trilogy in Five Parts***）

高劑量可有效治療病態樂觀或幽默感缺乏症，非常適合有暴露狂傾向並常去洗三溫暖的人。

副作用　厭惡擁有東西，可能出現長期整天穿著居家便袍的傾向。

妙莉葉・芭貝里《刺蝟的優雅》（**Barbery, Muriel**／***The Elegance of the Hedgehog***）

大量服用可有效治療「如果是這樣這樣就會怎樣怎樣」的症狀，推薦給未被注意的天才、喜歡看要動腦的電影的人和討厭公車司機的人。

塞萬提斯《唐吉軻德》（**Cervantes, Miguel de／*The Ingenious Gentleman Don Quixote of La Mancha***）
理想與現實牴觸時服用。
副作用 對現代科技以及我們視之為風車一樣在抵抗的有破壞性影響的機器感到焦慮。

佛斯特〈機器停了〉短篇故事（**Forster, E. M.／*The Machine Stops***）
小心服用！治療主張網路治國與迷信iPhone的特效藥，也治療臉書成癮症和電影《駭客任務》仰賴症。
使用方法 只有海盜黨[32]黨員及網路行動主義者少量服用！

羅曼．加里《我答應》（**Gary, Romain／*Promise at Dawn***）
更加了解母愛，對抗對童年的緬懷。
副作用 白日夢，相思病。

剛特．格拉克《將女人扔下橋》（**Gerlach, Gunter／*Frauen von Brücken werfen***）
給有寫作障礙的作家，以及認為謀殺是犯罪小說受讚譽過頭之特色的人。
副作用 失去真實感，心胸擴大。

赫曼．赫塞〈階段〉，《玻璃珠遊戲》中的詩（**Hesse, Hermann**／*Stages*）

治療悲傷，鼓舞信心。

法蘭茲・卡夫卡〈一隻狗的研究〉（Kafka, Franz.／*Investigations of a Dog*）

治療經常遭受誤解的奇怪感受。

副作用　悲觀，渴望撫摸貓。

耶里希・凱斯特納《耶里希・凱斯特納醫師的抒情藥箱》（Kästner, Erich／*Doktor Erich Kästners Lyrische Hausapotheke*）

根據充滿詩意的凱斯特納醫師，這本書治療多種病痛不適，包括佯裝博學、與人分手的衝動、日常煩躁與秋日憂鬱。

阿思緹・林格倫《長襪皮皮》（Lindgren, Astrid／*Pippi Longstocking*）

有效抑制後天（非先天）悲觀思想與對奇蹟的恐懼。

副作用　算數能力變差，邊洗澡邊唱歌。

喬治・馬汀《權力遊戲》，《冰與火之歌》系列第一集（Martin, George R. R.／*A Game of Thrones*）

有助戒除電視看太多的習慣，應付相思病、日常生活的麻煩與乏味夢境。

32. Pirate Party，在歐美數國興起的組織，提倡廢止專利制度。

副作用 失眠，令人不安的夢。

赫曼・梅爾維爾《白鯨記》（**Melville, Herman／*Moby-Dick***）

給素食者。

副作用 怕水。

凱薩琳・米雷《慾望・巴黎——凱薩琳的性愛自傳》（**Millet, Catherine／*The Sexual Life of Catherine M.***）

協助你回答是否太快跳入一段感情的大哉問。說明：情況永遠可能惡化。

羅伯特・穆西爾《沒有個性的男人》（**Musil, Robert／*The Man Without Qualities***）

給忘記想從人生獲得什麼的男人看，治療漫無目的。

副作用 影響會逐漸出現，過了兩年，你的人生會永遠改變。主要風險是你會與所有朋友疏離，出現諷刺社會的傾向，經常做同樣的夢。

阿娜伊絲・寧《維納斯三角洲》（**Nin, Anaïs／*Delta of Venus***）

能治療精神萎靡，治療幾天後就能恢復肉慾。

喬治・歐威爾《一九八四》（**Orwell, George／*Nineteen Eighty-Four***）

緩和容易上當症候和懈怠情緒，慢性樂觀主義的居家良方，但已過賞味期限。

菲利帕・皮亞斯《湯姆的午夜花園》（Pearce, Philippa／*Tom's Midnight Garden*）

對戀愛不快樂的人有效。（P.S.：罹患此症者可讀任何書，只要書中沒有提及愛情、血腥小說、驚悚小說和蒸汽龐克[33]科幻小說。）

泰瑞・普萊契《碟形世界》系列小說（Pratchett, Terry／*The Discworld Novels*）

泰瑞・普萊契已經出版四十本小說[34]，第一本是《魔法之彩》（*The Color of Magic*），最新一本是《蒸煙裊裊》（*Raising Steam*）。

給厭世與天真過頭的人，即使新手，也能大腦錯位。

菲力普・普曼《黑暗元素三部曲》（Pullman, Philip／*Dark Materials trilogy*）

給偶爾聽見想像聲音、相信自己擁有動物靈魂伴侶的人。

林格爾納茨《床前祈禱》（Ringelnatz, Joachim／*Kindergebetchen*）

給難得感動到禱告的不可知論者。

副作用 幼時的夜晚會突然重現。

33. Steampunk，科幻小說的次文類，靈感得自工業革命時代蒸汽發動的機器。
34. 截至本書出版前，總共出版了四十一本。

喬賽・薩拉馬戈《盲目》（**Saramago, José／*Blindness***）
助你應付過多工作，確定事情的輕重緩急，找出人生的目標。

布蘭姆・史托克《吸血鬼德古拉》（**Stoker, Bram／*Dracula***）
推薦給容易做無聊夢以及坐在電話旁失去知覺（「他到底會不會打電話來？」）的人。

蘇爾・賈西亞、阿勒姆與法蘭西斯・梅呂埃《骨灰祭》，亡者對生者的歐西丹語祈願（**Surre-Garcia、Alem、Françoise Meyruels／*The Ritual of the Ashes***）
協助反覆哀悼摯愛的人，可作為不信祈禱者在墓旁朗讀的非宗教禱文。

雅克・托茲《自由人》（**Toes, Jac／*De vrije man***）
給沒參加舞會時的探戈舞者，給過於害怕愛人的男人。
副作用 讓人重新檢視感情關係。

馬克・吐溫《湯姆歷險記》（**Twain, Mark／*The Adventures of Tom Sawyer***）
有助克服成人擔憂，重新發掘內心的童真。

伊莉莎白・阿爾尼姆《情迷四月天》（**von Arnim, Elizabeth／*The Enchanted April***）
優柔寡斷和想信任朋友時閱讀。

副作用 愛上義大利，渴望前往南方，正義感加深。

注意：薩納里（《南方之光》）、P・D・歐爾森與麥克斯・喬登（《夜》）等作者為本書虛構人物。

謝詞

從最早的點子與一開始的筆記（二〇一〇年八月九日）到印刷（二〇一三年四月初），這部小說經歷數個階段：研究資料和絕望；寫了幾頁又揉掉；大量草稿和靈感爆發；身體不適，被迫休息一年。

在這個緊湊過程中支持我的人，在我的作品上留下了印記，大約有十位專業人士（大多數是讀者看不見的）參與，確保一本書成為令人滿足而著迷的有趣藝術品，有的我將提到他們的名字，有的我素未謀面，負責設計、校稿、發行、販售，他們也贏得我的感激。文化是團隊合作的成果，一個孤獨的作家遠不如背後的支援團隊，我感受到故事，將它培植成書面文字，但讓故事安然進入世界且值得一讀的是這個團隊。

讀者也發揮作用。寫作期間，我收到許多美好的來信，深受感動。給某些來信讀者的信息交織在小說中。

那麼，非常感謝：

我的丈夫：作家J。很遺憾，我無法完全透露我為了什麼感謝他，不過有部分跟食物、安慰和愛有關。你是鼓勵我寫作的動力，讓我更容易與虛構人物在同一個屋簷下長時間共處，而不會覺得非常非常古怪。

Hans-Peter：謝謝你一年來付出極大的耐心。

Adrian與Nane：謝謝你們花了八個月揉走我身體的痛，讓我可以坐下，再度提筆；感謝我的「操練師」，Bernhard和Claudia，在健身房指導我做痛苦的動作。

Cecile：我聰慧的經紀人。

K女士：一個超棒的校訂，不只把逗號放在對的位置，還操控住我獨創的拼寫。

Brigitte：我在奔牛村鴿舍的迷人主人，還有濱海薩納里小旅館老闆Dédé。

Patricia：感謝妳的信賴與熱忱。

Elbgold：咖啡館的咖啡烘焙師，這本書的動力來自咖啡。

Doris G.：因為妳那幾週讓我在妳家花園寫瑪儂的日記，書中處處可見富饒的環境。

不過，最後也最重要的，我想感謝我的編輯Andrea Müller，她讓好書更上層樓。她以銳利的眼光，剔除多餘的文字，加強悲痛情景的戲劇張力。她提出令人深思的問題，好像從來不睡覺。這種專業人士讓好作家變成更動人的說故事者。

妮娜・葛歐格

二〇一三年一月

P.S.：也感謝所有促使魔法在我身上發揮作用的賣書人，書讓我呼吸得更順暢——就是那麼簡單。

國家圖書館出版品預行編目資料

巴黎小書店 / 妮娜・葛歐格著；呂玉嬋譯.
-- 初版. -- 臺北市：皇冠, 2016. 6.　面; 公分.
--(皇冠叢書; 第4554種) (CHOICE; 289)
譯自：The Little Paris Bookshop
ISBN 978-957-33-3233-6 (平裝)

875.57　　105006666

皇冠叢書第4554種

CHOICE 289

巴黎小書店

The Little Paris Bookshop

作　　者—妮娜・葛歐格
譯　　者—呂玉嬋
發 行 人—平雲
出版發行—皇冠文化出版有限公司
台北市敦化北路120巷50號
電話◎02-27168888
郵撥帳號◎15261516號
皇冠出版社(香港)有限公司
香港銅鑼灣道180號百樂商業中心
19字樓1903室
電話◎2529-1778　傳真◎2527-0904
總 編 輯—龔橞甄
責任主編—許婷婷
責任編輯—張懿祥
美術設計—嚴昱琳
著作完成日期—2013年
初版一刷日期—2016年6月
初版五刷日期—2021年2月
法律顧問—王惠光律師

如有破損或裝訂錯誤，請寄回本社更換
讀者服務傳真專線◎02-27150507
電腦編號◎375289
ISBN◎978-957-33-3233-6
Printed in Taiwan
本書定價◎新台幣350元/港幣117元

• 皇冠讀樂網：www.crown.com.tw
• 皇冠Facebook：www.facebook.com/crownbook
• 皇冠Instagram：www.instagram.com/crownbook1954
• 小王子的編輯夢：crownbook.pixnet.net/blog